WEN DIE SPECHT HOLT

Yvette Eckstein liebt es seit ihrer frühen Jugend, Geschichten zu erzählen. Sie lebt mit ihrem Mann und ihren zwei Kindern in den westlichen Wäldern von Augsburg. Mit der Geburt ihrer Tochter hat sie ihren Kindheitstraum, Texte und Bücher zu veröffentlichen, wieder in ihr Herz gelassen und arbeitet nun bereits seit 2018 daran. Dafür hat sie erfolgreich ein Studium an der Schule des Schreibens absolviert. Ihre freie Zeit verbringt sie gerne mit ihrer Familie auf dem elterlichen Bauernhof ihres Mannes in der nördlichen Oberpfalz.

YVETTE ECKSTEIN

WEN DIE SPECHT HOLT

Oberpfalz Krimi

emons:

Bibliografische Information der Deutschen Nationalbibliothek
Die Deutsche Nationalbibliothek verzeichnet diese Publikation
in der Deutschen Nationalbibliografie; detaillierte bibliografische
Daten sind im Internet über http://dnb.d-nb.de abrufbar.

© Emons Verlag GmbH
Alle Rechte vorbehalten
Umschlagmotiv: Zoonar/P.Gudella/agefotostock.com,
T0113k/Pixabay.com, shutterstock.com/Alexander Raths
Umschlaggestaltung: Nina Schäfer, nach einem Konzept
von Leonardo Magrelli und Nina Schäfer
Umsetzung: Tobias Doetsch
Gestaltung Innenteil: DÜDE Satz und Grafik, Odenthal
Lektorat: Christiane Geldmacher, Textsyndikat Bremberg
Druck und Bindung: CPI – Clausen & Bosse, Leck
Printed in Germany 2022
ISBN 978-3-7408-1480-9
Oberpfalz Krimi
Originalausgabe

Unser Newsletter informiert Sie
regelmäßig über Neues von emons:
Kostenlos bestellen unter
www.emons-verlag.de

Für Schneewittchen

Mit einem Gedicht von Theo Schaumberger

Prolog

Das Gewicht der gefütterten Jacke hing erdrückend auf seinen schmalen Schultern, sie wirkte an ihm mindestens zehn Nummern zu groß. Am frühen Morgen hatte es endlich angefangen, dicke weiße Flocken vom Himmel zu schneien, und inzwischen ging ihm der weiche Schnee fast bis zu den Knien. Es war kalt. Eiskalt. Die grob gestrickte Mütze verdeckte seine Ohren, und die kleinen Händchen waren von der Mutter in wärmende Fäustlinge gesteckt worden.

Die Mittagszeit war verstrichen, und mittlerweile befand er sich mit ein paar anderen Kindern aus dem Dorf auf dem mühsamen Rückweg durch den lang gestreckten und von kahlen Bäumen gesäumtem Hohlweg.

Seine Mutter hatte ihm vorher ein paar Reste, die vom Mittagessen übrig geblieben waren, zusammengekratzt und eingepackt. Mit den anderen Kindern aus dem Dorf hatte er die kleine Opfergabe zu den nahen Getreidefeldern gebracht und dort niedergelegt. Die Großen meinten zu ihm, dass diese Gabe *sie* besänftigen werde und somit die Felder im neuen Jahr eine reiche Ernte einbringen würden.

»Ich bekomme vom Christkind sicher die große Holzeisenbahn, die ich mir gewünscht habe!«

»Mir bringt es sicher die Puppe mit den gelockten Haaren!«

Die Nachbarskinder, die mit ihm zu Fuß gingen, prahlten lautstark damit, welche Geschenke das Christkind heute Abend unter den Baum legen würde. Um ihn herum wurde gealbert, als ihn ein Schneeball mit voller Wucht am Kopf traf.

Trotz der vermeintlich ausgelassenen Stimmung waren sie stetig wachsam. Zumindest die älteren Kinder, die mit ihnen liefen. Denn sie wussten, was jetzt kommen würde. Er konnte die leise Anspannung in ihren Augen sehen.

Wann würde *sie* sich zeigen?

Würden sie schnell genug sein? Beinahe war es geschafft. Hinter der nächsten Biegung konnte er sein Zuhause schon erahnen. Er hatte große Mühe, mit den anderen Schritt zu halten, denn ihre Beine waren um einiges länger als die seinen. Außerdem waren seine kleinen Füße inzwischen schon steif vor Kälte.

Keiner achtete mehr auf den Kleinsten unter ihnen, als die bucklige Gestalt gemächlich und völlig lautlos, im Vorbeigehen, hinter einem der Bäume hervortrat. Ihr gekrümmter Körper war in alte Frauenkleider gehüllt, die um den Bauch herum von einem breiten Ledergürtel gehalten wurden. Ihr Haupt wurde zu einem Großteil von einem Kopftuch verdeckt, nur der lange, spitze Schnabel stach auffallend hervor. In der einen Hand glänzte eine Sichel, und in der anderen hielt sie eine Peitsche, die aus einem Bündel Heu geflochten worden war.

Augenblicklich erstarrte die Luft um ihn herum und wurde nur durch das schrille Kreischen der Kinder gebrochen. Instinktiv fing er wie die anderen an, so schnell er nur konnte, durch den tiefen Schnee davonzurennen. Immer wieder blieb er stecken. Dann fiel er hin, rappelte sich wieder hoch, rannte weiter. Seine Beine wurden müde, die Lungen brannten schmerzhaft, und die Knie taten ihm weh von dem Sturz. Die nackten Äste der Sträucher peitschten ihm auf die roten Wangen, und plötzlich fühlte er sich so unglaublich hilflos und alleine.

Die anderen Kinder waren ihm bereits ein gutes Stück voraus. Keiner beachtete seine Rufe, niemand hörte ihn. Jeder wollte der Erste sein, der zu Hause unter dem Tisch oder in irgendeiner versteckten Ecke Schutz fand.

Er warf einen gehetzten Blick über die Schulter, fast hatte sie ihn eingeholt. Nicht mehr viel, und sie würde nach ihm greifen können.

»Wetz'de, wetz'de – Bach aafschnei'n!«, tönte es drohend durch die Luft.

Endlich! Mit letzter Kraft erreichte er nun auch die frei liegende Wiese, bis zum Hof war es jetzt nicht mehr weit. Muffige, alte Fetzen, gepaart mit dem Geruch nach feuchtem Heu, betraten geräuschlos den kleinen Raum, kurz nachdem er sich auf den starken Arm seiner amüsierten Mutter rettete. Er presste sein Gesicht fest an ihre warme Brust. Das neckische Schnalzen der geflochtenen Peitsche drang an seine rauschenden Ohren, und sein Körper fing unkontrolliert zu zittern an. Er schämte sich so unglaublich. Als sich die feine Spitze der Sichel auf den oberen Teil seines Rückens platzierte, hielt er die Augen fest geschlossen. Für einen Atemzug verweilte sie zwischen seinen Schulterblättern, bevor sie sich dann zaghaft mit einem sachten Kratzen weiter nach unten bewegte. Brennende Tränen bahnten sich ihren Weg über sein bitterkaltes Gesicht. Er hielt sich die Hände jetzt fest vor den Bauch. Seine Eltern lachten ihn mitleidig aus. Jetzt war es so weit, die Specht würde ihm den Bauch ausstopfen. Er hatte Angst. Die Tür schloss sich. Es war vorbei.

1

Kold pfeift da Wind vum Böimwold üwa.
Sternklar is drass die Wintanacht.

Ja, so war es gut. Johann Kranzfelder hatte endlich eine Position gefunden, in der er die letzte halbe Stunde, die ihm noch bevorstand, halbwegs bequem ausharren konnte. Bei diesen durchgesessenen Kissen konnte man sich mit seinem Hinterteil ja gleich auf das blanke, brettharte Stück Holz setzen. Er konnte nicht verstehen, warum man an solch wichtigen Feiertagen nicht ein paar ordentliche Polster auftat. Zur Feier des Tages.

Kranzfelder war ein klein wenig auf der schmalen Bank nach vorn gerutscht und lehnte nun mit hochgezogenen Schultern hinten an der abgerundeten Kante, den dicken Mantel fest mit seinen verschränkten Armen vor der Brust zugezogen. Mit der Heizung war es doch genau das Gleiche, ihn fror es hier drinnen jedes Mal wieder. Aber so konnte man es für eine kurze Zeit aushalten. Er würde noch den Rest der Christmette die Augen schließen, denn auch sie hatten seiner Meinung nach ein wenig von dieser besinnlichen Ruhe verdient. Da vorn würde er ohnehin nichts erkennen, wozu also sich die Mühe machen.

Für die heutigen Feierlichkeiten hatte man das Licht gedimmt und viele kleine Teelichter an den Enden der Reihen platziert. So entstand ein flackerndes Lichterspiel, welches den aufwendig verzierten Wänden schmeichelte und den Raum mit einer friedvollen Stimmung erfüllte. An den Dutzenden Heiligen vorbei bis unters barocke Gewölbe roch es nach Weihrauch und ein bisschen nach den vier großen Tannen, die vorn neben dem schmucken Altar standen.

Ihre satten grünen Nadeln waren über und über und in

mühevoller Kleinarbeit mit handgemachten Strohsternen behängt worden.

Der Geruch nach Weihrauch war für Kranzfelder jedes Mal aufs Neue eine Prüfung. Schon in seiner Jugend, in der er öfter mal als Ministrant dem Herrn gedient hatte, hatte ihm der christliche Nebel regelmäßig die Tränen in die gereizten Augen getrieben. Auch in diesem Moment begannen sie, leicht zu jucken, und wie so oft nahm er sich ganz fest vor, beim nächsten Arzttermin die Frau Doktor nach einem Allergietest zu fragen. Für seine Vermutung wurde er zwar regelmäßig von seinen Mitmenschen belächelt, aber er war sich sicher, dass man auf dieses Beweihräuchern sehr wohl allergisch reagieren konnte. In welcher Hinsicht auch immer. Aber zumindest überdeckten die weihnachtlichen Gerüche den sonst so feuchten, leicht modrigen Geruch der alten Mauern.

Und während Kranzfelder seinen Gedanken nachhing, hatten sich Caspar, Melchior und Balthasar mit ihren wertvollen Gaben aus dem Morgenland aufgemacht nach Bethlehem. Diese sollten sie dem frischgebackenen Heiland bringen oder vielmehr der Puppe mit Weichkörpereinsatz, die das Jesuskind darstellte. Ganz Holzwiesenreuth hatte sich für genau dieses wichtige Ereignis herausgeputzt und folgte gespannt dem Krippenspiel der Kinder, als plötzlich hysterische Schreie die glückselige Stimmung durchbrachen. Sie kamen aus der Richtung des Glockenhauses; dieses grenzte direkt an das Gotteshaus an. Es musste von jedem durchquert werden, um über ein paar Stufen den Mittelgang und das Innere der Kirche zu erreichen.

Dem schrillen Schrei folgten kurz darauf holprige Schritte, welche die steinernen Stufen emporeilten. Die Köpfe der Leute drehten sich mit einem Rucken herum. Jeder wollte wissen, wer sich da traute, diesen besonderen Moment für die stolzen Eltern und Großeltern zu stören. Es war Thea Schmied, Messnerin und gute Seele der Pfarrei, die nun in der großen doppelflügeligen Glastür der Kirche auftauchte. Sie war nicht mehr die Jüngste und brauchte dort erst mal einen Moment, um nach Luft zu japsen. Ihre kurzen grauen Haare standen in alle Richtungen, und ihrem Gesicht war jegliche Farbe entwichen. Man könnte fast meinen, ihr sei beim Kartoffelschälen drüben im Pfarrhaus der Leibhaftige begegnet.

Kranzfelder bekam einen dumpfen Schlag in seine linke Körperhälfte, seine Frau Maria hatte ihm einen unsanften Stoß verpasst. Aber Kranzfelder weigerte sich strikt, seine Wohlfühlposition aufzugeben, er hatte immerhin die komplette erste halbe Stunde der Kindermette daran gefeilt. Nein, stattdessen kniff er seine Augen weiterhin fest zusammen und beschloss, dass ein Brummen als Zeichen dafür, dass er noch nicht eingeschlafen wäre, jetzt ausreichen müsste.

»Schau, d' Schmiede«, flüsterte Maria ganz nah an seinem Ohr, als sie merkte, dass von ihrem Mann weiter keinerlei Regung zu erwarten war.

Na, ganz toll, dachte sich Kranzfelder unterdessen. War ja nicht so, dass Pfarrer Markus mit seiner Vorliebe für ausgedehnte Predigten nicht eh schon überzogen hatte, sein Hintern so was von eingeschlafen und die Füße am Abfrieren waren, nein, jetzt kam auch noch d' narrische Schmiede daher. Hätte die nicht noch bis nach der Messe warten können?

Die Messnerin eilte bereits mit großen Schritten den breiten Mittelgang entlang, geradeaus in Richtung Altar. Ihr violetter Haushaltskittel, den sie über ihrem Sonntagsgewand zu tragen pflegte, wehte wie ein Cape hinter ihr her und ließ die liebevoll dekorierten Teelichter gefährlich wild hinter ihr flackern – manche gingen sogar aus. Hatte ein bisschen was von Catwoman für Senioren, schoss es Kranzfelder durch den Kopf. Er hatte dann doch mal kurz durch seine geschlossenen Lider gespitzelt und sofort über seinen eigenen Gedanken schmunzeln müssen.

Immer wieder warf die Messnerin hektische Blicke hinter sich und schrie dabei wie eine Irre: »D' Specht hom nan g'hould!«

Die Leute in ihren Reihen begannen damit, sich das Maul über die alte Dame zu zerreißen. Und die Kinder, die bis eben noch den mühevoll auswendig gelernten Text dargeboten hatten, die schauten unbeholfen drein. Da stahl ihnen die Messnerin doch glatt die Show. Das war schon wirklich gemein.

Die Messnerin war vorn im Kirchenschiff angekommen, ihre zitternden Hände hatten einen stützenden Halt am Altar gefunden, und die meisten Anwesenden waren sich ziemlich sicher, die arme Frau hatte wieder gesoffen.

»Also, Thea, ich bitte Sie!« Pfarrer Markus konnte seine Empörung über das plumpe Verhalten seiner Haushälterin nicht verbergen.

»Entschuldigung, Herr Pfarrer!« Schleunigst nahm sie ihre Hand wieder vom heiligen Stein, welcher von einer aufwendig bestickten weißen Decke umhüllt wurde. Als wenn das der alleinige Grund für den Groll des Pfarrers gewesen wäre. Sie bekreuzigte sich kurz, eine Art Wiedergutmachung. »Da draußen, d' Specht!« Die Messnerin packte den Geistlichen grob am Gewand. »An Bach hom s' nan aufg'schnien!« Ihre kleinen Augen wurden groß, und ihre Lippen fingen an zu beben und passten nun zum zitternden Rest des Körpers.

»Ja, was ist denn nur in Sie gefahren?«, brauste der Pfarrer auf und schob leiser hinterher: »Haben Sie wieder getrunken?«

Bevor Thea Schmied ihm antworten konnte, klappte sie auch schon wie ein wackliges Kartenhaus in sich zusammen.

Inzwischen wurde es auch Kranzfelder langsam zu bunt. Mit einem leisen Grummeln meldete sich sein Magen zu Wort und kündigte einen aufkommenden Hunger an.

»Sag mal, was ist jetzt da vorne los?«, fragte er deshalb seine Maria und öffnete die Augen nun doch einen Spalt weit, um auf seine Armbanduhr zu schauen. Er setzte sich dabei seine Brille, die ihm wie gewohnt an einem Bändchen um den Hals hing, auf die Nase und musste dann mit Erschrecken feststellen, dass die Zeiger heute wohl nicht mehr vorhatten, sich vom Fleck zu bewegen.

»I weiß nicht, Bärchen. Aber d' Schmiede hat sich vermutlich nur wieder am Messwein vergriffen«, antwortete ihm seine Frau Gemahlin.

Kranzfelder musste leise schmunzeln. Er schaute seiner Frau dabei zu, wie sie sich vergebens abmühte, etwas von dem Treiben am Altar mitzubekommen. Aber sie war eindeutig zu klein, und ihre Plätze waren hinter der massiven Säule im Mauerwerk schlecht gewählt.

»Johann, i geh vor«, beschloss sie endlich und fing an, sich an den Leuten vorbei durch die Reihe zu bugsieren. Sie musste genau darauf achten, mit ihren schwarzen Pumps niemandem auf den Fuß zu treten. Das war nicht besonders einfach, denn auch die anderen Leute hatten sich weitestgehend von ihren Plätzen erhoben. Ja, inzwischen wollte wirklich jeder sehen, warum das Krippenspiel nicht weiterging. Und wer nicht fleißig damit beschäftigt war, sich die Hälse auszurenken oder die Köpfe zusammenzustecken, um über die verrückte Alte herzuziehen, nutzte die kurze Unterbrechung, um sich über Belangloses zu unterhalten. Kranzfelder konnte unterdessen den feuerroten Schopf seiner Frau beobachten, wie der sich zügig nach vorn an den Altar begab. Ein besorgtes Gemeindemitglied verlangte lautstark nach einem Hocker für die Messnerin.

Diese hatte sich inzwischen wieder einigermaßen gefangen, ihre Beine glichen aber trotzdem einem Wackelpudding. Das Deckenlicht wurde nun auf Maximum aufgedreht – und prompt war's das dann auch schon wieder mit der besinnlichen Stimmung. Schade eigentlich, dachte sich Kranzfelder.

Die Messnerin aber erinnerte sich. Ihre glasigen Augen fingen wieder an, hin und her zu flackern, und in ihrem Gesicht tauchten die ersten hektischen Flecken auf. Diejenigen, die ganz vorne mit dabei waren, überlegten langsam, ob man nicht doch besser einen Arzt rufen solle.

»Habts ma niat zug'hört? An Bach hom s' nan aufg'schnien!«

Und dieses Mal schlug der Satz ein wie eine Bombe.

Es wurde mucksmäuschenstill. Fast bis auf den letzten Platz. Nur hier und da waren noch ein paar wenige Stimmen zu hören. Natürlich, immer dieselben Tratschweiber, dachte sich Kranzfelder beim Blick durch den Raum. Keiner wusste halt so recht, was er sagen oder wie er eigentlich auf diesen Satz reagieren sollte. Sogar Pfarrer Markus, der sonst nie um ein Wort verlegen war. Die ganze Situation war ihm unglaublich peinlich.

»Vati, ich denke, du solltest langsam mal schauen, warum es da vorne nicht weitergeht.« Alexander, Kranzfelders einziger Sohn, meldete sich auf einmal zu Wort. Bis jetzt hatte er still neben ihm gesessen, die langen Füße lässig auf dem Büßerbrett abgestellt. Den Kopf hatte er tief über sein Handy gebeugt. Kranzfelder hatte schon fast vergessen, dass Maria ihn dazu gedrängt hatte, mit ihnen in die Kindermette zu gehen.

»Ich bin doch kein kleines Kind mehr!«, hatte es Alexander zuerst probiert. Dann hatte er seiner Mutter versucht weiszumachen, dass er jetzt Atheist sei. Hatte beides nicht funktioniert.

»Über die Feiertage tu ich mal rein gar nichts. Ich habe frei!« Er war mit dem Vorschlag seines Sohnes ganz und gar nicht einverstanden.

»Ja, aber ist es nicht deine Aufgabe, als Freund und Helfer, da vorne mal für ein bisschen Ordnung zu sorgen?«, fragte Alexander.

Täuschte sich Kranzfelder, oder haftete dem Satz seines Sohnes ein wenig Ironie an?

Johann Kranzfelder war seit vielen Jahren als Kriminalhauptkommissar tätig und konnte den Ausdruck »Freund und Helfer« nicht leiden. Dieser Beruf wurde in den Medien viel zu sehr weichgespült, wie er fand. Aber Alexander hatte schon immer ein astreines Helfersyndrom vorweisen können, und Kranzfelder war sich sicher, von ihm hatte er das nicht! Er hielt sich ja am liebsten aus den Dingen raus, wenn sie ihn nichts angingen. Wie das mit seiner Berufswahl zusammenpasste, wusste er selbst nicht so genau. Vielleicht, eben weil er von Berufs wegen seine Nase in anderer Leute Angelegenheiten stecken musste. Er schloss den Gedanken mit der Erkenntnis, dass sein Sohn dieses Helferdings eigentlich nur von seiner Mutter haben könne.

Vorne am Altar mischte sich inzwischen Frau Winkler ungefragt mit in das Krisenmanagement ein. Sie hatte Angst, dass dieser Aufruhr die Aufführung ihres Krippenspiels ruinierte. Die adrette Frau war so etwas wie die First Lady von Holzwiesenreuth, die Frau des Bürgermeisters! Dieser glänzte heute allerdings durch Abwesenheit. Frau Winkler war angespannt. Vermutlich lag es an der Tatsache, dass ihr Göttergatte dem Krippenspiel fernblieb und somit den Auftritt seiner beiden Töchter als Schaf und als Erzengel Gabriel verpasste. Vielleicht war sie aber nur sehr nervös. Sie hatte zusammen mit der Dorfjugend wochenlange harte Arbeit in diese Aufführung investiert – und jetzt das. Das kratzte etwas an ihr. Die Gattin des Bürgermeisters liebte es einfach viel zu sehr, sich als Gutmensch in den Vordergrund zu spielen. Vielleicht versuchte sie auch genau deshalb, die verzwickte Lage neben dem Jesuskind an sich zu reißen und aufzuklären. Und da die Oberpfälzer ein doch eher neugieriges Volk waren, brauchte man auch nicht lange zu bitten und zu betteln.

Es wurde beschlossen, sich wenigstens einmal anzusehen, was der Messnerin die Farbe aus dem Gesicht radiert hatte. Auf los ging's los, und es begann ein wahres Gedränge und Geschubse zum Ausgang im Glockenhaus. Angeführt wurde die Gemeinde von Thea Schmied, die von einem schwer schnaufenden Pfarrer Markus gestützt wurde.

»Auf geht's, Vati! Das Schauspiel dürfen wir uns nicht entgehen lassen.« Nun war es Alexander, der Kranzfelder unsanft in die Seite boxte.

»Kreiz Birnbam! Wenn du für das Weibergetratsche unbedingt deinen angewärmten Platz aufgeben willst! Die ganzen Leut kommen doch eh gleich wieder reingedruckt, wenn sie sehen, dass es nur wieder irgendeine Spinnerei von der Alten war.« Kranzfelder murrte, bevor er sich betont langsam hochhievte. Seinem Sohn ging das alles nicht schnell genug. Er trieb seinen Alten ein wenig voran, raus aus der Reihe. Ehe sie sich versahen, waren sie mittendrin in der Völkerwanderung und quetschten sich mit den anderen durch die doppelflüglige Glastür hindurch, die vier Steinstufen hinab, durchs Glockenhaus und ab ins Freie. Es lag kaum Schnee, und sie wurden von einer klirrend kalten Nacht empfangen. Es war so eisig, dass es beim Luftholen in der Nase wehtat und sich auf den einzelnen Härchen der Anwesenden kleine, feine Eiskristalle bildeten. Alleinig das geizige Licht einer nahen Straßenlaterne ließ einen nicht komplett im Dunkeln stehen.

Kranzfelder betrat mit seinem Sprössling das Kopfsteinpflaster vor dem Gotteshaus, als ihm jemand den Weg abschnitt und ihm schwallartig vor die Füße kotzte.

»Ja, sag mal, spinnst du!«, brüllte er und zog schnell seine Füße weg, leider zu spät. »Du wirst wohl noch einen einfachen Messwein vertragen«, meinte Kranzfelder mit einem Anflug von Sarkasmus, während er angewidert den Mageninhalt vom Andres Vogt auf seinen guten Schuhen zur Kenntnis nahm.

Das Häufchen Elend in der ausgebeulten Lederjacke vor ihm atmete ein paarmal tief durch und hob dazu entschuldigend die Hand. Dem Mann mit den wilden, schulterlangen Haaren und dem käsigen Gesicht gehörte die Zoiglwirtschaft ein paar Straßen weiter. So schnell warf ihn eigentlich nichts aus der Bahn.

»Lass dei dummen Witze! Schau ma mal, dann sen'g ma scho, ob du so an Saumagen host.«

Er zeigte mit seinem Finger in Richtung Straße, dorthin, wo eine alte Kastanie stand. Der Zoiglwirt war der Meinung, dass das für den Moment als Antwort genügen müsste, und ging davon. Kranzfelder wunderte sich über das Verhalten des Wirts, bei dem man eigentlich so reden konnte, wie einem der

Schnabel gewachsen war – ohne Angst haben zu müssen, dass er es einem übel nahm.

»Gib mir mal schnell ein Taschentuch, Alexander«, sagte Kranzfelder und hielt ungeduldig die Hand auf.

»Hab keines.« Sein Sohn zuckte mit den Schultern.

»Wie oft soll ich dir noch sagen, dass man immer ein Taschentuch einstecken hat, wenn man wohin geht!« Kranzfelder bemühte sich, nicht die Fassung zu verlieren. Aber böse war er trotzdem.

Er versuchte, die Sauerei auf seinen Schuhen, so gut es eben ging, an der Hausmauer der Kirche abzustreifen. Alexander verkniff sich unterdessen die Frage und die damit entstehende Diskussion mit seinem Vater, warum er denn nicht selber an ein Tempo gedacht hatte.

Die Stimmung um sie herum wurde zunehmend lauter. Man hörte immer mehr entsetzte Aufschreie und fassungsloses Raunen. Jetzt packte auch Kranzfelder die Neugierde. Prinzipien hin oder her.

Vermutlich hatte sich wieder irgendeine Saubande einen blöden Streich mit der Messnerin erlaubt, dachte er sich, während er sich seinen Weg durch die Menge bahnte. Herrschaftszeiten! Gefühlt ganz Holzwiesenreuth stand ihm jetzt im Weg, Kranzfelder ärgerte sich und schimpfte leise in seinen Bart. Manche der Umstehenden waren von ihrer Sensationslust getrieben, andere drehten angewidert ihre Köpfe beiseite, und die mit Kindern versuchten direkt vor dem, was da vorne war, zu flüchten.

»Obacht, jetzt lasst mich doch mal da durch, damit ich mir das auch mal anschauen kann!«, kündigte sich der Kriminalhauptkommissar daher lautstark an und schob ein, zwei hartnäckige Personen, zugegebenermaßen etwas unsanft, beiseite.

»Kranzfelder! Bitte, Sie müssen sofort etwas unternehmen! Der kann da unmöglich so hängen bleiben!« Pfarrer Markus empfing ihn bereits, und er schien mit seinen Nerven nun ebenfalls nahe einem Kollaps.

Wer konnte wo nicht hängen bleiben? Gerade als Kranzfelder anfing zu überlegen, fiel sein Blick auf den Punkt, der sich eben hinter dem Pfarrer verborgen hatte. In den Schatten des Baumes schwebte etwas. Was sollte das sein? Er kniff seine Augen zu einem Spalt zusammen. War das ein Sack? Kranzfelder schüttelte den Kopf. Wirklich unfassbar. Vielleicht sollte er mal ein paar Schritte näher herangehen. Seine Augen waren nicht mehr die besten, und an dieser Stelle half ihm auch seine Brille nicht weiter.

Aber so war das eben, wenn man in der zweiten Halbzeit des Lebens angekommen war, dachte er sich nüchtern und ging einen großen Schritt um den Pfarrer herum. Es war mucksmäuschenstill. Die Leute um ihn herum hielten gebannt den Atem an und beobachteten das Vorgehen des Kommissars genau. Und je näher Kranzfelder dem »Sack« kam, desto mehr dämmerte es ihm.

Ach, bitte nicht! Nicht heute, nicht an Heiligabend und nicht in meinem Urlaub, dachte er sich mit jedem Schritt, den er dem Baum näher kam.

Das kokonartige Bündel war ein Mensch. Und es schwebte nicht. Dieses Bündel hing an einem dicken Strick. Und der Hals des Gehängten machte dabei einen wirklich ungesund wirkenden Knick.

»Bärchen, da bist du ja! I such di überall!« Maria tauchte plötzlich neben ihm auf. Kranzfelder hatte sie eben noch aus dem Augenwinkel dabei gesehen, wie sie sich angeregt mit einer Bekannten aus dem Ort unterhalten hatte. »Wos is denn los? Es geht hoffentlich glei weiter! I hob nämlich die Bratwürscht auf der Küch stehen lassen. Niat dass die Katzen denken, es wär ihr Weihnachtsessen!«

Maria glänzte mit einem hervorragenden Timing, dachte sich Kranzfelder. Im selben Atemzug musste er dann aber auch an die Würste denken. Die guten Würste. Die hatte er doch tatsächlich für den Moment vergessen.

Dann überlegte er, was eigentlich schlimmer wäre. Das Wissen darüber, dass er mit großer Sicherheit die vielen guten Speisen, die Maria für die Feiertage geplant hatte, allerhöchstens aufgewärmt aus einem Plastikbehälter genießen würde? Oder die Tatsache, dass er eben nicht, wie die anderen Anwesenden, damit zu kämpfen hatte, dass es ihm sofort den Leib Christi wieder retour beförderte.

Dieses Gedankenkarussell behielt er aber besser für sich. Stattdessen kaute er auf dem Ende des Bügels an seiner Brille herum und antwortete nüchtern:»Maria, ich glaub, wir essen heute etwas später.«

»Spinnt sich d' Schmiede wieder wos zam?«, fragte Maria. Es hallte dabei über den sonst eher gedämpften Vorplatz.

Kranzfelder nahm sich fest vor, die Maria das nächste Mal mit zum Sehtest zu nehmen.

»Mama, bitte! Du merkst aber auch gar nichts, oder?« Alexander stand dicht hinter ihnen. Mit einem Fingerdeut machte er seine Mutter auf die leblose Gestalt, die an dem Ast der Kastanie baumelte, aufmerksam.

»Ja, um Himmels will'n! Wer hängt denn dou?«, plärrte sie ohne Vorwarnung durch die stille Nacht. Bevor Kranzfelder reagieren konnte, erkannte Maria auch, um wen es sich bei dem Toten handelte.»Der Karl!«, schrie sie.

In der Tat, dort hing Karl Winkler, der Bürgermeister von Holzwiesenreuth.

Hinter ihnen ertönte ein dumpfes Geräusch. Hannelore Winkler war zu Boden gegangen.

»Super, Maria, das hast du wirklich ganz hervorragend hinbekommen«, entfuhr es Kranzfelder schroff.

Vielleicht ein bisschen zu schroff, denn sein Sohn bedachte ihn mit einem strafenden Blick und stellte sich demonstrativ neben seine Mutter. Sanft legte Alexander den Arm um ihre Schultern und schob sie beiseite.

Ein paar der Anwesenden lösten sich aus ihrer Schockstarre und eilten zu der frischgebackenen Witwe, die wimmernd auf dem eisigen Boden kauerte.

Die Frau des toten Bürgermeisters hatte die kurze Unterbrechung in der Kirche sicher genutzt, um ihre Schützlinge für die zweite Hälfte des Krippenspiels zu motivieren, überlegte Kranzfelder. Das würde erklären, warum sie erst jetzt hier draußen zu ihnen gestoßen war. »So, dann haben wir hier jetzt einen Tatort! Also alle bitte einen Schritt zurück!«, rief Kranzfelder in die Menge. »Und bringts halt die Frau hier weg!«, sagte er zu den Leuten, die sich um Frau Winkler kümmerten. Die Frau Bürgermeister wurde daraufhin umgehend von dem scheußlichen Anblick entfernt. Ein anderer rief sogar einen Krankenwagen. Der Kriminalhauptkommissar setzte sich in der Zwischenzeit seine schmale Brille auf die Nase und ging näher an den Gehängten heran. Er würde sich wohl oder übel ein genaues Bild von dem Toten machen müssen.

Ihm wurde das volle Ausmaß der Gewalttat offenbart. Kranzfelder hatte Mühe, seinen Würgereiz und sein Ekelgefühl im Zaum zu halten. Das war wirklich nichts für schwache Nerven! So etwas sah selbst er nicht alle Tage. Aber das fiel wohl unter die Rubrik Berufsrisiko. Wer zur Hölle war nur zu so etwas in der Lage? Eines war zumindest klar, das konnte sich Karl Winkler unmöglich selbst zugefügt haben!

2

Vum Dorf her leitn leis die Glockn.
Die weißn Flockn falln ganz sacht.

»Des war d' Specht, wennst mi fragst«, raunte es ihm ans Ohr. Kranzfelder fuhr erschrocken zusammen. Thea Schmied war wie aus dem Nichts hinter ihm aufgetaucht, und es schien ihr wohl etwas besser zu gehen. Die Specht sei nichts weiter als eine Schreckensfigur, deren üble Aufgabe es sei, arme Kinder einmal im Jahr zu verängstigen, brannte es dem Kommissar auf der Zunge.

»Es fragt dich aber niemand«, knurrte Kranzfelder stattdessen.

Eigentlich konnte die ältere Dame ja nichts dafür, dass soeben sein Urlaub flöten ging und er seine Bratwürste heute, wenn überhaupt, wohl erst später am Abend bekommen würde, überlegte er.

Die Messnerin sog kräftig die Luft ein, um zu einer Schimpftirade anzusetzen. Ein warnender Blick von Kranzfelder reichte aber – und sie ging davon. Wenn auch nicht ganz ruhig.

Dann ging er ein paarmal um Karl Winkler herum, um das ganze Ausmaß der Fürchterlichkeit zu begutachten. Das, was da vor ihm am Baum hing, übertraf wirklich alles an Grausamkeiten, welche ihm in seiner ganzen Laufbahn als Kriminalbeamter untergekommen waren. Ein scheußlicher Anblick. Er merkte kurz, wie ihm flau in der Magengegend wurde, und hätte er nicht schon ein paar Jährchen Berufserfahrung auf dem Buckel gehabt, wäre er vermutlich ins nächstgelegene Eck geflüchtet, um sich zu übergeben. Der tote Bürgermeister baumelte dort, wie eine müd gewordene Marionette, von dem dicken Ast der Kastanie herab – und sein Kopf war leicht nach vorn geneigt. Seine Kleidung war schmutzig und blutgetränkt.

Die Hose war ihm ein Stück nach unten gerutscht. Mit weit aufgerissenen Augen und leerem Blick schien er etwas nie Dagewesenes in der Ferne zu fixieren. Kranzfelder erwischte sich dabei, wie er sich kurz umwandte, um nachzusehen, wer dort stand. Dann blieben seine Augen auf der Körpermitte des Opfers hängen. Aus dem Bauch vom Winkler quoll Stroh. Der Darm hing dafür ein Stück weit außerhalb des Korpus. Der wurde ausgestopft wie eine Weihnachtsgans, dachte er sich und zückte kopfschüttelnd sein Handy. Es läutete lange, bis jemand am anderen Ende abhob.

»Ja, Chef?«, meldete sich eine junge Frauenstimme. Diese gehörte zu Klara Stern, Polizeikommissarin. Seit einigen Wochen war sie die neue Kollegin an Kranzfelders Seite.

»Klara?« Der Hauptkommissar presste sein rechtes Ohr fest gegen das Smartphone, während er das linke mit seinem Zeigefinger zuhielt.

»Chef, was ist denn bei Ihnen los?« Sie klang verwundert.

»Bist du nicht in der Messe?«, sprach er ein wenig lauter in das Telefon. Er war sich nicht sicher, ob ihn die Stern verstehen würde. Die Menge um ihn herum war nämlich gerade dabei, erste Verschwörungstheorien aufzustellen. Von überall her keimte jetzt wildes Geschnatter auf.

»Nein, Chef, bin unterwegs«, antwortete sie.

»Kreiz Birnbam! Dann schau, dass du schleunigst hier auftauchst. Den Bürgermeister hat's erwischt!« Kranzfelder konnte seinen Groll über die ganze Situation nur schlecht verbergen.

»Wo soll ich hinkommen?«, fragte die Stern mit ihrer zarten Stimme.

»Nach Holzwiesenreuth, zur Kirche! Wohin denn sonst? Dorthin, wo sich an Heiligabend jeder normale Bürger aufhält! Und pack dir eine Kotztüte mit ein, das ist wirklich kein schöner Anblick.« Kranzfelder war der Meinung, dass das nur eine faire und wichtige Information für seine neue Kollegin sei. Immerhin hatte die Stern erst kurz zuvor noch die Schulbank gedrückt, und daher ging er davon aus, dass ihr Magen empfindlich reagieren würde.

»Bis du hier bist, verständige ich die Kollegen von der Schupo. Die sollen hier schon mal alles absichern und die Herrschaften von der zentralen Kriminaltechnik anfordern.« Kranzfelder legte auf.

Den Sheriff müsste er jetzt theoretisch auch anrufen, überlegte er dann.

Mit »Sheriff« war sein Vorgesetzter gemeint – Kriminalrat Franz Kammermayer.

Er musste aber auch versuchen, die schnatternde Menge irgendwie wieder zurück in die Kirche zu bekommen, bevor sie ihm auch noch den letzten Rest an Spuren vernichteten.

»Und, wos mach ma etza, Bärchen?« Maria war wieder vor ihm aufgetaucht. Immer noch kalkweiß im Gesicht.

»Bis die von der Streife da sind, müssen wir die Leute beisammenhalten. Du musst mir helfen, die Menge zurück in die Kirche zu bekommen!«

Kranzfelders Frau fackelte nicht lange. Mit ihrer energischen Art fing sie an, die Menge an Schaulustigen zusammenzutreiben und dann zurück in die heiligen Hallen zu führen.

»Los, Herr Pfarrer! Stehen S' da net so rum, helfen Sie lieber meiner Frau, Ihre Schäfchen ins Trockene zu bekommen!«, rief der Hauptkommissar dem Pfarrer zu.

Der stand verloren in der Gegend herum. Kranzfelder war der Meinung, dass der Geistliche sicher dankbar sein würde, endlich mit anpacken zu können.

Nachdem seine Frau und Pfarrer Markus die Menschen zurück in die Kirche bugsiert hatten, passten sie auf, dass niemand frühzeitig vom Tatort verschwinden konnte. Und als Kranzfelder nur kurz darauf das Blaulicht vernahm, welches die Straße hochkam, atmete er erleichtert auf. Er begrüßte die Männer mit einem festen Handschlag und informierte sie über das Geschehene.

Die Kollegen teilten sich auf. Zwei von ihnen machten sich direkt daran, den kompletten Vorplatz und somit den Fundort der Leiche mit einem Flatterband abzusperren, die anderen beiden lösten Maria Kranzfelder und den Pfarrer in der Kirche ab und passten statt ihrer auf, dass sich keiner aus dem Staub machte.

Die zentrale Kriminaltechnik war noch nicht eingetroffen. Daher nutzte Kranzfelder den Moment, um sich mit dem Toten vertraut zu machen. Es war eine Eigenart, die er sich über die Jahre angewöhnt hatte. Ein kurzes Kennenlernen, ein paar Fragen, die er dem Toten in aller Stille stellen konnte, ein kurzer Small Talk von Leiche zu Ermittler. Das war ihm wichtig, er war sich nämlich sicher, die Opfer so besser kennenzulernen. Vielleicht würden sie ihm auch ein Zeichen geben, vielleicht sogar einen Hinweis auf den Täter.

»Wer hat dir das nur angetan?«, fragte er daher.

Die Männer von der Schutzpolizei, die gerade dabei waren, den Tatort mit Absperrband zu sichern, warfen sich belustigte Blicke und ein spöttisches Grinsen zu.

Kranzfelder wusste sehr wohl, dass er von seinen Kollegen für seine Vorgehensweise belächelt wurde. Davon hatte er sich aber noch nie aus der Ruhe bringen lassen.

»Wieso hängst du hier? Aufgeschnitten wie ein geschlachtetes Schwein?« Dem Kommissar war die Tatsache zwar bewusst, dass sich der tote Bürgermeister seit seinem Amtsantritt wenig Freunde gemacht hatte, aber ihn gleich derart zuzurichten? Ihm fiel zudem der Boden unter dem Toten auf. Dort befanden sich ein paar Strohhalme, aber keine sichtlichen größeren Blutspuren. »Und warum ausgerechnet an Weihnachten?«, flüsterte Kranzfelder dem Winkler zu. Fast so, als würde er tatsächlich auf eine Antwort hoffen.

»Kollege, wie schaut's aus? Werden die Anwesenden jetzt noch vernommen, oder was? Die steigen uns nämlich langsam aufs Dach. Von wegen Weihnachtsessen, ruiniertes Fest, Bescherung und so!« Einer der Streifenpolizisten stand plötzlich vor Kranzfelder und riss ihn damit aus seinem Dialog mit dem Winkler.

Kranzfelder griff nach der Brille auf seiner Nase. Natürlich hatte er die Leute nicht vergessen. Aber er musste zugeben, dass er für einen Moment gedanklich sehr vertieft gewesen war. Er hatte deshalb auch nicht mitbekommen, dass inzwischen dicke, nasse Schneeflocken vom Himmel kamen.

Konnte das Fest der Liebe denn noch beschissener werden?

»Jetzt gehen Sie wieder zurück und sagen Sie den Herrschaften, dass ich gleich komm. Keiner verlässt die Kirche, verstanden?« Kranzfelder schickte den Kollegen in blauer Uniform davon.

Danach warf er einen Blick auf seine Armbanduhr. Die Stern sollte jetzt langsam mal auftauchen. Der Kommissar bewegte sich in Richtung Treppe, die vom Vorplatz hinunter zur Straße führte.

Die aufkommende Nässe tat ihr Übriges, und das Kopfsteinpflaster hatte sich in die reinste Rutschpartie verwandelt. Kranzfelder musste aufpassen. Beinahe hätte es ihm auf dem schmierigen Untergrund die Füße wegzogen.

Da hörte er endlich ein immer lauter werdendes Klackern die steinernen Stufen vor ihm heraufeilen. Kurz darauf erschien die Stern, sie war vollkommen aus der Puste. Kranzfelder überlegte, wie sie es nur schaffte, in ihren Stiefeln mit den hohen Absätzen und bei der Schmierseife auf dem Boden nicht auszurutschen.

»Chef, ich bin schon da. Tut mir echt leid, aber ich habe mich wirklich beeilt! Die Straßen waren nur so furchtbar glatt, und gestreut hat da auch keiner.«

»Na, Zeit wird's!« Er verzichtete auf die Frage, woher seine Kollegin jetzt komme.

Zur selben Zeit war auch die Kriminaltechnik vorgefahren. Die Kollegen kamen mit ihren schweren Koffern hinter der Stern die schlecht beleuchtete Treppe hochgestiefelt. Motivation sah anders aus. Kranzfelder konnte es ihnen nicht verübeln.

»Da, an der alten Kastanie.« Er deutete ihnen mit seinem Kopf den Weg zum Einsatzort. Die Männer und Frauen von der Spurensicherung warfen sich ihre weißen Schutzanzüge über und bedeckten ihre Gesichter mit einem Mundschutz. Dann machten sie sich an die Arbeit.

»Kommt denn der Gerichtsmediziner auch noch?«, rief der Hauptkommissar einem der Männer von der Spurensicherung hinterher.

»Nein, der will den Toten gleich auf den Tisch«, antwortete der verantwortliche Kollege von der Spurensicherung. Er schüttelte seinen Kopf und fing damit an, Stück für Stück den Fundort aufzunehmen.

Gerichtsmediziner müsste man sein, dachte sich Kranzfelder. Im selben Moment tat sich ihm aber noch eine andere Frage auf. »Ja, und wer holt uns jetzt die Leiche da runter?« Er fand, dass das eine berechtigte Frage sei. Aber anstatt einer Antwort gab es für die beiden Ermittler nur einen genervten Blick seitens der Spurensicherung. Im selben Augenblick kitzelte ihn ein aufdringlicher Duft in der Nase. Es war sicher das Parfum der Stern.

»Okay, und für wen hast du dich jetzt so aufgedonnert?«, fragte Kranzfelder prompt. »An Heiligabend wirst du ja kaum ein Date gehabt haben?«

Der Stern stieg sofort die Schamesröte ins Gesicht. Dazu grinste sie irgendwie sonderbar, bemerkte er. »Chef, ich glaube, wir müssen noch die Daten der Anwesenden erfassen. Oder haben Sie das etwa schon erledigt?«

Kranzfelder gab es nur ungern zu, aber seine junge Kollegin hatte recht. Auf ihrem Weg zur Kirche beobachteten sie den Mann von der Spurensicherung. Er hatte bis eben noch Fotos von der Leiche gemacht und half jetzt dabei, den Winkler vom Baum zu holen. Den Strick packten die Männer in einen durchsichtigen Asservatenbeutel.

Als Kranzfelder und die Stern die Kirche betraten, stürzte sich die Menge mit lautem Geschnatter auf sie. Die Kommissare hatten Mühe, die Menge zu beruhigen. Kranzfelder bahnte sich daher kurz entschlossen einen Weg zur nahe gelegenen Kanzel.

»Was haben Sie vor?«, rief ihm die Stern hinterher. Er konnte sie hören, während er die kleinen Stufen hinaufstieg. Na, dann wollen wir doch mal sehen, dachte sich Kranzfelder.

»Herrschaften, alle mal zuhören, bitte!« Ihm gefiel, wie kräftig und imposant seine Stimme von hier oben über die Köpfe hallte.

Sein Plan funktionierte. Ihm gehörte schlagartig die komplette Aufmerksamkeit. Die Kinder aus dem Krippenspiel standen inzwischen bei ihren Eltern. Kranzfelder sah in ihren Gesichtern, dass sie enttäuscht und traurig darüber waren, dass ihre Aufführung unterbrochen worden war.

»Wie ihr ja alle mitbekommen habt, hängt draußen der Bürgermeister. So, und jetzt würden meine reizende Kollegin dort drüben und ich gerne wissen, wer den dorthin dekoriert hat!« Kranzfelder zeigte auf die Stern. Die hob irritiert ihre Hand zur Begrüßung. »Keiner hier verlässt diese Kirche, bevor er von mir oder meiner Kollegin Polizeikommissarin Stern befragt wurde!«

Ein Aufstöhnen ging durch die Gemeinde.

»Den Heiligabend hab ich mir bei Gott auch anders vorgestellt«, versuchte Kranzfelder, die brodelnde Menge zu beruhigen. »Meine Kollegin und ich werden uns jetzt hier vorne vor dem Altar aufstellen, und ihr bildet bitte zwei hübsche Reihen, schön nebeneinander. Nicht drängeln, nicht schubsen, ich verspreche euch, jeder kommt dran!« Mit diesen Worten kletterte er wieder von der Empore und stellte sich neben die Stern.

Die hatte sich bereits motiviert rechts vor dem Altar positioniert. In ihrer Hand hielt sie ein kleines Notizbuch und einen Stift.

»Packen wir's an«, sagte Kranzfelder. »Wir notieren uns jetzt von jedem hier die Kontaktdaten und ein paar wichtige Punkte. Vielleicht hat ja einer zufällig was beobachtet, oder es ist jemandem etwas Merkwürdiges aufgefallen. Und wenn wir das haben, kümmern wir uns in Ruhe um die Messnerin und um die frischgebackene Witwe des Toten.«

Kranzfelders Worte bildeten den Startschuss, und sie begannen, nacheinander die wartenden Leute abzuarbeiten. Alle, die brav ihren Namen, ihre Adresse und ihre Telefonnummer abgegeben hatten, durften dann das Gebäude verlassen und endlich den Nachhauseweg antreten. Der größte Teil stammte ohnehin aus Holzwiesenreuth, somit kannte man sich.

»Bärchen, brauchst me na?« Maria war neben ihm aufgetaucht und unterbrach ihn dabei, als er gerade die Daten von einer jungen Familie erfasste. »I werd mit dem Alexander schon mal nach Hause fahrn. Die Oma und der Opa werden inzwischen einen gewaltigen Hunger ham und sich fragen, wo mir abbleiben.« Die rüstigen Eltern von Kranzfelder waren zu Hause auf dem Hof geblieben. Sie gingen wie jedes Weihnachten immer erst später am Abend in die Messe. »Wir lassen dir was übrig. Die Wirscht kannst a kold essen«, sagte sie noch.

Der Verzicht der nächsten Tage hatte also schon begonnen, dachte sich Kranzfelder und versuchte angestrengt, das Grummeln aus seiner Magengegend zu ignorieren.

Maria stellte sich auf die vordere Spitze ihrer schwarzen Pumps und drückte ihm einen flüchtigen Schmatzer auf die Wange. Dann drehte sie sich auf dem Absatz um und verschwand in der Menge, noch bevor er irgendeinen Einwand vorbringen konnte.

»Chef, die schaffe ich doch auch alleine«, sagte die Stern und gab den Restlichen in der Warteschlange eine Geste, auf ihre Seite rüberzuwechseln.

»Gut, dann kümmere ich mich jetzt um unsere zwei Damen draußen im Rettungswagen«, antwortete Kranzfelder. Doch bevor er die Kirche verlassen konnte, vibrierte es in der Innentasche seiner Jacke. Kranzfelder holte sein Handy hervor. »Sheriff ruft an«, stand auf dem Display.

»Kranzfelder?«, meldete er sich. Immer, auch wenn er eigentlich schon wusste, wer ihm am anderen Ende antworten würde.

»Haben Sie nicht etwas vergessen?«, donnerte es durch die Leitung. »Wieso muss ich über zehn Ecken erfahren, was da los ist? Sie haben mich gefälligst zu informieren, wenn irgendwo einer tot in der Gegend rumhängt! Haben wir uns da verstanden?«

»Frohe Weihnachten!«

Er hoffte, ihn damit etwas besänftigt zu bekommen.

»Ach, jetzt hören Sie doch auf! Informieren Sie mich beim nächsten Mal einfach umgehend, dann brauchen Sie hinterher nicht so herumzuschleimen«, blaffte Kammermayer zurück.

»Haben Sie wenigstens alles im Griff, oder brauchen Sie meine Unterstützung?«

Auf keinen Fall!, wäre es Kranzfelder beinahe über die Lippen gerutscht. »Wir kommen zurecht, Herr Kammermayer, aber vielen Dank. Außerdem hat die Kollegin Stern gemeint, dass die Straßen ordentlich glatt sind. Da bleiben Sie besser, wo auch immer Sie gerade sind. Nicht dass noch was passiert.«

»Sicher, Kranzfelder?«, fragte der Kriminalrat.

»Der Bereich um die Leiche herum wurde bereits abgesperrt, und die Leute vom zentralen Kriminaldienst sichern grad im Moment alle Spuren, und mit der Befragung der Anwesenden sind wir auch so gut wie durch.«

»Hat denn schon jemand etwas Interessantes zu dem Fall beitragen können?«

»Natürlich nicht, wie immer halt«, antwortete Kranzfelder seinem Chef. »Aber ich wollte grad im Moment zur Witwe des Toten und zur Messnerin.«

»Zu wem?«

»Zur Messnerin – Thea Schmied. Die hat den Toten gefunden.«

»Gut, dann ran an die Arbeit. Und seien Sie bitte im Umgang mit der Witwe ein wenig feinfühliger als sonst, Kranzfelder. Immerhin hat die arme Frau soeben ihren Mann verloren«, sagte Kammermayer. »Und, Kranzfelder, äußerste Diskretion! Muss ich Ihnen aber nicht sagen, oder? Das gilt auch für Ihre neue Kollegin. Kein Wort an irgendeine Presse, ich sag's Ihnen!«

Ist ja nicht meine erste Leiche, dachte sich der Kommissar.

»Jawohl, Herr Kammermayer, wir kümmern uns drum.«

»Ich meine es ernst, Kranzfelder! Sie wissen, was für Holzwiesenreuth auf dem Spiel steht. Da ist immerhin der Bau dieses neuen Esoterikzentrums und dann auch noch die geplante Heiligsprechung im nächsten Jahr«, redete Kammermayer weiter.

Dann kam der Satz, den er schon erwartet hatte.

»Und Urlaub ist erst mal gestrichen, das ist klar, oder, Kranzfelder? Mord geht vor!«

»Klar, Chef«, antwortete er und war froh, als der Sheriff am anderen Ende endlich auflegte.

Er würde aber schon gerne wissen, wer dem Kammermayer das mit der Leiche schon wieder gesteckt hatte.

Und das mit seinem Urlaub, ja, das würde er der Maria und dem Rest der Familie Kranzfelder sehr schonend beibringen müssen, aber darum würde er sich später kümmern. Jetzt machte er sich erst einmal auf den Weg zu dem Rettungswagen.

Dieser stand hell beleuchtet auf der gegenüberliegenden Straßenseite, unterhalb der Kirche beim großen Brunnen. Dort befand sich der Dorfplatz. Hier hatte am Mittag das jährliche »Specht-Füttern« zu Heiligabend stattgefunden. Und nirgendwo sonst gab es ein so ausgezeichnetes Bananensplit, wie er fand!

Im Rettungswagen lag Frau Winkler kerzengerade auf der flachen Liege und machte keinen Mucks.

»Sie hat einen ziemlichen Schock erlitten, Herr Kommissar.

Wir mussten ihr ein starkes Beruhigungsmittel spritzen«, sagte ein Rettungssanitäter.

»Dann werde ich sie heute wohl nicht mehr befragen können?«, fragte Kranzfelder.

»Denke nicht. Wir nehmen sie zur Sicherheit mit und bringen sie in das nächstgelegene Krankenhaus. Zumindest mal für diese Nacht«, sprach der junge Bursche. »Die da hat das Ganze allerdings ziemlich gut weggesteckt. Mit der können Sie sprechen, die bleibt da!« Er zeigte auf Thea Schmied. Die hockte in eine warme Decke gewickelt auf der metallenen Stufe des Rotkreuzfahrzeuges. In ihren Händen hielt sie einen Flachmann.

»Mogst a?«, fragte die Messnerin und hielt Kranzfelder das silbrige Fläschchen entgegen.

Dagegen war wohl nichts einzuwenden, dachte er sich und setzte seine Lippen zu einem Schluck an. Puh! Er verzog jeden Winkel seines Gesichts. Der brannte wie Feuer! Aber im Magen angekommen, wurde ihm von innen heraus schön warm.

»Obstler, selber brennt«, sagte sie stolz.

»Den hab ich jetzt gebraucht«, antwortete Kranzfelder und gab der Frau schnell ihren Flachmann zurück.

»Du host dir doch vorhin in der Kirch sicher a dacht, dass die Alte wieder zu tief ins Glas g'schaut hat, oder?« Kranzfelder konnte sie lallen hören.

»Wie hast du den Winkler überhaupt gefunden?«, fragte er nach einer kurzen Pause.

»Bin gegen seine Füß g'rennt«, sagte die Messnerin.

»Aha. Und warum bist du noch mal raus zur Kirche?«, hakte er nach.

»Eigentlich wor i ja schon gegenüber im Pfarrhaus und hob angefangen, in der Küch das Abendessen für den Pfarrer vorzubereiten, so mach i des halt jed's Jahr zu Weihnachten. Damit der Pfarrer zwisch'n den Messen schnell wos essen kann, denk i mir immer«, erzählte sie. Thea Schmied war schon ihr halbes Leben bei der Pfarrei in Holzwiesenreuth als Messnerin tätig, also eigentlich schon immer. Zudem kümmerte sie sich seit dem Tod ihres Mannes auch um den Haushalt des Pfarrers.

»Ja, aber wie kamen jetzt die Füße des Toten auf deinen Kopf? Das versteh ich nicht«, fragte Kranzfelder ein weiteres Mal.

»I bin nu mal kurz raus – wegen dem Peterle.«

Der Kommissar schaute sie fragend an.

»Eine meiner Katzen«, erklärte sie. »Und wie i dann draßen unterwegs wor, hob i bei der alten Kastanie rechts neben da Kirch a leere Zigarettenschachtel lieg'n sehn. A Frechheit! Überall lass'n d' Leut inzwischen ihr'n Dreck liegen. So was regt mi auf, des kannst du dir gar niat vorstell'n, Johann. Auf alle Fälle bin i dann dahin. Die Schachtel konnte dort ja niat so lieg'n bleiben, oder? Und grad als i die leere Packung vom Boden aufheben wollt, berührte etwas mein' Kopf. Jesses Maria, hob i mi erschrocken! Johann, i sag's da. Erst hob i ja dacht, dass da irgendein Viech über mei'm Kopf war. A Fledermaus vielleicht. Aber dann hob i seine Füß im Baum gsehn. Sah aus wie a Vogelscheuche, weg'n dem ganzen Stroh in sei'm Bauch. Ja, und dann hob i mi beeilt, dass i schnell in die Kirch komm. I wusst ja niat, ob d' Specht'n no irgendwo wor'n!«

»Und wie es dann weitergegangen ist, wissen wir ja«, sagte Kranzfelder eilig und beendete damit die Ausführungen der Messnerin.

Ein Blick auf die Uhr verriet ihm, dass es spät geworden war. Er überlegte. Seine Familie machte sich zu Hause gerade sicher über das Abendessen her. Ein Scheiß-Heiligabend war das!

»Bevor ich es vergesse: Wo genau befindet sich jetzt diese Zigarettenschachtel?« Kranzfelder hatte sich bereits zum Gehen abgewandt, drehte sich nun aber noch mal zu der Messnerin um. Diese fuhr sich mit der freien Hand unter die graue Decke und kramte in ihrer Tasche an der Kittelschürze. Kranzfelder bedankte sich, als sie ihm die leere Packung entgegenhielt. Er ließ sich von einem der Rettungssanitäter einen Einmalhandschuh geben und hüllte das Beweismittel gut darin ein. Danach steckte er sich das kleine Paket in die Jackentasche. Inzwischen hatte die ältere Dame eine beachtliche Alkoholfahne. Aber das geht mich eigentlich nichts an, dachte sich Kranzfelder. Hier im Ort wusste man um die Hassliebe zwischen der Messnerin und dem Alkohol. Er würde sein Beweisstück gleich der Spurensicherung übergeben. Die sollten es gründlich untersuchen, vielleicht befanden sich auf der Zigarettenschachtel ja ein paar Fingerabdrücke oder Ähnliches.

Kranzfelder beeilte sich, die Straße zu überqueren. Er war inzwischen bis auf die Knochen durchgefroren, und seine Haare hatten sich mit dem nassen Schnee vollgesogen. Die Stern kam ihm auf der obersten Stufe der schmalen Treppe, die zum Kirchplatz führte, entgegen.

»Fertig?«, fragte er sie.

Die Polizeikommissarin hielt ihm ihren vollgeschriebenen Notizblock unter die Nase. »Keiner was gesehen, gehört oder gerochen«, witzelte sie. »Und bei Ihnen?«

»Die Witwe war nicht ansprechbar, und die Messnerin hat auch nicht mehr sagen können, als dass sie den Toten gefunden hat«, grummelte Kranzfelder.

»Ist doch aber schon sehr auffällig, dass die Hälfte der Befragten über den Winkler und irgendein Esoterikzentrum geschimpft haben«, meinte die Stern.

»Na gut. Machen wir Feierabend für heute. Es ist schon spät«, sagte Kranzfelder.

Und außerdem hatte er einen Riesenkohldampf! »Sind die Männer von der Spusi noch da?«

»Ach ja, genau! Die wollten von uns noch wissen, ob wir schon einen Leichenwagen bestellt haben – Sie wissen schon, für den toten Winkler.«

»Für wen soll der Leichenwagen auch sonst sein?«, entfuhr es Kranzfelder ironisch. »Und nein, haben wir nicht. Und überhaupt, seit wann gehört das bitte zu unseren Aufgaben? Das wäre mir neu!«

Seine Kollegin sagte nichts.

Kranzfelder ging an ihr vorbei. Die Spurensicherung war gerade dabei, ihre Sachen zusammenzuräumen.

Er verspürte eine gewisse Freude dabei, dem arroganten Kollegen die eingewickelte Zigarettenschachtel in die Hand zu drücken. »Bitte einmal gründlich unter die Lupe nehmen. Und schaut euch noch mal die Treppe dahinten genauer an. Ich habe auf den Stufen hier und da Stroh entdeckt. Vielleicht hat das ja unser Toter dort verloren.«

Der Mann von der Spurensicherung nahm das Beweisstück entgegen und steckte es in einen Beutel. Danach warf er es schwungvoll in einen der offen stehenden Koffer.

»Sonst noch was Interessantes für uns?« Kranzfelder hasste es, wenn er anderen alles aus der Nase ziehen musste.

»Nichts Großartiges. Ihr bekommt dann so schnell wie möglich unseren Bericht, in dem alles Weitere steht. Aber Spuren brauchst großartig keine zu erwarten, bei der Menschenmenge, die hier drübergetrampelt ist!«

»Gut, Kollegen, dann bestellt ihr jetzt noch einen standesgemäßen Wagen für unseren Herrn Bürgermeister hier. Die sollen den dann wie immer zum Michel in die Gerichtsmedizin überführen«, entgegnete Kranzfelder.

Ohne eine Antwort abzuwarten, drehte er sich um und ging zurück zu seiner Kollegin. Die stand immer noch am selben Fleck.

»Jetzt aber Feierabend!« Seine Laune erlebte einen Aufschwung.

»Dann wünsche ich Ihnen einen guten Hunger. Hoffentlich hat Ihnen Ihre Familie auch eine ordentliche Portion übrig gelassen«, sagte die Stern. Sie ging dicht hinter Kranzfelder die Stufen in Richtung Parkplatz hinunter. »Mit knurrendem Magen sind Sie nämlich kaum auszuhalten«, flüsterte sie dann noch.

Nicht auf den Mund gefallen war sie.

»Hast du noch was vor?«, fragte er unvermittelt. »Ich lad

dich ein. So wie ich meine Maria kenn, hat sie mal wieder für eine ganze Armee gekocht.« Er schenkte seiner Kollegin ein versöhnliches Lächeln.

Sie arbeiteten noch nicht lange zusammen und mussten sich in gewisser Weise noch aneinander gewöhnen. Aber Kranzfelder war der Meinung, dass sie sich auf einem guten Weg befanden.

»Das ist total lieb. Aber wie Sie schon gesagt haben, es ist spät, und ich hör schon mein Bett rufen. Ich brauch doch meinen Schönheitsschlaf.« Die Stern zwinkerte.

»Komm mit. Die Maria richtet dir ein Bett, und morgen früh gibt's auch ein Frühstück!«

3

Drin in da woarma Stubm is höimle.
Gern sitzt ma auf da Ofnbank.

Als Kranzfelder am nächsten Morgen die heimische Küche betrat, lief der Kaffee bereits durch die Maschine und verteilte seinen köstlichen Duft im ganzen Raum. Im Radio lief »Driving Home for Christmas«. Vom Kachelofen ging eine wohlige Wärme aus, und Maria hatte die gute Tischdecke aufgelegt. Der Adventskranz war in der Mitte des festlich gedeckten Tisches platziert, und die vier Wachskerzen darauf flackerten munter um die Wette.

»Setz de, Bärchen. Schenk dir glei no an Kaffee ei.« Maria stellte ihm die heiße Thermoskanne vor die Nase.

»Wo sind denn die andern? Schlafen die etwa noch?«, fragte Kranzfelder müde und rutschte auf der Eckbank hinter den massiven Holztisch. Er musste seinen Bierbauch einziehen, um nicht das, was auf der Tafel stand, kurzerhand mit abzuräumen.

»Dei kumma dann scho«, antwortete Maria und setzte sich zu ihm.

»Einen wunderschönen guten Morgen und frohe Weihnachten!« Wie auf Kommando ging die Küchentür auf, und die Stern stand strahlend im Türrahmen.

Wie machte die das nur?, fragte sich Kranzfelder. Er fuhr sich dabei ertappt durch seine widerspenstigen Haare. Seine Kollegin sah aus wie das blühende Leben. Fix und fertig angezogen und bereit für den Tag. Und das in dieser Herrgottsfrühe und nach dem gestrigen Abend.

»Das wünschen wir dir auch. Hast du denn gut geschlafen?« Maria sprang von ihrem Stuhl auf und begrüßte ihren Gast. »Setz dich. Schau her, i hab bereits für uns alle gedeckt.« Sie bat ihr einen der Plätze an. »Kaffee? Oder doch lieber einen Tee? Du musst es nur sagen, es ist alles da.«

Maria holte kurz Luft, und die Stern nutzte die Pause und setzte sich an den Tisch.

»Die Eier dauern allerdings noch einen Moment. I hab aber auch einen frisch gepressten Orangensaft da. Ach, du nimmst dir einfach, würd i sagen.« Sie zeigte auf die üppige Auswahl auf dem Tisch vor ihnen.

»Jetzt lass sie doch erst einmal wach werden«, brummte Kranzfelder. Er kannte seine Frau. Sie liebte es, Gastgeberin zu sein, und hatte damit schon so manchen überfordert. Er schenkte seiner Kollegin, die ihm jetzt gegenübersaß, ein entschuldigendes Schmunzeln.

»Das ist wirklich sehr freundlich, Frau Kranzfelder. Aber machen Sie sich meinetwegen nicht extra solche Umstände.«

Die Stern nahm sich die Kaffeekanne vom Tisch und schenkte sich eine Tasse ein.

»I bin die Maria! Sag doch Du zu mir.« Die Hausherrin streckte energisch die Hand aus.

Darauf würde sie lange warten können, dachte sich Kranzfelder belustigt, als der die zwei Frauen bei ihrem Schauspiel beobachtete. Denn was die Höflichkeitsfloskel anbelangte, da hatte er sich bei seiner neuen Kollegin bereits das ein oder andere Mal die Zähne ausgebissen.

»Jetzt setz dich auch mal einen Moment hin«, bemühte sich Kranzfelder um ein wenig Ruhe am Morgen.

»Isst du nichts?«, kam es prompt von Maria. Sie musste schockiert mitanschauen, wie der Teller der jungen Frau leer blieb.

Die Stern hielt stattdessen ihre dampfende Kaffeetasse zwischen den beiden Handflächen und lehnte sich entspannt nach hinten an ihre Stuhllehne.

»Ach so – nein, danke dir. Vor Mittag esse ich nie etwas«, antwortete die Kommissarin mit einem zerknirschten Lächeln.

Um ein Haar verschluckte sich Kranzfelder an dem Stück

Semmel, welches er gerade im Mund hatte. Er hatte sich jetzt doch hoffentlich verhört?

In dem Moment öffnete sich die Küchentür erneut. Oma und Opa Kranzfelder waren bestens gelaunt, als sie die Küche betraten. »Frohe Weihnachten!« Die beiden wohnten auf demselben Gelände, im Bauernhaus gegenüber. Das war Kranzfelders Elternhaus.

»Schuhe aus! Herrschaft! I hab heut früh extra rausg'wischt!«, donnerte Maria.

Die beiden brachten nämlich eine ordentliche Ladung nassen, schlammigen Schnee mit in Haus.

»Bist ewa die naie Freindin vom Alex?«, fragte Konrad Kranzfelder. Er grinste breit, als er sich dicht zur Stern herunterbeugte.

Die blickte ihn fragend an. Sie traute sich aber nicht, ihm zu sagen, dass sie so gut wie kein Wort von dem verstand, was er zu ihr gesagt hatte.

»Setz dich hin, Vater, das ist meine neue Kollegin!«, erklärte Kranzfelder, während er seine Zeitschrift aufschlug.

»Des is aber sehr schod«, kam es von Oma Kranzfelder. Sie war sichtbar enttäuscht, reichte der Stern aber trotzdem ihre Hand für eine herzliche Begrüßung. »I bin die Irma, und der da is mein Mann, da Konrad.« Sie zeigte auf Opa Kranzfelder. Der war bereits dabei, sich einen Platz am Tisch auszusuchen.

»Johann, sog a mal, wissts ihr scho wos Neues wecha dem Winkler?«, fragte Oma Kranzfelder jetzt. Sie klang besorgt. »I hob ja kein Auge zugemacht heut Nacht. Des is wirklich schrecklich. Wer tut denn sou wos? Und des an Weihnachten!«

»Worn des wirklich d' Specht?«, mischte sich Opa Kranzfelder ein. Er bemühte sich nun genau wie die anderen um sein bestes Hochdeutsch. Das klang unnatürlich und gelang allen vieren nicht besonders gut.

»So ein Blödsinn! Wo hast denn das schon wieder aufgeschnappt?« Der Kriminalhauptkommissar blickte mit seinen dunklen Augen über den Rand seiner Zeitschrift.

Aber anstatt zu antworten, wechselte Opa Kranzfelder schnell das Thema. Er wandte sich Maria zu. Die war gerade dabei, jedem ein gekochtes Ei vor die Nase zu stellen. Dann setzte auch sie sich wieder.

»Du, die Würscht gestern hom an ganz an gout'n Geschmack ghabt. Des wor'n andere wai sonst, oder?«, fragte er.

»Hat se der selber umbracht, der Winkler?« Oma Kranzfelder blieb unterdessen hartnäckig.

»Also wir stehen ja erst ganz am Anfang unserer Ermittlungen«, meldete sich die Stern zu Wort. »Und selbst wenn wir schon etwas wüssten, dürften wir es euch leider nicht sagen.«

»Ja, aber in Skiurlaub foar'n wir scho nu, oder?«, fragte Opa Kranzfelder plötzlich. Er pulte mit spitzen Fingern die warme Schale vom oberen Teil des Eies.

»Das werden wir sehen«, antwortete der Kommissar knapp. Die Familie schwieg.

»Also, kurz nach Mittag hom wir den Bürgermeister nu g'sehng«, redete Oma Kranzfelder weiter und durchbrach damit die Stille.

»Weißt scho, bei d' Specht'n unten aufm Dorfplatz.« Opa Kranzfelder stach mit seinem Teelöffel vorsichtig in das gekochte Ei.

Es war perfekt. Das Eiweiß stichfest und der Dotter im Kern noch leicht flüssig.

»Der hat se vorm Rathaus zuerst mim Limmer und dann mit irgendoim jungen Fräulein unterhalten«, ergänzte Oma Kranzfelder.

»Wer war gleich noch mal der Limmer?«, fragte die Stern.

»Gernot Limmer, der stellvertretende Bürgermeister«, nuschelte Kranzfelder in seine Zeitung.

»Der Specht, ist das so was wie der Krampus?«

Die anderen am Tisch mussten bei diesem Vergleich leise schmunzeln, und Opa Kranzfelder ließ es sich nicht nehmen, die junge Kommissarin aufzuklären. »Es hoißt *die* Specht, meine Liebe. Und na, mit deinem Krampus hom dai wenig zum tun!«

»Jetzt sag aber nicht, du warst mittags auch nicht bei den Spechten?« Kranzfelder schaute erneut von seiner Zeitschrift auf. Diese Frage klang deutlich übertrieben, und ihr schwang ein ironischer Unterton mit. Kranzfelder wusste ja, dass seine Kollegin erst seit ein paar Wochen in der Oberpfalz wohnte. Sie hatte davon sicher noch nie gehört.

»Jetzt würd mich aber langsam schon mal interessieren, wo du dich an Heiligabend rumgetrieben hast.« Er blickte sie neugierig durch seine Lesebrille hindurch an. »Bei deiner Familie in Augsburg warst ja offensichtlich nicht.«

»Bei einem guten Bekannten, Chef«, flüsterte die Stern leise, und ihr Gesicht wurde heiß. Sie fühlte sich ertappt, das erkannte Kranzfelder sofort. Mit solch unerwarteten Fragen konnte man sie wunderbar aus der Reserve locken.

»Johann, jetzt lass doch dei junge Kollegin in Ruh. Des geht di überhaupt nix an, wo – und vor allem mit *wem* – sie ihre Freizeit verbringt!«, sagte Maria forsch und zwinkerte ihr dabei unterstützend zu.

»Jetzt würde ich aber schon noch gerne wissen, was es denn mit diesen Spechten auf sich hat.« Die Stern nutzte die Chance und wechselte schnell wieder zu ihrer ursprünglichen Frage.

»Also, d' Specht'n, meine Liebe. Des is a sehr alter Brauch. Für viele mag der etwas grausig wirk'n, aber in den Regionen der nördlichen Oberpfalz bis iwe zu den Oberfranken wurde er scho immer um Heiligabend rum pflegt.« Opa Kranzfelder senkte seine Stimme. Er klang jetzt fast wie ein Märchenerzähler.

Die Stern hörte gespannt zu.

Kranzfelder war inzwischen in seinem Bauernblatt auf der Seite mit den Landmaschinen angelangt. Er vergrub sein Gesicht noch tiefer darin. Fast so, als wollte er von alledem nichts wissen.

»Aber was hat denn Weihnachten bitte mit einem Vogel zu tun?« Die junge Frau hob fragend die Hände.

Oma Kranzfelder musste laut lachen. »Na, kein Vogel! Von Region zu Region tritt dai anders auf. Aber traditionell kommt dai bei uns immer am 24. Dezember, und des kurz nach der Mittagszeit.«

»Man legt ihr d' Reste vom Mittagessen unter oin Obstbam oder aufs Feld, für des man sich im nächsten Jahr a ertragreiche Ernte wünscht«, erzählte der Senior weiter. »Und meistens is se dann kumma, in alte Lump'n und Stroh gehüllt. Dai wetzte ihre Messer und rief: ›Wetz'de, wetz'de, Bach aafschnei'n – Stroh neiifülln!‹«

»Ach, i erinnere mi no gut dran, wie wir Kinder jed's Jahr von unserer Mutter g'schickt worden sind, d' Specht füttern zu gehen. Auf dem Rückweg mussten wir immer durch den dunklen Hohlweg gehen. Da hat sie dann hinter oim der Bäume auf uns gewartet. Den ganzen Weg zurück hat sie uns gejagt. Bis rein in die Stube. Aber sie hat uns nie erwischt – zum Glück.« Maria schmunzelte stolz. »A Mordsangst hatte i jedes Mal. Aber irgendwie war des a okay, denn wir wussten ja, dass nach da Specht des Christkindl kommt. Wir wussten aber a, wos passiert, wenn sie a unartiges Kind erwischte. Und jetzt mal ehrlich, welches Kind is scho des ganze Jahr über nur brav?«

»Was passierte denn mit den unartigen Kindern?« Die Stern war inzwischen dicht an den Tisch herangekommen und stütze sich mit ihren Unterarmen auf der Platte ab.

»Ja an Bauch hat sie ihne aafgschnitt'n und mit Stroh ausg'stopft!«, sagte Opa Kranzfelder laut.

»Oh Gott, das klingt grauenvoll!« Ihr blieb entsetzt der Mund offen stehen.

»So was gibt's bei euch drunten in Augsburg nicht, oder?«, fragte Kranzfelder missmutig. Er hatte sich die ganze Zeit über bewusst zurückgehalten.

»Nein«, antwortete ihm seine Kollegin und schüttelte übertrieben den Kopf.

»Sei froh«, sagte Kranzfelder knapp und legte seine Zeitschrift beiseite.

»D' Specht wor einfach am meisten g'fürchtet. Mit ihrem Auftauchen wurde uns Kindern des ganze Jahr über gedroht. Damit hom die Eltern versucht, uns Gehorsam einzutrichtern. Und den braven Kindern hat sie ja auch immer wos mitbracht. Dai hom nämlich schöne Nüsse, Äpfel und andere gute Dinge g'raigt«, erzählte Opa Kranzfelder inzwischen weiter.

»Hört sich dann ein bisschen an wie Nikolaus und Krampus in einer Person«, überlegte die Stern laut.

»Die Bräuche verändern se ja auch mit der Zeit. So was is heutzutage gar nicht mehr machbar«, sagte Maria. »Zum Glück«, fügte sie noch schnell hinzu. Dabei blickte sie zu ihrem Mann.

»Ja, aber was war dann das gestern Mittag am Dorfplatz? Ihr habt doch grad gesagt, den Brauch gibt es so seit einiger Zeit nicht mehr?«

»Richtig, des ›Specht-Gehen‹. Das an sich gibt's natürlich scho nu. Nur privat macht ma des halt nicht mehr«, beantwortete Maria die Frage der jungen Kommissarin.

»Des is inzwischen ein öffentliches Spektakel«, erklärte Opa Kranzfelder. »Bei uns in Holzwiesenreuth nennt ma des auch ›Specht-Füttern‹, und des findet eben jed's Jahr kurz nach Mittag am 24. Dezember statt. Unten auf dem Dorfplatz neba dem großen Christbaum, gegeniba da Kirch.«

»Ach, des laft doch inzwischen wirklich alles sehr human ab, oder? Wir mussten früher no ordentlich rennen für unsre Geschenk unterm Baum!«, warf Oma Kranzfelder dazwischen.

Kranzfelder konnte den Worten seiner Mutter nicht im Geringsten zustimmen und äußerte dies mit einem abfälligen Schnauben.

»Früher, da hatte ja fast jede Familie ihre eigene Specht. Meistens wor des oiner aus der Familie, der sich verkleidete.

Aber heut geht des natürlich nima. Heutzutage findet die Maskerade wirklich nur no am Dorfplatz statt«, beteuerte Opa Kranzfelder. »Am Anfang hat man immer a paar Freiwillige hier aus dem Ort gesucht, dai se als Specht'n verkleidet hom. Seit a paar Jahren haben wir sogar den Spechten-Verein, der unsre Tradition am Leben hält.«

»Um Punkt zwölf kommen sie dann auf den Platz. Dai gehen langsam und mit am hölzernem Gang durch die Reihen, ganz dicht an den Familien vorbei. Alles ganz ruhig. Dann wetzten dai ihre Messer oder Sicheln. Ja, und den Drohspruch, den flüstern se vor sich her.« Oma Kranzfelder senkte ihre Stimme geheimnisvoll.

Der Stern lief es dabei eiskalt den Rücken runter. Sie konnte ja nicht mal einen Horrorfilm im Fernsehen anschauen.

»Und wenn die Kinder mögen, können sie der Specht ihre Gaben im Vorbeigehen überreichen, und nach gut zwanzig Minuten hat der Spuk a schnelles Ende!« Die Seniorin klatschte mit gespielter Begeisterung in die Hände.

»Ja, man bleibt dann aber trotzdem nu a bisschen beisammen und trinkt die ein oder andere warme Tasse Glühwein oder an Punsch, bevor dann am Abend des Christkind kummt«, korrigierte Maria mit einem Augenzwinkern. Sie schob geräuschvoll ihren Stuhl nach hinten weg und stand auf. Dann fing sie an, langsam den Tisch abzuräumen.

»Wenn du mich fragst, das einzig Gute an der Tradition ist die Steaksemmel, die es hinterher zum Holen gibt.«

Und auf den fragenden Blick hin ergänzte Kranzfelder noch einen Satz. »Diese sogenannte *alte Tradition* ist für mich nichts weiter als ein Kinderschreck!«

»Frag nicht«, sagte Maria beiläufig zur Stern.

Die wusste nämlich nicht, was sie auf die brummige Aussage ihres Chefs antworten sollte.

Im selben Moment vibrierte ein Telefon, und Kranzfelder verließ den Frühstückstisch.

Er war froh, endlich von diesem unguten Thema befreit

zu werden. Zügig verschwand er durch die Schiebetür, in das angrenzende Wohnzimmer.

»Es war wirklich sehr lecker, danke, Maria!« Die Stern reichte der Hausfrau ihren sauberen Teller entgegen.

»Aber du hast doch gar nichts gegessen«, entgegnete Maria verwundert. Insgeheim freute sie sich aber trotzdem über dieses nett gemeinte Kompliment, denn von dieser Sorte bekam sie ihrer Meinung nach deutlich zu wenig.

»Hoffentlich kann ich nach dieser Gruselgeschichte die nächsten Nächte noch ruhig schlafen«, witzelte die Kommissarin in die Runde.

»Du kummst im nächsten Jahr einfach mit zu da Specht, dann kannst da selber mal a Bild machen«, antwortete Opa Kranzfelder freundlich. Er trank den letzten großen Schluck aus seinem Kaffeebecher. Dabei verzog er das Gesicht, der Inhalt war inzwischen vermutlich kalt. Dann erhob sich das ältere Ehepaar gemeinsam, verabschiedete sich überschwänglich und verließ die Küche.

»So, auf geht's!« Kranzfelder war unbemerkt zurück in die Küche gekommen. »Der Sheriff will uns sehen.« Er zeigte auf den schwarzen Bildschirm seines Handys.

»Alles klar, Chef.« Die Stern erhob sich nun ebenfalls von ihrem Stuhl.

Nachdem sie sich von Maria Kranzfelder verabschiedet hatte, ging sie noch einmal kurz zurück in ihr Gästezimmer. Sie wollte noch eben ihre wenigen Sachen holen. Der Kommissar wartete so lange vor der Haustür auf sie. Es schneite immer noch dicke Flocken vom Himmel.

»Ist der Kammermayer heute im Büro? Also, ich mein, an Weihnachten?«, fragte sie ungläubig.

Sie ließen die beiden gegenüberliegenden Wohnhäuser hinter sich und gingen die kurze Strecke über den Schotter zum Auto. An der Scheune im hinteren Teil des Hofes angekommen, schob Kranzfelder schwungvoll das kleine Tor auf.

»Wo denkst du hin?« Er lachte auf. »Er empfängt uns natürlich bei sich zu Hause!«

Nachdem sie sich beide in den alten Mercedes gesetzt hatten, suchte er mit dem Autoschlüssel das Zündschloss und startete holprig den Motor.

»Der Sheriff meinte, es gibt auch einen Kinderpunsch.« Kranzfelder zwinkerte der Stern neben sich zu.

Er ließ gerade den Wagen langsam vom Hof rollen, als ihm der Alexander auf dem Fahrrad entgegenkam. Sie begrüßten sich emotionslos mit einem kurzen Handzeichen.

»War das etwa Ihr Sohn, Chef?«

»Sieht man das?«

»Ja, schon.«

»Da bin ich aber froh!«

»Friert er nicht bei den kalten Temperaturen auf dem Rad?«

»Ach, was weiß ich.«

Kranzfelder musste dabei an Alexanders achtzehnten Geburtstag zurückdenken. Er habe sich doch eher ein E-Bike gewünscht, offenbarte ihm Alexander, nachdem er die Überraschung gesehen hatte. Sei besser für die Umwelt, und es gebe doch öffentliche Verkehrsmittel.

Überall würde Kranzfelder dieses Argument gelten lassen, aber nicht hier! Nicht hier oben, wo die Infrastruktur eine mittlere Katastrophe war.

»Sie mögen das Thema nicht besonders, habe ich recht?«, wollte die Stern weiter wissen.

»Hä?« Er kam plötzlich nicht mehr mit.

»Na, diese Spechten-Tradition. Sie waren vorhin so ruhig.« Sie fixierte ihn mit ihren smaragdgrünen Augen.

»Nicht besonders. Und jetzt hör doch endlich mit dem albernen Sie auf! Da fühle ich mich so steinalt«, murrte der Hauptkommissar. Er konnte es nicht verbergen, dass es ihn wurmte, dass sich die Stern bei ihm so anstellte.

»Schlechte Kindheitserinnerung?«

Kranzfelder schwieg.

»Sie waren gestern auch nicht mit Ihrer Familie auf dem Dorfplatz?«, fragte sie.

»Hätte ich sollen?« Langsam ging ihm das Gefrage auf den Nerv. Warum hob sie sich ihre Fragen und ihren Atem nicht für die Verdächtigen auf? »Aber hier oben geht doch jeder auf solche Veranstaltungen, dachte ich?«

Urplötzlich stieg Kranzfelder mit voller Wucht in die Eisen. Die Stern rutschte auf ihrem Sitz unsanft nach vorn und stieß sich das Knie an der Armatur. Der Wagen kam ein Stück rechts vom sonst wenig befahrenen Feldweg inmitten einer frischen Schneewehe zum Stehen. Der Grund war ein monströser Traktor, der vor ihnen wie aus dem Nichts aufgetaucht war.

Kranzfelder stieß einen Fluch aus und klopfte dabei wütend gegen sein ledernes Lenkrad. »Kreiz Birnbam! Der Lenz schon wieder! Ignoranter Hund! Irgendwann fährt der mal noch jemanden über den Haufen.«

Der Landwirt war mit rasantem Tempo einfach vorbeigebraust.

Kranzfelder lenkte seinen Mercedes vorsichtig wieder auf den schmalen, geteerten Weg. Danach atmete er noch einmal tief ein und kam auf die Frage seiner Kollegin zurück. »Und wo warst du, wenn alle dort waren?«

»Also, den unartigen Kindern droht die Specht damit, die Bäuche aufzuschneiden und mit Stroh zu füllen? Und die Artigen bekommen Süßigkeiten? Das ist doch abartig!«, entgegnete sie.

»Hmmm«, brummte Kranzfelder.

Er hatte bereits festgestellt, dass seine neue Kollegin sich gerne selbst reden hörte. Das vertrug sich allerdings nicht immer mit seiner meist eher wortkargen Art.

»War der Karl Winkler unartig?« Die Stern schaute fragend durch das Autofenster auf die vorbeiziehende Schneelandschaft.

»Vielleicht.«

»Der Meinung war doch diese Frau Schmied auch, als sie gestern Abend in die Kirche gestürmt ist, oder?« Seine Beifahrerin rutschte inzwischen aufgeregt auf ihrem Beifahrersitz hin und her. »Jetzt überlegen Sie doch mal. Als der Bürgermeister gefunden wurde, war sein Bauch aufgeschnitten, und was kam daraus hervor? Stroh! Das ist kein Zufall!« Kranzfelder nickte.

Sie fuhren an einem Werbeplakat vorbei. Es zeigte den digitalen Entwurf eines minimalistischen Gebäudes, umrandet von unzähligen bunten Mandalas. Darunter stand in leicht lesbarer Schrift ein einprägsamer Werbeslogan: »Du hast dich verloren? Wir finden dich wieder!«, und: »Auf die erste Yoga-Flatrate zwanzig Prozent Neukundenrabatt!«. Dazu ein übertrieben lächelnder Mann mit in die Höhe gerecktem Daumen. Diese Art der Kundenakquise fand man alle paar hundert Meter oder an jeder zweiten Straßenlaterne in und um Holzwiesenreuth verteilt.

»Dann müssen wir jetzt nur herausfinden, was er denn so alles angestellt hat, unser Herr Bürgermeister«, antwortete Kranzfelder. Er grinste die Stern breit unter seinem buschigen Bart hervor an.

4

Hurcht aaf die Gschichtla vu da Oma.
Vagißt die Welt mit all ihr'n Zank.

Kranzfelder lenkte seinen Wagen auf die gepflasterte Hofeinfahrt und brachte ihn vor einem hübschen Einfamilienhaus zum Stehen.

»Na, dann wollen wir mal«, murmelte er und zog den Schlüssel aus dem Zündschloss.

Die beiden Kommissare stiegen aus dem warmen Auto und stapften über die dumpf knirschende Schicht am Boden zur Eingangstür des Einfamilienhauses.

Die Stern war mit ihrem Finger bereits kurz davor, den kleinen Klingelknopf zu drücken, da wurde vor ihnen die Haustür aufgerissen. So schwungvoll, dass der kitschig geschmückte Weihnachtskranz anfing, vor dem gläsernen Einsatz gefährlich wild hin- und herzubaumeln. Ein Mann, nicht größer als eine Zapfsäule, eingeschnürt in einen wollenen Rollkragenpullover mit weihnachtlichem Motiv auf der Brust, empfing sie ungeduldig. In seiner Hand hielt er eine dunkelblaue Porzellantasse mit weißer Aufschrift: »Christkindlesmarkt Augsburg 2018«.

»Haben Sie die einfach mitgenommen?«, fragte Kranzfelder den Kriminalrat und deutete auf die Tasse.

»Jetzt kommen Sie endlich rein. Wir haben gerade erst eingeschürt. Sie lassen noch die ganze kalte Luft rein!« Franz Kammermayer ging ein Stück auf die Seite und winkte die beiden Kommissare ins Haus. »Und wegen der Tasse, für die hab ich ja schließlich auch zwei Euro Pfand hinterlegen müssen.«

Der Kriminalrat ging den beiden voraus, den engen Flur entlang bis in die Wohnstube.

Aus der Küche drang im Vorbeigehen eine ausgelassene Stimmung. Es lief Musik – Rolf Zuckowski! Das erkannte

Kranzfelder sofort, denn er musste sich dieses Gedudel seit Jahren zu Weihnachten anhören. Es hatte auch nicht aufgehört, als sein Sohn älter wurde.

»Meine Enkelchen.« Kammermayer lächelte selig. »Sie bereiten zusammen mit meiner Frau das Mittagessen für heute zu«, erklärte er.

Kranzfelders Gedanken wanderten bereits für einen kurzen Moment in die heimische Küche. Dort sorgte Maria bestimmt schon dafür, dass der Gockel im Ofen einen goldbraunen Teint bekam. Er stellte fest, dass dieser Verzicht für seine Laune nicht unbedingt förderlich war. Im Gegenteil, sein Stimmungsbarometer sank auf eisige Minusgrade. Am liebsten hätte er der fröhlich trällernden Männerstimme aus dem Radio ordentlich eins übergezogen!

»Bitte.« Kammermayer zeigte auf die Sofagarnitur neben dem mit roten Kugeln geschmückten Weihnachtsbaum. Darunter stand eine aufwendig gestaltete Krippe mit kleinen Holzfiguren. »Kann ich Sie denn auch für eine Tasse heißen Apfelpunsch begeistern?«

»Wenn's den auch mit einem Schuss Amaretto gibt?«, fragte Kranzfelder.

Die Stern kommentierte diese Aussage mit einem entsetzten Blick.

»Ich bitte Sie!« Der Kriminalrat gab sich empört. »Sie sind im Dienst, Kranzfelder. Jetzt reißen Sie sich gefälligst zusammen – auch wenn's schwerfällt!«

»Und Sie? Sind Sie auch im Dienst?«, fragte die Stern den Kammermayer völlig unerwartet.

Kranzfelder hätte am liebsten laut losgelacht. Für einen flüchtigen Moment liebäugelte er sogar mit dem Gedanken, seine Kollegin zu knutschen für ihren Ausspruch.

»Selbstverständlich ist der ohne Alkohol, Fräulein Stern!« Kammermayer stellte die Tasse mit dem dampfenden Inhalt auf dem gefliesten Kachelofen ab. Man kam nicht umhin, zu bemerken, dass er sich ertappt fühlte.

Stattdessen nahm er jetzt eine aufwendig geschliffene Glasschale von der Wohnzimmervitrine, randvoll mit bunt verzierten Plätzchen. Er stellte sie den zwei Ermittlern vor die Nase. Kranzfelder konnte nicht widerstehen und nahm sich direkt das oberste.

»Waff? Die sind doch zum Essen, oder haben Sie die uns nur fürs weihnachtliche Ambiente vor die Nase gestellt?«, fragte der Kommissar mampfend. Er hatte die Blicke bemerkt, die auf ihn gerichtet waren.

»Bitte, bedienen Sie sich«, sagte Kammermayer. »Frau Stern, greifen Sie zu! Bei Ihrem Partner müssen Sie da recht zügig sein.«

Sehr witzig!, dachte sich Kranzfelder.

Er lehnte sich mit einem Plätzchen in jeder Hand in die Dutzend Kissen zurück. Jedes einzelne war mit einem gestickten Weihnachtsmotiv überzogen.

»Also. Was haben wir?« Kammermayer setzte sich ihnen gegenüber auf den kleinen gepolsterten Hocker und klopfte sich motiviert mit beiden Händen auf die Oberschenkel.

»Nichts«, antwortete Kranzfelder.

»Wie, nichts?« Der Kriminalrat klang fassungslos.

»Ja, nicht viel eben«, wiederholte der Kommissar.

»Was der Kollege Kranzfelder damit sagen will, Herr Kammermayer, ist, dass wir zum jetzigen Zeitpunkt noch nicht viel sagen können«, brachte sich die Stern vorsichtig mit ein. Sie klang dabei ein bisschen wie einer der Pressesprecher.

»Dann wäre es aber trotzdem sehr freundlich, wenn Sie mir schon mal die Punkte verraten, die wir bereits haben«, unterbrach Kammermayer. Mit lauter Stimme ergänzte er eindringlich: »Kollegen, wir haben hier einen Mord in Holzwiesenreuth! Ich muss Ihnen hoffentlich nicht erklären, was das zu bedeuten hat! Und das hier, Kollegen, ist kein gemütliches Kaffeekränzchen, sondern eine Lagebesprechung! Ich erwarte mehr Elan! Ich will Fakten, Daten und erste Theorien.«

»Der Tote wurde am gestrigen Abend gegen siebzehn Uhr

vor der örtlichen Kirche gefunden.« Trotz der strengen Worte ihres Vorgesetzten blieb die Stern souverän. »Er wurde dort von irgendjemandem mit einem Strick an einer Kastanie aufgehängt.«

»Erzählen Sie weiter!«, verlangte der Kriminalrat.

»Dem Winkler hat man den Bauch aufgeschnitten«, sagte Kranzfelder. Es störte ihn, dass seine Kollegin hier einfach so die Regie übernommen hatte.

»Vergessen Sie nicht das Stroh«, ergänzte die Stern.

Herr Kammermayer drängte die junge Kommissarin mit einem fragenden Blick, ihn weiter aufzuklären.

»Kreiz Birnbam! Erst hat man ihn aufgeschnitten und danach mit einer Handvoll Stroh ausgestopft«, entfuhr es Kranzfelder. Genervt verschränkte er die Arme vor der Brust.

Die Stern ignorierte seinen kleinen Ausbruch und wandte sich wieder an den Kammermayer. »Wir konnten am Fundort keine größeren Blutspuren entdecken, daher vermuten wir, dass die eigentliche Tat bereits woanders begangen wurde.«

»Fundort also nicht gleich Tatort. Verstehe ich das richtig, Fräulein Stern?« Der Kriminalrat fuhr sich unruhig mit der linken Hand über sein Kinn.

»Ja, aber das ist doch logisch! Oder wie soll man es schaffen, an Heiligabend vor der Kirche jemanden umzubringen und ihn danach auch noch an einem Baum aufzuhängen? Und das alles in wenigen Minuten und vor allem ungesehen?«, meinte Kranzfelder grimmig. Ihm dauerte das Ganze hier schon wieder viel zu lange.

»Wir warten natürlich noch auf die Untersuchungsergebnisse, Herr Kammermayer. Unter anderem von der Gerichtsmedizin und der kriminaltechnischen Untersuchung«, zischte seine Kollegin. Dabei schaute sie Kranzfelder mit zusammengekniffenen Augen an. »Wir haben aber die Theorie, dass es einer von hier war. Jemand, der sich mit dieser Specht auskennt!«

»Haben Sie alle Anwesenden, die am Tatabend vor Ort waren, vernommen?«, fragte Kammermayer.

»Haben wir! Nur die frischgebackene Witwe war gestern bis oben hin voll mit Beruhigungsmittel und somit zu nichts mehr zu gebrauchen«, brummte Kranzfelder.

»So, dann würde ich sagen, Sie beide fahren zuallererst zu der armen Frau Winkler!« Kammermayer erhob sich schwungvoll und nahm abschließend seine Tasse vom Kachelofen. Da fiel ihm wieder seine ursprüngliche Frage ein. »Und die anderen an dem Abend?«

»Niemand was gesehen oder gehört«, brummte Kranzfelder.

»Haben aber durch die Bank kein wirklich gutes Haar am Bürgermeister gelassen, Herr Kammermayer«, ergänzte die Stern rasch.

»Ja, ja. Dieses Esoterikzentrum, ich weiß schon. Damit hat er sich wirklich keinen Gefallen getan.« Der Kriminalrat wurde nachdenklich.

»Was hat es denn damit auf sich?«, fragte sie neugierig.

Nun erhoben sich auch die Kommissare von ihren Plätzen.

»Das sollte sein *Denkmal* werden.« Kranzfelder betonte das Wort Denkmal übertrieben und schüttelte den Kopf. »Der Winkler war wohl der Meinung, unsere Gemeinde bräuchte dringend ein paar Nackerte im Ort!« Kranzfelder machte kein großes Geheimnis daraus, dass er mit den, wie er sie nannte, »Spinnerten« nichts anfangen konnte.

Die Stern sog bei diesem Satz laut die Luft ein. Konzentrierte sich dann aber wieder auf das eigentliche Thema. »Und wo genau soll das dann gebaut werden?«, fragte sie.

»Also dafür, dass du jetzt schon ein paar Wochen bei uns bist, kennst du noch nicht wirklich viel von der Gegend!«, bemerkte Kranzfelder.

Ihr hätten doch wenigstens die vielen grässlichen Werbeplakate in der Umgebung auffallen müssen, überlegte er spöttisch.

Dabei wunderte es ihn nicht. Denn seitdem seine neue Kollegin in die nördliche Oberpfalz versetzt worden war, war sie eigentlich nur in ihrer Wohnung und lernte dort in jeder

freien Minute für ihre anstehenden Prüfungen zur Kriminalkommissarin.

»Jetzt lassen Sie mal die junge Frau in Ruhe, Kranzfelder«,
tönte Kammermayer. Er lächelte der Stern versöhnlich zu.
»Aber um noch mal auf Ihre Frage zurückzukommen: Das
Esoterikzentrum wird bereits draußen beim Hof vom Stoffel
gebaut. Der Rohbau steht schon. Da hat irgendein Privatier
seine Hand drauf. Ich glaub, aus München. König – Rüdiger
König, wenn mich nicht alles täuscht. Aber mit dem unterhalten Sie sich dann am besten auch noch. Der kann Ihnen
sicher mehr erzählen.« Er gab ihnen zu verstehen, dass die
Lagebesprechung beendet war, und bat sie zurück in den Flur.

»Essen ist fertig!«, trällerte es im selben Moment.

Es war die hohe Stimme von Frau Kammermayer. Sie
steckte neugierig ihren Kopf durch einen Spalt an der Küchentür, die vom Flur abging. »Wollen Sie und Ihre Kollegin
nicht mit uns zu Mittag essen, Herr Kranzfelder? Sie haben
doch sicher Hunger?«, fragte sie.

Er haderte mit sich und dem Grummeln in der Magengegend. Sollten sie die Einladung vielleicht annehmen?

»Die Herrschaften wollten gerade gehen. Immerhin haben
wir einen Mord aufzuklären!«, nahm ihnen Kammermayer die
Entscheidung ab.

»Aber Ihre Plätzchen – ein Gedicht!« Kranzfelder zwinkerte der Hausfrau in ihrer Küchenschürze zu.

»Ja, wirklich sehr gut«, schloss sich die Stern höflich an.
Dann schob sie Kranzfelder weiter vor sich her in Richtung
Haustür.

»Die hab ich zusammen mit meinen zwei Enkelchen ge-
backen. Die sind über die Feiertage extra aus Augsburg gekommen«, sprudelte es nun stolz aus der Hausfrau heraus.

»Genau wie du«, bemerkte Kranzfelder und schaute die
Stern dabei an.

»Ich komm ein wenig von außerhalb. Aber ich habe es nicht
weit bis in die Stadt rein«, antwortete sie knapp.

Kranzfelder war das plötzlich sehr unangenehm. Bisher wusste er nur, dass die Stern aus der Stadt Augsburg kam. Von wo genau dort, das hatte er bislang versäumt nachzufragen. »So, wir müssen dann auch wieder«, sagte der Hauptkommissar eilig. Er wollte sich zügig aus dieser Situation befreien.

»Bevor ich es vergesse, Kranzfelder: Der Bischof hat mich heute bereits in aller Herrgottsfrüh per Telefon aus dem Bett geklingelt. Pfarrer Markus hat ihm natürlich direkt von dieser Sache erzählt, und Sie können sich vorstellen, was da jetzt los ist. Der Bischof hat mich auch noch mal eindringlichst gebeten, äußerst diskret vorzugehen. Es laufen im Moment die letzten Vorbereitungen für die Heiligsprechung nächstes Jahr. Um die hat sich Holzwiesenreuth doch schon so lange bemüht. Einen Mord kann da jetzt wirklich keiner gebrauchen! Also, keinerlei Infos an die Presse! Verstehen Sie mich, Kranzfelder?« Der Hausherr schaute die zwei Kommissare eindringlich an. »Ich werde mich selbst um die kümmern. Am besten mit einer Pressekonferenz«, überlegte er laut.

»Den Mord kann ich ja schlecht ungeschehen machen, Herr Kammermayer. Und wenn ich jetzt schon meine Feiertage und einen Haufen gutes Essen sausen lassen muss wegen dem ganzen Mist, dann klär ich den gefälligst so auf, wie ich das für richtig halte!«, sagte Kranzfelder ein bisschen zu scharf. »Aber ich kann Sie beruhigen. Ich kann mir Besseres vorstellen, als mit denen zu plaudern«, beruhigte er seinen Vorgesetzten zum Ende dann doch.

»Ja, dann sind wir uns ja einig!« Kammermayer öffnete demonstrativ die Haustür, und die beiden Kommissare verließen das Haus.

Es schneite immer noch. Die weiße Decke ging ihnen inzwischen schon fast bis zu den Knöcheln.

»Haltet mich auf dem Laufenden, und frohe Weihnachten, Kollegen!«, rief ihnen der Sheriff hinterher, dann warf er die Tür geräuschvoll in die Angeln.

Der hatte sie doch nicht mehr alle! Mit den Jahren hatte

Kranzfelder allerdings aufgehört, sich da unnötig reinzusteigern. Denn wenn sie die Arbeit nicht erledigten, wer machte es denn dann? Und irgendjemand musste diese Drecksau ja finden.

Während sich die Stern schnell in das Innere des Wagens flüchtete, kehrte Kranzfelder mit hochgezogenen Schultern und zusammengekniffenen Augen den Schnee von der Windschutzscheibe. Er benutzte dazu seinen rechten Unterarm. Danach ließ er sich neben seine Beifahrerin tief in den durchgesessenen Sitz plumpsen und startete den Motor.

Dabei musste er an seine Frau denken. Maria konnte es nicht lassen, bei jeder sich bietenden Gelegenheit über den alten Mercedes zu schimpfen. Von wegen, da könne man sich ja gleich mit dem Hinterteil auf die Straße setzen.

Für Kranzfelder kam das aber nicht in Frage. Erstens gehörte er noch lange nicht zum alten Eisen, und zum Zweiten war das Auto sein treuer Weggefährte. Das war noch top in Schuss, und so lange durfte es auch weiterhin seinen Dienst tun.

Sie mussten nicht lange fahren, denn Hannelore Winkler wohnte nur ein paar Autominuten entfernt.

Die Familie des ermordeten Bürgermeisters lebte ebenfalls in Holzwiesenreuth, und da die Ortschaft nicht mal ganz zweitausend Einwohner zählte, war sie recht überschaubar. Sie residierten für die hiesigen Verhältnisse recht herrschaftlich am äußeren Ortsrand. Ursprünglich stammte Hannelore Winkler vom Stoffel-Hof, dem Bauernhof der Familie Lenz. Sie war die Schwester des Großbauern, der seit dem frühen Tod der Eltern den Aussiedlerhof mit seinen paar hundert Rindern allein bewirtschaftete.

»Bitte?« Eine raue Frauenstimme ertönte aus der rauschenden Sprechanlage.

Noch bevor sich die beiden Ermittler ankündigen konnten, summte es, und die Stern drückte das Gartentor auf.

»Öffnet die immer, ohne zu wissen, wer eigentlich vor ihrer

Tür steht?« Kranzfelder wunderte sich über dieses gutgläubige Verhalten.

»Der Spion, Chef.«

»Was? Wo?« Er drehte sich ruckartig um.

»Nein, Chef!« Die Stern musste herzhaft lachen. »Da – die Kamera.« Sie deutete vor ihm auf das kleine schwarze Objektiv, welches mittig in die Klingelanlage eingelassen war.

Kranzfelder blieb stumm.

»Damit kann Frau Winkler genau sehen, wer da vor ihrer Tür steht«, versuchte sie, noch genauer zu werden.

Was würde er nur ohne seine kluge Kollegin tun? Vermutlich wäre er aufgeschmissen, überlegte Kranzfelder ironisch. Trotzdem war ihm das Missverständnis ein bisschen peinlich. Schnell ging er voran durch das Tor, und die Stern folgte ihm.

Die Hausherrin wartete bereits in der Haustür auf sie. Sie trug einen Satinbademantel, und in ihrer Hand hielt sie einen Tumbler.

Das war ein enormer Aufstieg, stellte der Kommissar fest. Von der einfachen Bäuerin zu einer wohlhabenden Dame.

»Ihr entschuldigt bitte die Unordnung hier«, empfing sie Frau Winkler. Sie ging den beiden voran durch den klassisch dekorierten Flur.

Durch die bodentiefen Fenster konnten sie geradewegs einen Blick in den weitläufigen Garten werfen.

»Das stört uns nicht«, sagte die Stern. Sie verlieh ihrem Satz Nachdruck, indem sie der Witwe ein verständnisvolles Lächeln schenkte.

Kranzfelder wunderte sich. Er bemühte sich, konnte aber beim besten Willen nicht auch nur das geringste Staubkorn entdecken. Der Boden glänzte so penetrant, dass es ihm fast in den Augen wehtat, und die Kissen auf dem Sofa waren ordentlich drapiert. Jemand hatte mit seiner Hand sogar eine perfekte Kerbe in die Mitte der Kissen geschlagen.

Ihm war das hier zu unpersönlich, viel zu kalt. So ein Eigenheim musste seiner Meinung nach nur so vor Leben strotzen! Es brauchte Charakter.

»Vor zwölf Wochen haben wir unsere Haushälterin entlassen müssen«, erzählte die hochgewachsene Frau. Ihre blonden Locken waren zu einem wirren Knoten zusammengebunden. Sie bot den Kommissaren an, sich auf die Polstermöbel zu setzten. »Sie war so unzuverlässig und schlampig! Aber bitte, ihr seid sicher nicht gekommen, um euch mit mir über das unfähige Personal zu unterhalten?«

Auf dem Beistelltisch am Fenster befand sich ein silbrig glänzendes Tablett. Darauf stand eine Wasserkaraffe mit den dazugehörigen Gläsern. Sie brachte es zum Wohnzimmertisch und stellte es vorsichtig darauf ab. Ihren Tumbler hatte sie vorher kurz beiseitegestellt, nahm ihn danach aber direkt wieder auf.

»Geht es *Ihnen* inzwischen etwas besser, Frau Winkler?«, fragte die Stern.

Kranzfelder schmunzelte, als er bemerkte, wie seine Kollegin dabei die Höflichkeitsform betonte. Eines wusste er inzwischen über seine Kollegin: Sie hasste es, wenn sie ungefragt geduzt wurde! Und noch eines wusste er: Sie würde sich daran gewöhnen müssen. In Holzwiesenreuth kannte man, bis auf ein paar wenige Ausnahmen, sein Gegenüber eben noch.

»Wir hätten da noch ein paar Fragen.« Kranzfelder räusperte sich.

»Gut. Dann fragt doch einfach.«

»Sie sind alleine hier im Haus?«, fragte die Stern.

»Ich weiß zwar nicht, was das jetzt hier zur Sache tut, aber nein. Meine zwei Mädchen sind oben in ihren Kinderzimmern.«

»Es wird deine Töchter hart getroffen haben, dass ihr Papa nicht mehr da ist.«

»Ich weiß es nicht. Aber wenn ich es mir recht überlege, war er doch auch schon vorher nie da.« Die Frau lachte müde, nachdem sie auf Kranzfelders Frage geantwortet hatte.

»Willst du nicht wissen, wer das dem Karl angetan hat?«, bohrte er weiter. »Er hat sich das unmöglich selbst zugefügt.« Kranzfelder hoffte auf eine Reaktion.

Die Witwe hatte ihnen inzwischen den Rücken zugewandt. Sie stand gegenüber an einem der Terrassenfenster, die auf den Garten hinauszeigten. Und anstatt hysterisch weinend zusammenzusacken, wie es der Kriminalhauptkommissar schon etliche Male erlebt hatte, blieb die Frau ganz ruhig. Sie nahm sich einen geräuschvollen Schluck aus ihrem massiven Glas, in dem sich eine karamellfarbene Flüssigkeit befand. Sie bewegte es die ganze Zeit über in ihrer rechten Hand monoton hin und her.

Sie stellte eine Gegenfrage. »Johann. Du hast meinen Mann doch auch gekannt. Und? Warst du scharf auf eine Freundschaft mit ihm?«

Kranzfelder musste nicht lange überlegen, ehe er ihr kleinlaut gestand: »Nein. Nicht unbedingt.«

Sie drehte sich zu ihnen um. Ihre Lippen verzogen sich zu einem gekräuselten Lächeln. »Siehst du. Und so hat es eben halb Holzwiesenreuth gesehen. Entweder man mochte ihn, oder man hasste ihn. Wobei Ersteres äußerst selten der Fall war!«

»Warum hat man Ihren Mann dann zum Ersten Bürgermeister gewählt?«, fragte die Stern.

»Das verstehe ich bis heute nicht«, antwortete ihr die Witwe belustigt.

»Aber wir können ja jetzt schlecht ganz Holzwiesenreuth unter Mordverdacht stellen!« Die Stimme der jungen Beamtin schlug einen Salto. Bei ihr reichte nur das geringste Anzeichen für einen etwaigen Kontrollverlust, und sie kam in eine Art Stimmbruch.

»So prompt fällt mir jetzt eigentlich nur der Kurz Anton ein. Also wenn ihr jetzt von mir einen Namen wollt.« Frau Winkler zuckte entschuldigend mit ihren knochigen Schultern, dabei rutschte ihr der Bademantel ein Stück nach unten.

»In welchem Verhältnis stand diese Person zu Ihrem Mann?« Die Stern holte ihr kleines Notizbuch mit dem floralen Muster hervor und zückte einen Kugelschreiber. »Und vielleicht können Sie uns auch gleich sagen, wo wir diesen Herrn finden?«

»Das wird nicht nötig sein. Der Kurz Anton ist der Ortsvorstand aus Glücksbrunn, einem Nachbarort. Gehört schon zu Oberfranken«, warf Kranzfelder wissend ein.

»Wegen des Esoterikzentrums?«, versicherte er sich dann bei der Witwe.

»Er war nicht besonders erfreut darüber, dass mein Mann plötzlich den Zuschlag für den Standort erhalten hatte. Damit hat wohl keiner gerechnet«, bestätigte sie.

»Wie stand es um Ihre Ehe, Frau Winkler?«, fragte die Stern.

Kranzfelder unterband diese Frage seiner Kollegin nicht. Sollte sie ruhig fragen. Denn insgeheim wusste jeder, wie es in der Beziehung der Winklers ausgesehen hatte.

»Gab es denn so etwas wie einen Ehevertrag?«

»Warum? Ihr verdächtigt aber jetzt nicht allen Ernstes mich?« Das sonst eher blasse Gesicht von Frau Winkler gewann schlagartig an Farbe.

»Niemand unterstellt dir was, Hannelore. Es muss halt sein«, sagte Kranzfelder schnell. »Du willst doch auch, dass wir den Mörder deines Mannes so schnell wie möglich dingfest machen?«

Bei den Menschen hier oben kam man nicht drum herum, ein gewisses Fingerspitzengefühl an den Tag zu legen. Er konnte das. Lag vermutlich auch nur daran, dass er eben von hier stammte. Wenn man sich mit den Hiesigen gut stellte, konnte man wirklich alles haben. Aber das würde seine Kollegin sicher auch noch lernen.

»Wir sind gut ausgekommen. Was Gott zusammenfügt, das soll der Mensch nicht trennen. Oder?« Frau Winkler stellte hörbar ihr leeres Glas beiseite.

»Morgen werden noch die Frauen und Männer von der Kriminaltechnik bei dir vorbeischauen. Die werden die Räumlichkeiten deines Mannes nach eventuellen Spuren untersuchen«, informierte Kranzfelder die Witwe, als er aus dem oberen Stockwerk auf einmal aufgeregte Schritte hören konnte. »Bitte geht jetzt. Kommt wieder, wenn ihr den Täter gefunden habt!« Hiermit war die Unterhaltung beendet, und sie brachte die Kommissare nach draußen. Sie konnten hören, wie Frau Winkler hinter ihnen die Haustür hastig ins Schloss warf. Der Schneefall hatte in der Zwischenzeit nachgelassen.

»Hm. So ganz wohl ist mir bei der nicht.« Die Stern zog sich ein grob gestricktes Stirnband über den Kopf und zupfte ihren langen blonden Pferdeschwanz wieder in Position. Dann nahm sie sich die passenden Handschuhe aus ihrer Manteltasche und steckte ihre Hände hinein.

Ein kurzer Blick auf die Uhr zeigte, dass es inzwischen später Nachmittag geworden war, und sie beschlossen daher, für diesen Tag erst einmal Feierabend zu machen. Vorher setzte Kranzfelder die Stern aber noch schnell vor der Kirche ab. Ihr Auto stand seit dem Vorabend immer noch dort.

Wie es sich für den ersten Weihnachtsfeiertag gehörte, waren die Straßen und Wege bis auf ein paar wenige Passanten weitestgehend ausgestorben. Somit war es für Kranzfelder ein Leichtes, schleunigst nach Hause zu kommen. Sein Magen schleifte mittlerweile schon über den Boden.

Er wurde von einem lautstarken »Hulapalu« und einer ungehemmt tanzenden Köchin empfangen, als er durch die Küchentür kam. Mantel und Schuhe hatte er bereits in der Garderobe abgelegt und war in seine warmen Hausschuhe geschlüpft.

»Hallo, Bärchen.« Maria gab ihm zuerst einen kurzen Schmatzer und drückte ihm dann einen Stapel Teller in die Hände. Danach drehte sie das Radio leiser. Für diesen gut aussehenden österreichischen Sänger in seinen lasziven Lederhosen würde sie ihn sogar verlassen, hatte sie ihm mal in einem schwachen Moment verraten.

»Was gibt es zum Essen?«, fragte Kranzfelder. Er stand mit dem Porzellan immer noch verdutzt in der Mitte der Küche.

»Goans, Blaugrad und Spouzen.«

Kranzfelder war baff. Hatte er doch schon fest mit den aufgewärmten Resten vom Mittag in einer Tupperschüssel aus der Mikrowelle gerechnet.

»Erwarten wir noch wen?«, fragte er, während er die sechs Teller auf dem Tisch verteilte und daneben das Besteck legte. Maria hatte es ihm über den erhöhten Bereich an der Küchenzeile gereicht.

»Der Alexander will uns doch heut jemanden vorstell'n.« Maria zwinkerte ihm zu. Dann fing sie an, nervös kichernd die liebevoll gefalteten Servietten mittig auf die verschiedenen Teller zu verteilen.

Ihm entging es nicht, dass sich seine Frau für den heutigen Abend extra hergerichtet hatte. Er war sich sogar ziemlich sicher, unter ihrem roten Schopf die kleinen Ohrstecker von ihrer eigenen Hochzeit aufblitzen zu sehen.

»Den Schmuck trag i erst wieder zur Hochzeit meiner Kinder oder dann zam mit meinem Brautkleid zu meiner Leich!«, hatte Maria damals mit Entschlossenheit vorhergesagt.

Er hatte da bereits große Zweifel gehegt, ob ihr das weiße Kleid bis dorthin noch passen würde.

»Dass *diejenige* Weihnachten nicht lieber bei ihrer eigenen Familie verbringt?« Kranzfelder nahm sich eine Flasche koffeinhaltiges Mixgetränk aus dem Getränketräger und setzte sich auf den äußeren Rand der Eckbank.

»Die is sicher a ganz lieb's Mädchen.« Maria ignorierte den skeptischen Einwand ihres Mannes. »Langsam wird's auch mal Zeit! Noch a paar Monate länger, und i hätt ihm a Annonce in der Partnerbörse geschaltet!«

»Das wird der Alex schon machen«, schloss er.

Da öffnete sich schwungvoll die Tür zur Küche.

»Servus!« Opa und Oma Kranzfelder betraten den Raum, dicht gefolgt von Alexander.

»Servus«, brummte Kranzfelder in seinen Bart, und die drei setzten sich.

»Essen braucht no zehn Minuten«, rief Maria dazwischen. »Alexander, wo is dei Begleitung?« Sie stellte schon mal die vollen Salatschüsseln auf den Tisch, ließ in der Mitte aber ausreichend Platz frei. »Is dai scho dou? I kann die Gans ja schlecht warm halt'n. Dai wird sonst schrecklich runzlig.«

»Kannst wieder wegräumen.« Alexander hielt seiner Mutter das sechste Gedeck entgegen.

»Spinnst jetzt? Was is mit deinem Gast?«, fragte Maria.

»Kommt niat.«

»Du wirst doch koin Schmarn über uns erzählt ham?« Sie klang enttäuscht.

»Nix hob i g'macht!«

»Ruhe jetzt! Sie hat sich sicher nur dafür entschieden, an Weihnachten doch lieber ihre Familie zu besuchen. Oder, Alexander? So ist es doch?« Kranzfelder schaute seinen Jungen eindringlich an.

Mit einem lauten Rums stellte Maria die Platte mit dem heißen Vogel auf die zwei Korkuntersetzer. Daneben platzierte sie einen Topf, gefüllt mit Blaukraut, und zwei Schalen, in denen die selbst gemachten Kartoffelknödel vor sich hin dampften.

»Dou habts ihr no die Soß.« Sie setzte sich auf ihren Platz und stellte energisch die gefalteten Hände vor sich ab. »Jetzt wird gebetet!«

5

Wenn sie erzählt vu alte Zeitn.

»Und? Hat es für Sie gestern Abend wenigstens noch eine ordentliche Brotzeit gegeben?«, fragte ihn die Stern. Sie war anscheinend bestens gelaunt an diesem zweiten Feiertag. Es war gerade erst wenige Minuten nach neun Uhr, aber sie sah bereits aus wie einer Modezeitschrift entsprungen. Wie lange sie wohl jedes Mal für ihre Morgenroutine brauchte?, überlegte sich Kranzfelder im Stillen. Sie trug eine knallenge Bluejeans, darüber eine figurbetonte dunkle Bluse.

Kranzfelder war soeben erst in ihr gemeinsames Büro in der Kriminalinspektion Holzwiesenreuth gestolpert. Wie immer keine Sekunde zu früh. Er stellte zum wiederholten Male fest, dass ihn zu viel von der guten Laune am Morgen überforderte. Zügig entwirrte er den warmen Schal, den er um seinen Hals trug, und entledigte sich seiner gefütterten Jacke. Draußen herrschte immer noch die gewohnt eisige Winterluft der letzten Tage.

Hauptsache, der viele Schnee war langsam wieder verschwunden, hatte Kranzfelder am Morgen bereits zufrieden festgestellt.

Er war gerade dabei gewesen, mit einem Eiskratzer und steifen Fingern die zentimeterdicke Eisschicht von seinem Auto zu holen.

Überhaupt konnte er die Extreme nicht leiden. Weder die enorme Kälte noch die tropisch heißen Temperaturen. Den Frühling, ja, den mochte er. Wenn es am Abend wieder länger hell draußen war und man nicht mehr so viele Klamotten brauchte. Die Straßen wieder frei und sauber waren und er sein Moped endlich wieder aus der Scheune holen konnte. Und er mochte dieses *befremdliche* Gefühl in der Magengegend. Der Herbst war ja eigentlich auch okay. Aber wirklich nur, wenn er golden war und nicht so eine triste Matschparade.

Aber unabhängig von der Witterung draußen, jedes Mal aufs Neue, empfing einen hier in diesem Raum der Kriminalinspektion muffige Büroluft!

Schweigend pfriemelte Kranzfelder den Aufhänger seiner Jacke über einen der freien Garderobenhaken direkt hinter der Tür. Dabei blieb sein Blick auf dem eingenähten Etikett im Mantel der Stern kleben – »size extra small«! Er fühlte sich verspottet!

»Brotzeit? Ein ganzes Festmahl!«, sagte er und ging zu seinem Schreibtisch. »Die haben doch tatsächlich mit dem Essen auf mich gewartet«, erzählte er weiter.

Kranzfelder ließ sich in seinem Bürostuhl nieder. Sein Arbeitsplatz war direkt vor dem einzigen Fenster in dem normal großen Raum. Der Schreibtisch der Stern befand sich im selben Zimmer, an der gegenüberliegenden Wand. Dazwischen eine Sitzgruppe mit einem kleinen runden Tisch und vier abgenutzten Stühlen. Vor den Fenstern hingen schwere orangefarbene Vorhänge.

Die Stern tauchte vor ihm auf. Auf ihren Händen balancierte sie zwei dampfende Becher und einen Teller mit Butterbrezen.

»Glühwein?«, fragte Kranzfelder. Er benutzte seinen rechten Unterarm und schob kurzerhand den kränklich aussehenden Weihnachtsstern auf seinem Schreibtisch zur Seite. Dabei ging ein hoher Stapel Akten zu Boden.

Für Grünzeug war das einfach nicht der richtige Ort!, stellte der Kommissar wiederholt fest.

Er ließ die Akten neben sich auf dem Boden liegen, später war noch genug Zeit, um sie wieder aufzusammeln.

»Leider nur Kaffee, Chef.« Sie stellte die Sachen auf der freigeräumten Fläche ab. »Für Sie ohne Milch, mit zwei Stück Zucker.«

»Von wo hast du die Butterbrezen? Heute ist doch der zweite Weihnachtsfeiertag.«

»Ach die, die habe ich heute früh nach dem Laufen schnell geschmiert.«

Kranzfelder wusste nicht, was er darauf antworten sollte. Er hielt den Mund.

»Okay, Lagebesprechung!«, eröffnete er mit hochgezogenem Mundwinkel.

Die Stern legte los: »Unser Opfer heißt Karl Winkler, Bürgermeister von Holzwiesenreuth, fünfundfünfzig Jahre alt, verheiratet, zwei Kinder. Wir haben ihn am Abend des 24. Dezember gefunden.« Parallel dazu kritzelte sie erste Stichpunkte mit einem dicken blauen Stift auf die weiße Magnettafel, die sich im Raum befand.

»Siebzehn Uhr«, ergänzte Kranzfelder und nahm sich zu der Butterbreze auch noch einen Lebkuchen aus der knisternden Umverpackung, die seine Kollegin auf den Tisch gestellt hatte.

»Gefunden wurde der Ermordete von Thea Schmied, Messnerin in der Pfarrei. Haben Sie nicht mit der geredet, Chef? Warum ist die eigentlich noch mal raus an dem Abend und in Richtung Kirche gegangen?«

Kranzfelder überlegte einen Moment, bevor er schließlich antwortete: »Irgendwas wegen dem Peterle. Ist verschwunden, glaub ich.«

»Wer ist Peterle?«

»Eine Katze. Schreib das auch mit auf.«

»Na gut«, sagte die Stern mit fest zusammengezogenen Augenbrauen. »Wie auch immer. Nachdem die Messnerin die Leiche entdeckt hatte, ist sie in die Kirche gekommen, wo gerade die Kindermette stattgefunden hat. Sie sind dann alle gemeinsam nach draußen geströmt und haben den Toten dort hängend vorgefunden.« Nachdem sie den letzten Stichpunkt aufgeschrieben hatte, setzte sie in Großbuchstaben das Wort »Specht« darüber und steckte die Verschlusskappe auf die blaue Spitze.

»Und daraufhin habe ich dich ja auch schon verständigt.« Kranzfelder schleckte sich genüsslich die schokoladigen Finger ab. Einen nach dem anderen. »Hat der Michl aus der Pathologie was zu dir gesagt? Bis wann können wir mit seinem Bericht und den ausstehenden Ergebnissen der Blutuntersuchung rechnen?«

»Leider nicht. Aber die von der Kriminaltechnik haben gemeint, dass sie sich mit ihrem Bericht beeilen. Haben wohl einen personellen Engpass.« Sie zuckte mit den Schultern.

»Weihnachten«, stellte Kranzfelder nüchtern fest. »Wer kommt da schon freiwillig ins Büro?« Er erwartete darauf keine Antwort. »Wir machen trotzdem erst einmal weiter. Wir dürfen keine Zeit verlieren.«

»Die Spurensicherung ist aber schon dabei, die Räumlichkeiten des Toten auf den Kopf zu stellen«, sagte die Stern. »Leider hat die Befragung in der Kirche ja nicht viel ergeben, was uns in irgendeiner Form weiterhelfen könnte. Ich für meinen Teil konnte bei keinem der Anwesenden einen direkten Zusammenhang feststellen. Abgesehen davon haben alle angegeben, pünktlich da gewesen zu sein und die Kirche die ganze Zeit über nicht verlassen zu haben.« Sie nahm sich schwungvoll einen Stuhl, stellte ihn auf die gegenüberliegende Seite von Kranzfelders Schreibtisch und fing an, rhythmisch nach vorn und zurück zu wippen.

Kranzfelder wurde nur vom Zuschauen schon übel.

»Aber die Frau Winkler, mit der stimmt was nicht, wenn Sie mich fragen.«

»Ach die.« Kranzfelder winkte ab. »Seitdem der Karl die damals vom elterlichen Hof weggeholt und geheiratet hat und als der Karl dann auch noch zum Bürgermeister gewählt wurde, von da an hatte sie es mit allem auf einmal unglaublich wichtig gehabt.«

In seiner Jugend war er mit der Hannelore gemeinsam zur Schule gegangen. Sie waren sogar in derselben Klasse gewesen, und damals war sie auch echt noch in Ordnung gewesen. Wirklich jeder war in sie verschossen gewesen, aber keiner hatte sich so wirklich an sie herangetraut. Alle hatten sie Angst vor dem Josef gehabt, ihrem großen Bruder. Ein grobschlächtiger Typ. Mit dem wollte sich keiner anlegen, das war eigentlich bis heute so.

»Das ist kein Motiv«, sagte er mehr zu sich selbst. Dann verstummte er und richtete sich aus seinem Bürostuhl auf.

»Ich denke, wir gehen zuerst der Spur mit dem Esoterikzentrum nach!«

Dieses Zentrum war schließlich der Grund für eine gespaltene Gemeinde. Einige aus Holzwiesenreuth hatten es sich zur Aufgabe gemacht, den Bau mit allen Mitteln zu stoppen. Es wurden sogar einmal Unterschriften für eine Petition gesammelt – und auch demonstriert wurde an einem Samstag. Leider erfolglos.

»Nein. Wir sollten zuerst dem Hinweis der Witwe nachgehen und den Bürgermeister der Nachbargemeinde befragen«, warf die Stern entschlossen in den Raum.

Kranzfelder war überrascht. »Du meinst den Anton Kurz? Nein, zuerst unterhalten wir uns mit dem Gernot Limmer. Als stellvertretender Bürgermeister von Holzwiesenreuth kann uns der sicher mehr über das ganze Bauvorhaben und den Disput zwischen dem Kurz und dem Winkler erzählen.«

»Jetzt gleich, Chef?«, fragte sie schnippisch.

»Natürlich sofort!«, entgegnete Kranzfelder. Was sollte diese Frage?, dachte er sich.

Die Stern suchte bereits nach den richtigen Worten für einen Gegenschlag.

»Ich übernehme das. Der Gernot hat sicher kurz Zeit, um uns auf eine Tasse Kaffee zu besuchen«, sagte Kranzfelder schnell. Beherzt griff er nach dem Telefonhörer auf seinem Schreibtisch. Er hatte wirklich keine Lust auf eine ellenlange Diskussion mit seiner Kollegin. »Apropos Kaffee. Wärst du so nett?« Kranzfelder hielt ihr die leere Tasse entgegen. Seinen Kopf hatte er in die Notizen von der Befragung gesteckt. Er suchte nach der Telefonnummer, die der Limmer in der Kirche angegeben hatte.

Die Stern verließ unterdessen das Büro und ging nach nebenan in die mickrige Personalküche zu der Filterkaffeemaschine.

Ihr hatte es anscheinend die Sprache verschlagen, registrierte der Hauptkommissar zufrieden.

Eine knappe Stunde später, es war inzwischen kurz vor der Mittagszeit, stand Gernot Limmer mitten in ihrem Büro. »Was ist jetzt bitte so dringend, dass das nicht bis morgen hat warten können?«, fragte der stellvertretende Bürgermeister anstelle einer Begrüßung. »Ihr könnts euch ja gar nicht vorstellen, wie saublöd die Familie meiner Frau grad geschaut hat. Ist ja auch logisch, wenn die hören, dass der Schwiegersohn an einem Feiertag von der Polizei einbestellt wird. Die denken doch jetzt, ich wäre ein Krimineller oder so was in der Art!« Von der sonst ruhigen und zurückhaltenden Art des Stellvertreters war nicht mehr viel übrig. Ganz im Gegenteil, er war sichtlich aufgebracht.

»Jetzt leg erst einmal ab und setzt dich.« Kranzfelder bot ihm die Hand zu einer lockeren Begrüßung an.

Der Limmer erwiderte den Handschlag. Danach schlüpfte er widerwillig aus seinem grauen Mantel und hängte ihn sich vorübergehend über seinen Arm.

Die Stern bot ihm einen der freien Plätze in der Sitzgruppe an.

»Bist du so nett und bringst unserem Gast auch einen?« Kranzfelder machte seine Kollegin auf die dampfende Tasse in seiner Hand aufmerksam, während er sich dem missmutig dreinschauenden Mann gegenübersetzte.

Gernot Limmer winkte dankend ab.

Die Stern nahm die angebrochene Packung mit den Lebkuchen und stellte sie in die Mitte des runden Tisches. Dann setzte sie sich dazu.

Kranzfelder seufzte. »Bei Mord gibt es leider keinen Feiertag, Limmer. Weder für uns noch für sonst wen. Eins kannst du mir glauben, wir wären jetzt auch lieber gemütlich zu Hause bei unseren Familien.«

»Mord?«, klang es mit kratziger Stimme von seinem Gegenüber.

»Na, von allein hat er sich da wohl kaum aufgehängt. Vor allem wenn man ein wesentliches Detail nicht außer Acht lässt.« Er wunderte sich ehrlich über die scheinbar dumme Frage des stellvertretenden Bürgermeisters.

Der schien aber tatsächlich ahnungslos, und so beschloss Kranzfelder, die Sache nicht künstlich in die Länge zu ziehen. Er sagte: »Der aufgeschnittene Bauch.«

Gernot Limmer wurde nur noch blasser, wenn das überhaupt möglich war. »Dann stimmt es etwa, was d'Schmiede erzählt?«

»Das bezweifle ich stark!«

Kranzfelder klang forsch. Ihm ging das Gerede von der Specht so was von gegen den Strich. Das waren doch nur veraltete Androhungen. Keinem Kind würde der Bauch aufgeschnitten, nur weil es mal unartig war. Außerdem war der Winkler ein ausgewachsener Mann und kein kleiner Junge mehr gewesen.

Limmer zuckte mit den Schultern, nahm sich einen von den Lebkuchensternen und biss hinein.

»Na, also wir denken, dass das schon sehr weit hergeholt ist. Zugegeben, das Specht-Gehen ist eine schaurige Tradition, aber wir halten es schon für sehr unwahrscheinlich, dass in der heutigen Zeit tatsächlich noch eine Specht durch die Straßen streunt und irgendwelchen Leuten die Bäuche aufschneidet«, sprach nun die Stern.

»Wir wollten von dir eigentlich nur wissen, ob du für uns ein paar Informationen über den Bau des Esoterikzentrums hast«, sagte Kranzfelder.

»Ach, der Winkler. Der und sein Denkmal!« Limmer

spuckte bei diesen Wörtern aus Versehen ein kleines Stück des Lebkuchens über den Tisch. »So hat er es zumindest selbst getauft. Vor gut einem Jahr hat er mitbekommen, wie irgendein Wichtigtuer aus München mit dem Anton Kurz Pläne für diesen Bau geschmiedet hat.«

»Rüdiger König«, warf die Stern dazwischen.

»Das hat dem Karl natürlich überhaupt nicht in den Kram gepasst, kannst dir sicher denken. Du weißt doch auch, wie er sein konnte.« Sein Blick verharrte für einen kurzen Moment auf dem Hauptkommissar, dann redete er weiter. »Warum auch immer. Er war der festen Überzeugung, dass dieses Zentrum viel besser zu uns nach Holzwiesenreuth passt als nach Glücksbrunn. Ja, und irgendwie hat er es ja dann auch tatsächlich geschafft, diesen König für sich zu gewinnen. Fragt mich jetzt aber bitte nicht, wie, das entzieht sich nämlich meiner Kenntnis!«

»Völlig unverständlich, wie jemand aus München auf die wahnwitzige Idee kommt, dass ausgerechnet wir hier oben so ein Etablissement brauchen.« Kranzfelder gehörte zu denen, die von der ersten Minute an gegen den Bau gewesen waren. Daraus machte er kein Geheimnis. Zu Hause war es allerdings besser, er sprach dieses heikle Thema gar nicht erst an. Denn ausgerechnet Oma und Opa Kranzfelder konnten seine, wie sie es nannten, »Antihaltung« nicht verstehen.

Nur weil die beiden seit einiger Zeit ihren zweiten Frühling erleben mussten, dachte er sich jedes Mal wieder.

»Basalt«, durchbrach Limmer Kranzfelders Gedankengang. Er hatte nebst dem Lebkuchen angefangen, auf einem offenbar hartnäckigen Fitzelchen Nagelhaut herumzukauen. Das machte er immer, wenn er nervös war.

»Was hat jetzt unser Basalt damit zu tun?«, fragte Kranzfelder überrascht.

»Das ist eine Gesteinsart, oder täusche ich mich?«, fragte die Stern.

Für den Moment wunderte sich der Hauptkommissar, wo

seine Kollegin doch gerne den Eindruck vermittelte, von allem eine Ahnung zu haben.

»Wie erkläre ich es denn am verständlichsten?«, überlegte Limmer. »Also, Basalt ist ein magmatisches Gestein oder auch erkaltete Lava, wenn man es so nennen mag. Weltweit gibt es Basalte und so eben auch bei uns. Ich würde sagen, wir sind hier einer der vielen Hotspots. Hier gab es vor Tausenden von Jahren nämlich mal Vulkane. Dieses dunkelgraue Gestein ist extrem robust und vielseitig einsetzbar. Man findet es auch häufiger als dekorativen Naturstein in irgendwelchen Gärten. Zudem ist es reich an anderen Rohstoffen und Mineralen wie Kupfer oder Saphiren. Bei uns wird es in einem Steinbruch gewonnen und abtransportiert.« Er war sichtlich stolz darauf, sein Wissen mit der hübschen Kommissarin teilen zu können.

»Woanders legten die Leut ein Schweinegeld dafür hin, nur um ihre Gärten damit auszulegen. Kann man sich bei uns gar nicht vorstellen.« Kranzfelder machte eine eindeutige Geste.

Der Limmer war klar pro Esozentrum, stellte er fest.

»Jetzt kommt ja erst das Unglaubliche! Die Basalte verfügen angeblich über außergewöhnliche Kräfte!« Der Limmer schien vor Begeisterung fast überzulaufen.

Kranzfelder glaubte, sich verhört zu haben! Im selben Atemzug prustete er lauthals los. Dabei machte die schmale Brille an dem schwarzen Brillenbändchen kleine, wilde Hüpfbewegungen auf seiner bebenden Brust. »Wer kommt denn auf so einen immensen Schwachsinn?«

»Doch, doch! Glaub mir. Ich habe es selbst gesehen, schwarz auf weiß. Erst wollte ich es auch nicht glauben. Hab gelacht wie du!«, versicherte er. »Aber Basalt soll tatsächlich auf sanfte und schonende Weise heilend und reinigend wirkend.« Dann fügte er noch hinzu: »Der Karl hatte da ein Gutachten zu!«

»Also dieses Gutachten interessiert mich jetzt brennend!« Kranzfelder musste sich eine Freudenträne aus dem Augenwinkel wischen. Dann bat er den Limmer, ihm dieses Gutachten bei nächster Gelegenheit zukommen zu lassen.

»Den Lenz, den solltet ihr euch besser mal vornehmen! Der war doch derjenige, der im Gemeinderat von Anfang an mit seinen Aktionen miese Stimmung gemacht hat und alle gegen den Winkler aufgehetzt hat. Es passt ihm nicht, dass das Projekt nur ein paar Meter von seinem Hof entfernt gebaut wird«, erzählte der Limmer. Für seinen Hinweis erntete er nur ein dankendes Kopfnicken von Kranzfelder, während sich die Stern eine Notiz in ihr Büchlein machte.

»Werden Sie dann jetzt Bürgermeister der Gemeinde Holzwiesenreuth?«, fragte die Stern völlig unerwartet. Sie brachte den Limmer damit sichtlich in Verlegenheit.

»Ich denke, ja – vorerst. Zumindest bis hier neu gewählt wird. Gibt im Moment ja auch keinen anderen«, antwortete er.

»Dann gehören die Nackerten jetzt wohl dir.« Kranzfelder hielt sich noch immer seinen Bauch. Der tat ihm inzwischen schon weh vor Lachen.

Die Stern verdrehte genervt die Augen.

»Das Ganze kommt dir doch eh grad recht, oder?« Kranzfelder wusste wie jeder andere hier in der Gemeinde, dass es der Limmer im Schatten vom Winkler nicht besonders einfach gehabt hatte. Auf gut Deutsch, der Karl war ein absolutes Kameradenschwein. Schon immer gewesen.

Der Limmer blieb still.

Der Hauptkommissar redete weiter. »Nach den letzten Wahlen hast du ganz groß behauptet, er hätte die Wahl getürkt und die Wahlurnen manipuliert, sodass er das Rennen gemacht hatte.«

Die Ermittelnden warteten auf eine Reaktion.

»Für diese Anschuldigung musst doch irgendeinen Grund gehabt haben?«, fragte Kranzfelder.

Der Limmer fühlte sich zunehmend unbehaglicher. Die Stern beobachtete ihn nämlich äußerst konzentriert, schon die ganze Zeit über. Sie machte in regelmäßigen Abständen wilde Notizen in das kleine, gebundene Buch, welches aufgeschlagen auf ihrem Schoß lag. »Lebe deinen Traum«, stand darauf in geschwungener Schrift.

»Ach, die alten Kamellen.« Der neue Bürgermeister gab sich bei dem nächsten Satz betont gelassen. »Ich weiß gar nicht mehr, was mich überhaupt zu dieser albernen Anschuldigung getrieben hat. Es war vermutlich nur mein gekränkter Stolz.« Ein kurzes und unsicheres Lachen.

»Dann hast du jetzt sicher auch noch einen Kontakt zu diesem König?«, fragte Kranzfelder.

Gernot Limmer fing an, ein dünnes rechteckiges Kärtchen aus seiner Brieftasche zu kramen.

»Wir haben nur ein paar Fragen an ihn.« Die Stern zwinkerte ihm zu und zog ihm die Visitenkarte vorschnell aus der Hand.

Gernot Limmer erhob sich ruckartig. »Das war's dann?«, fragte er und warf sich seinen Mantel gekonnt über die Schultern.

Kranzfelder bestätigte ihm bereits das Ende der Befragung mit einem kaum merklichen Kopfnicken, als ihm doch noch eine Frage in den Kopf schoss.

»Wo warst du, als die versammelte Menge die Kirche verlassen hat und kurz darauf den Toten hat hängen sehen?«

Gernot Limmer war bereits dabei, die Bürotür zu öffnen, als er sich noch mal in den Raum zurückwandte. Er schien den Grund für diese Frage nicht zu verstehen. Bevor er antwortete, atmete er ein paar ruhige Atemzüge. »Ich bin auf meinem Platz sitzen geblieben. Für mich gab es keinen Grund, mich mit den anderen nach draußen zu drängeln. Wieso ist das wichtig?«

Kranzfelder ließ die Gegenfrage unbeantwortet. Er bedankte sich aber, und Limmer verließ endgültig das Büro.

»Warum die letzte Frage, Chef?«, wollte nun auch die Stern wissen. Das eine Ende ihres Kugelschreibers bewegte sie im Sekundentakt zwischen den vorderen Zähnen hin und her. Dadurch entstand ein nervtötendes Klackern.

»Wäre er mit draußen bei der Leiche gewesen, wäre ihm nicht entgangen, dass jemand den Karl aufgeschlitzt hat. Aber er wusste es nicht, oder?«

Kranzfelder hievte sich nun auch aus seinem Stuhl.

»Feierabend?«

»Was? Jetzt schon, Chef?« Die Stern warf einen fragenden Blick auf die Uhr über der Tür. Dann schlug sie ihr Notizbuch zu und nahm den Kugelschreiber aus dem Mund. Sie klemmte ihn zwischen einen Schwung Seiten.

»Eigentlich war das mehr eine Feststellung und keine Frage«, korrigierte sich Kranzfelder selbst.

Es war bereits Nachmittag geworden, und da an diesem Tag eh nicht mehr viel passieren würde, könnten sie jetzt getrost auch noch die letzten Stunden von diesem zweiten Feiertag in Anspruch nehmen.

Als sich Kranzfelder seine Jacke vom Garderobenhaken nahm, hielt ihm die Stern die fast leere Lebkuchenpackung unter die Nase. »Noch einer für Sie und einer für mich, dann haben wir es geschafft – eine kleine Wegzehrung?«

Wie konnte er da Nein sagen?

Zum Dank zeigte sich Kranzfelder von seiner besten Seite. Er hielt seiner Kollegin die Bürotür im ersten Stock der Inspektion auf. Er wollte sogar warten, bis sie vor ihm auf den Flur getreten war.

Stattdessen machte sich in ihrem Gesicht ein freches Grinsen breit. »Alter vor Schönheit, Chef«, sagte sie.

Vor dem Polizeigebäude überlegte Kranzfelder, ob er die Stern noch einmal mit auf den Hof einladen sollte. Die Vorstellung, dass sie jetzt mutterseelenallein in ihrer Wohnung sitzen würde, nagte an ihm. Aber sie verabschiedete sich, noch bevor er die Frage laut aussprechen konnte.

Der nächste Blick ging zu seinem Wagen. Eine dicke, hellgraue Schmutzschicht sorgte dafür, dass sich seine gute Laune augenblicklich von ihm verabschiedete. Kranzfelder verharrte eine Weile vor seinem Auto. Jetzt, wo sein Wagen nicht mehr vom Schnee und Eis der letzten Tage eingehüllt war, offenbarte sich ihm das ganze Elend.

Bevor ihm die aufsteigende Kälte an seinen Füßen auch den restlichen Körper hochkriechen konnte, schwang sich Kranzfelder auf den Fahrersitz hinter das Steuer seines Wagens. Der Motor startete gewohnt holprig, aber als er lief, wurde es im Inneren zum Glück schnell warm. Er fuhr über die für die Gegend typisch verwinkelten Schleichwege nach Hause in Richtung Hof.

6

Vu Niklas, Drud und wildem Heer.

»Hallo? Klara? Ich hoffe, du bist schon auf den Beinen?«, sprach Kranzfelder in sein Handy.

Am anderen Ende fragte die Stern: »Chef, was ist los?«

»Ich wollte dir nur Bescheid geben, dass ich bereits auf dem Weg zum Stoffel raus bin. Zu der Großbaustelle von dem Esozentrum. Du weißt schon, gleich da bei dem Hof vom Bauern Lenz«, antwortete Kranzfelder. Es war der erste Tag nach den Feiertagen, und er fühlte sich gut, er sprühte regelrecht vor Energie.

»Jetzt? Na gut, ich komme nach.« Die Stern war so viel Arbeitseifer von ihrem Chef direkt am Morgen nicht gewohnt und überlegte, ob sie sich Sorgen machen sollte. »Geben Sie mir eine halbe Stunde!«

»Ich habe vorhin auch schon mit der Sekretärin vom König telefoniert, mit der Frau Sedelmaier. Die war doch tatsächlich auch schon im Büro!«, schob Kranzfelder fassungslos hinterher. »Und die meinte, wir haben Glück. Der König ist genau jetzt auf dem Weg zu einer Baustellenbegehung. Also dann, wir treffen uns dort.« Er legte auf und ging durch die Haustür nach draußen. Auch die dünne weiße Schicht auf seinem Auto konnte ihm die gute Laune an diesem Morgen nicht vermiesen. Es hatte tatsächlich wieder angefangen zu schneien, und sein Auto hatte die Nacht über draußen gestanden.

Gut so, dachte er, sah man wenigstens nicht, wie schmutzig sein Auto darunter eigentlich war.

Kranzfelder wischte gekonnt mit dem vorgezogenen Ärmel seiner Jacke eine kleine Stelle über dem Lenkrad frei und schaltete die Lüftung auf die höchste Stufe. So würde es gehen. Seine Nase klebte weit über dem Lenkrad, nur eine Handbreit direkt vor der Windschutzscheibe. So fuhr er endlich im Schnecken-tempo vom Hof, als er plötzlich mit voller Kraft in die Eisen trat. Beinahe hätte er seinen Sohn über den Haufen gefahren. Alexander kam ihm schon wieder mit dem Fahrrad entgegen. Auch er fuhr äußerst vorsichtig. Bei ihm lag es allerdings nicht an der Sicht, sondern vielmehr daran, dass er wohl versuchte, bei den glatten Straßen nicht sofort auf dem Hosenboden zu landen.

»Versteh einer den Jungen«, murmelte Kranzfelder vor sich hin. In der letzten Zeit begegnete er seinem Sohn ungewöhnlich häufig in aller Herrgottsfrühe. Immer dann, wenn er sich gerade auf den Weg zur Arbeit machte. Bestimmt hatte Alexander auch die vergangene Nacht wieder bei dieser unbekannten jungen Dame verbracht. Das würde auf jeden Fall erklären, warum er auch am Vortag nicht beim Abendbrot erschienen war. Der Junge bewohnte das komplette obere Stockwerk des Elternhauses allein und konnte somit ohne größeres Aufsehen ein und aus gehen. Dies sorgte bereits die ganzen letzten Wochen für eine äußerst unausgeglichene Ehefrau.

»Ach, Maria, vielleicht liegt es ja auch gar nicht an uns«, hatte Kranzfelder am Vorabend auf Marias Bedenken geäußert, ihr Alexander schäme sich für sein Elternhaus. »Denk doch nur, wie wir in dem Alter waren.« Mit diesem Satz deutete er am Kopf einen Vogel an und langte dann entschlossen in die Wurstdose.

Im Nachhinein wusste er, diese Bemerkung hätte er besser sein lassen. Denn anstatt in Ruhe ein wenig fernzusehen, durfte er sich nun die abstrusesten Vermutungen anhören, die der Maria nacheinander einfielen. Und das den ganzen restlichen Abend lang. Sie hörte nicht einmal damit auf, als sie bereits im Schlafzimmer bei gelöschtem Licht unter der Bettdecke lagen.

Eine gute Sache hatte die ganze Aufregung um diese Unbekannte jedenfalls: Die bebilderten Reiseprospekte von Ischgl blieben ausnahmsweise in ihrem Fach auf dem Küchenregal liegen. Kranzfelder war eigentlich fest der Überzeugung gewesen, dass Maria sich bis zum nächsten Morgen wieder beruhigt hätte. Aber der karg gedeckte Frühstückstisch und der mörderisch starke Kaffee verrieten ihm das Gegenteil. Seine Frau befand sich immer noch tief im Gedankenkarussell. Aber zum Glück war der verlorene Sohn jetzt wieder daheim und Kranzfelder inzwischen ein paar hundert Meter weiter in Richtung Ziel. Er konnte das gelbe Schild am Ortsausgang schon sehen. Die warme Luft aus den Schlitzen unter der Windschutzscheibe leistete eine wirklich gute Arbeit, und Kranzfelder konnte nun endlich die unbequeme Haltung verlassen und sich ordentlich in seinen Sitz fallen lassen. Ein Vorteil war es auf jeden Fall, wenn man wie er von hier stammte und die Gegend in- und auswendig kannte. Den Weg zum Stoffel raus hätte er sogar blind gefunden. Außerdem blieb ihm der Stern gegenüber ein gewisser Vorsprung. Er brauchte sich also nicht zu beeilen.

Als Kranzfelder seinen grauen Mercedes nur fünf Minuten später vor den zig Baucontainern zum Stehen brachte, wartete die Stern bereits. Sie stand, ungeduldig auf einer Stelle tippelnd, neben ihrem roten Mini Cooper.

Wie um alles in der Welt?, dachte sich der Kommissar irritiert und stemmte sich aus seinem Auto.

»Butterbreze?«, fragte sie und wedelte vor seiner Nase mit einer braunen Bäckertüte herum.

Sein fragender Gesichtsausdruck musste ihm wohl vollends entgleist sein, denn sie versuchte, ihn daraufhin sofort zu beruhigen.

»Nein, diesmal frisch von der Bäckerei Emmer.«

Kranzfelder nahm wortlos die kleine Tüte unter seiner Nase entgegen, zog das Laugengebäck ein Stück weit heraus und biss hungrig hinein. Dieses zweite Frühstück kam ihm nach dem Desaster am Morgen wie gerufen.

»Wollen wir?«, fragte sie und zeigte auf die Baustelle.

»Hast du den Münchner schon entdeckt?« Er war sich sicher, sie hatte.

»Der müsste bereits hier irgendwo unterwegs sein.« Seine Kollegin zeigte auf einen schwarzen Volvo, der ein wenig abseits der anderen Autos stand.

»Ja, ich würde sagen, der passt«, antwortete er umgehend. So ein Flaggschiff war für die Großstadt sicherlich genau das Richtige, überlegte Kranzfelder. Einen Anflug von Ironie konnte er nur schwer unterdrücken.

Er ging einmal um den SUV mit Münchner Kennzeichen herum. Das war etwas, was er genauso wenig verstand wie die Tatsache, dass sein Sohn hier draußen bei Wind und Wetter lieber mit seinem Fahrrad unterwegs war anstatt mit einem soliden Kleinwagen.

»Chef, da ist er, oder?« Die Stern machte Kranzfelder mit einer leichten Kopfbewegung auf die drei Männer aufmerksam.

Die Herren bildeten etwas entfernt eine kleine Gruppe. Sie trugen allesamt weiße Sicherheitshelme und hielten ihre Köpfe tief in diverse Baupläne gesteckt. Einer der Männer trug einen dunkelblauen Anzug und darüber einen geöffneten Mantel, der ihm fast bis zu den Knien reichte.

»Der da ist es«, war sich Kranzfelder sicher.

Die Stern musste lachen. »Da hätten wir wohl besser unsere Gummistiefel eingepackt, was?«

Der Boden auf der Baustelle war durch das nasskalte Wetter komplett aufgeweicht, und der Matsch schmatzte bei jedem Schritt unter ihren Schuhen.

»Herr König?«, fragte Kranzfelder.

Sie waren bei der Gruppe angekommen, und die Männer lösten sich überrascht aus der Betrachtung ihrer Pläne.

»Höchstpersönlich. Wer bitte will das wissen?« Rüdiger König, ein junger und schlanker Mann in schwarzen Gummistiefeln, trat hervor. Zusammen mit den Kommissaren entfernte er sich außer Hörweite seiner Gesprächspartner.

»Hauptkommissar Kranzfelder, meine Kollegin Polizeikommissarin Stern«, stellte Kranzfelder vor.

Sie zeigten ihm routinemäßig ihren Dienstausweis.

»Unser Freund und Helfer«, säuselte der König. »Bringt Ihr Verein die Knöllchen jetzt schon persönlich?«

»Da müssen wir Sie leider enttäuschen, Herr König«, antwortete Kranzfelder. »Den Service können wir Ihnen noch nicht bieten. Sie bekommen Ihre Strafzettel also weiterhin per Post.« Er musste sich konzentrieren, um sich von seinem Gegenüber nicht provozieren zu lassen.

»Ach so, jetzt verstehe ich. Falls Sie wegen meiner Arbeiter hier sind, da kann ich Ihnen versichern, dass die alle ordnungsgemäß angemeldet sind«, sagte König.

»Ihre Sekretärin, eine Frau Sedelmaier, war so freundlich, uns zu verraten, dass wir Sie hier auf der Baustelle antreffen werden.« Kranzfelder überging absichtlich den vorherigen Satz des Bauherrn.

»Jetzt weiß ich aber immer noch nicht, warum Sie sich extra zu mir durch meine Baustelle gekämpft haben.« Der König schaute hämisch auf das versiffte Schuhwerk der Kommissare. »Ich bitte Sie, meine Herrschaften! Zeit ist Geld, und Geld haben wir keines!«

Was für ein aufgeblasener Depp!, schoss es Kranzfelder durch den Kopf. Den verdrehten Augen seiner Kollegin nach zu deuten, wurde sie mit der ekelhaften Art ihres gemeinsamen Gesprächspartners auch nicht wirklich warm.

»Na, dann hoffen wir aber stark, dass Sie nach unserer kurzen Unterhaltung keinen Bankrott anmelden müssen«, bemerkte Kranzfelder. Er konnte sich diesen Satz einfach nicht verkneifen.

Die Stern lachte dazu leise in ihren Schal.

Die Randbemerkung des Hauptkommissars gefiel dem König anscheinend gar nicht. Er antwortete spitz: »Die Polizei ist ja ein richtiger Faschingsverein, was?«

Einer Sache war sich Kranzfelder zumindest schon mal sicher. Dieser junge Schnösel lachte garantiert nur über seine eigenen Witze!

»So, jetzt erzählen Sie uns doch mal was über den Neubau hier«, begann er.

»Dieses Gebäude hier, liebe Frau Stern, werter Herr Kranzfelder, wird das Zentrum der Ruhe und der Selbstfindung! Ein Ort der Liebe und der Gemeinsamkeit. Eine Möglichkeit der inneren Einkehr und der kompletten Erholung. Hier herrscht eine heilende Aura. Spüren Sie denn nicht auch diese grandiosen Schwingungen?«

Nein, Kranzfelder spürte keine grandiosen Schwingungen. Seine Kollegin folgte offenbar interessiert Königs Reklame.

»Welche Schwingungen genau meinen Sie jetzt?«, fragte sie.

»Basalt, meine Liebe«, antwortete der Bauherr augenblicklich.

Kranzfelder musste doppelt hinsehen. Der König hatte, ohne zu zögern, die Hand seiner Kollegin ergriffen und sich mit ihr in die Richtung des Rohbaus gedreht.

»Die erkaltete Lava«, erinnerte sich die Stern.

Versuchte sie jetzt allen Ernstes, diesen König zu beeindrucken? Kranzfelder verkniff sich ein Kopfschütteln.

»Von diesem Gestein gibt es hier Unmengen! Es liegt uns sogar ein sensationelles Gutachten von einem Münchner Institut vor, welches die reinigende Wirkung für Körper und Geist belegt. Verstehen Sie? Das ist pures Gold für das körperliche Wohlbefinden.«

Der König war jetzt ähnlich wie der stellvertretende Bürgermeister am Vortag ganz von den Socken.

»Also, diese angebliche Wirkung von Basalt wäre mir neu. Der Herr Limmer ist aber hoffentlich so freundlich und lässt mir in den nächsten Tagen dieses Gutachten zukommen. Ich kann es kaum erwarten, da einen Blick hineinzuwerfen«, sagte Kranzfelder.

»Tun Sie das. Sollte er es aber nicht mehr finden, kann ich damit auch meine Sekretärin beauftragen. Der Bürgermeister der Gemeinde, Herr Winkler, ließ mir davon auch eine Kopie zukommen«, entgegnete der König, ohne dabei die geringste Miene zu verziehen. »Aber ursprünglich war ein Bau doch in einer unserer Nachbargemeinden geplant? Glücksbrunn, richtig? Mit dem dortigen Bürgermeister war doch so weit schon alles geklärt. Wie kommt es also, dass dieses Zentrum hier in Holzwiesenreuth errichtet wird? Gab es Probleme?«, fragte Kranzfelder.

»Es kamen von vornherein nur diese beiden Standorte für einen möglichen Bau in Frage. Denn nur hier gibt es dieses hohe Basaltaufkommen, welches für uns von Bedeutung ist. Und ja, es stimmt. Ursprünglich war ich mit dem Herrn Kurz in Verhandlungen über den Baugrund, aber dann hat sich dieser Herr Winkler bei mir gemeldet. Er hat sich mächtig ins Zeug gelegt. So etwas habe ich noch nie erlebt. Er hat mich einfach mit seinem hervorragenden Geschäftssinn und seinen treffenden Argumenten überzeugt. Zudem hat er mir einen unschlagbar guten Preis für das Bauland hier gemacht.« Der Bauherr hielt inne, bevor er dann noch eine Frage stellte. »Aber was, bitte, geht diese ganze Sache die Kriminalpolizei an?«

»Sie wissen es also noch nicht?«, fragte die Stern.

»Was soll ich wissen? Ich war über die Feiertage mit meinen Eltern in unserem Familienanwesen am Chiemsee. Da ziehe ich es vor, nicht mit irgendwelchen Lappalien gestört zu werden!«

»Besagter Karl Winkler wurde an Heiligabend tot aufgefunden, Herr König.«

»Wie bitte? Das ist aber unschön.« Im Gesicht des Mannes war nicht der geringste Anflug von Bestürzung zu finden. »Aber was hat das jetzt mit mir und diesem Projekt zu tun, Frau Stern?«

»Für uns sind alle Spuren und Hinweise, was sein Umfeld angeht, von elementarer Bedeutung – sind sie noch so klein«, antwortete sie knapp.

Kranzfelder merkte bei ihren Worten, dass sie sich wieder ein klein wenig von dem Münchner distanziert hatte.

»Hier werden Sie auf jeden Fall keinen Mörder finden.«
Der König klang amüsiert und gleichgültig zugleich. »Haben
Sie noch weitere Fragen, oder kann ich mich wieder meinen
Geschäften widmen?« Er zeigte zu den beiden Männern, die
mit ihren weißen Helmen ein gutes Stück abseits in ein hitziges
Gespräch vertieft waren.

»Probleme?«, erkundigte sich Kranzfelder daher.

»Nur die üblichen Diskussionen mit meinem Architekten
und dem Bauleiter«, antwortete König schulterzuckend. Er
verabschiedete sich, indem er sich mit zwei Fingern vorne an
den Helm fasste.

»Was für ein Ekelpaket«, entwischte es der Stern, als der
Bauherr gegangen war. »Und wirklich schlauer als vorher sind
wir auch nicht«, stellte sie dazu fest.

»Als Nächstes nehmen wir uns den Anton Kurz vor. Kann
mir keiner erzählen, dass sich der Winkler allein mit seinem
Gerede und dem unschlagbaren Preis das Projekt erschlichen
hat. Da ging sicher mehr, das garantier ich dir!«, behauptete
Kranzfelder entschlossen, als sein Telefon klingelte. Er nahm
es aus der Innenseite seiner Jacke und wischte mit seinem Zeigefinger nach rechts, um den Anruf entgegenzunehmen.

Am anderen Ende meldete sich Michael Freund, seines Zei-
chens Leichenflüsterer. Er übermittelte eine Einladung der
speziellen Art.

In der kühlen Obduktionshalle trafen sie auf Dr. Freund, der
bereits auf sie wartete.

»Servus, Spürnase!«, begrüßte er den Kriminalhauptkommissar.

»Servus, Michl, du fleißiges Bienchen!« Kranzfelder erwiderte den Gruß des hochgewachsenen Gerichtsmediziners mit
einem festen Händedruck.

Die schwitzige Schicht auf den Innenflächen seiner kräftigen Hände schien laut auszusprechen, wie angespannt er
vor der bevorstehenden Obduktion war. Das war einer der

wenigen Bereiche in seiner Arbeit, mit denen er bis heute jedes Mal aufs Neue haderte.

»Das ist doch nicht etwa deine neue Kollegin, Kranzfelder?« Michael Freund deutete eine Verbeugung an und schenkte der Stern dazu ein verzücktes Lächeln.

»Klara Stern, freut mich«, stellte sie sich pflichtbewusst vor. Sie war dem Mediziner, seitdem sie ihre neue Arbeitsstelle angetreten hatte, noch nicht begegnet.

Herrgott, warum war die denn nur schon wieder so rot im Gesicht?, grübelte Kranzfelder, als er sich seine Kollegin genauer anschaute. Passierte das etwa immer, wenn sie einem Mann gegenüberstand, der sie offensichtlich toll fand? Oder gefiel der Michl ihr etwa? Nein, das konnte er sich beim besten Willen nicht vorstellen. Blass und hager, wie der war. Das wäre wie eine Neuauflage von »Die Schöne und das Biest«. Außerdem war der vergeben und hatte Kinder.

»Jetzt hör auf, mit dem jungen Mädchen zu flirten. Bringen wir's lieber hinter uns.« Kranzfelder zeigte missmutig auf den Toten, der bereits auf einem der Tische lag.

Der Freund trug einen der mintgrünen Schutzanzüge, als er behutsam das Laken nach unten schob, welches einige Körperteile von Karl Winkler verdeckte. Danach fing er an, den eh schon offenen Bauch an dem leblosen Körper mit einem glänzenden Skalpell noch weiter zu öffnen. Dabei begutachtete er systematisch ein Organ nach dem anderen. Als er die Leber aus dem Bauchraum entnahm, entstand ein schmatzendes Geräusch. Er befühlte sie gründlich und legte sie anschließend auf die Waage, um sich ihr Gewicht zu notieren. Danach nahm er sich noch eine Probe von dem Organ.

Das Ganze erinnerte Kranzfelder merkwürdigerweise an die nette Verkäuferin bei der Bäckerei Emmer und wie sie ihm hinter der Ladentheke eine Scheibe vom Leberkäse herunterschnitt.

»Alles in Ordnung?«, fragte der Pathologe beiläufig, während er akribisch jeden einzelnen Fingernagel des Toten mit einer kleinen Schere kürzte, um ihn dann nach Hautpartikeln und anderen Hinweisen zu untersuchen.

Es war kaum zu übersehen, wie sehr die Stern mit sich kämpfte, um sich nicht umgehend übergeben zu müssen. »Schmieren Sie sich das unter Ihr zartes Näslein.« Er zeigte auf ein Döschen mit Tigerbalsam neben sich. Danach erklärte er ihr, dass ihm die Salbe trotz ihres scharfen Nelken- und Pfefferminzöls schon länger nicht mehr helfe, da er sich einfach zu sehr daran gewöhnt habe.

»Also«, Freund legte eine kurze Pause ein, »euer Toter ist, soweit ich das beurteilen kann, von bester Gesundheit. Minimal fettig um die Körpermitte rum und verfügt in diesem Zusammenhang sicherlich auch über einen beachtlichen Cholesterinspiegel, aber das wäre ihm wohl erst im Alter zum Verhängnis geworden.« Er lachte.

Während sich die Stern pedantisch darauf konzentrierte, irgendwelche Notizen in ihr kleines Büchlein zu schreiben und keinesfalls den Blick zu heben, blickte Kranzfelder indes verstohlen an sich herunter. Im neuen Jahr würde er das mit der Diät ja noch einmal in Angriff nehmen können, nahm er sich vor.

»Die Todesursache ist unverkennbar der ungleichmäßige Schnitt im Bauchraum und der damit einhergehende hohe Blutverlust«, redete Freund weiter und betonte dabei jede einzelne Silbe. »Bei diesem Schnitt wurden auch die darunterliegenden Organe verletzt.«

»Tatzeit und Tatwaffe?«, wollte Kranzfelder nun wissen.

»Eine genaue Tatzeit kann ich euch nicht geben, aber einen Zeitrahmen, in dem die Tat begangen worden ist. Anhand der Lebertemperatur, die ich bei der Einlieferung der Leiche gemessen habe, und der Totenstarre würde ich sagen, zwischen zwölf und fünfzehn Uhr. Wenn wir davon ausgehen, dass unser Opfer bei dem Schnitt noch am Leben war, also das Herz noch geschlagen hat, haben wenige Sekunden ausgereicht, und er war verblutet. Den Oberarmbruch hier, den hat er sich höchstwahrscheinlich erst nach seinem Tod zugezogen. Und was eure Tatwaffe angeht, da würde ich mal auf ein Fleischermesser oder Ähnliches tippen. Der Täter muss von unten her zugestochen haben. Das bedeutet, dass er entweder kleiner als das Opfer war oder von unten an das Opfer herangetreten ist. Was ich euch anhand des Einstichwinkels aber noch sagen kann, ist, dass der Schnitt mit der linken Hand verübt wurde.«

»Und Fundort ist nicht gleich Tatort«, fügte die Stern noch der Ausführung des Pathologen hinzu.

»Logisch«, grummelte Kranzfelder.

»Gibt es Abwehrspuren? Oder können wir vielleicht sehen, ob er vor der Tat betäubt wurde?«, kam es erneut von ihr.

Der Gerichtsmediziner ging dicht an das Gesicht des Toten heran, schaute ihm tief in die Augen und zog dabei auch die beiden Unterlider beiseite. »Er wurde gewürgt. Wenn ihr ein Stück näher treten wollt, könnt ihr in seinen Augen die dafür typischen punktuellen Einblutungen entdecken.« Er machte eine einladende Handbewegung, doch die Kommissare bewegten sich keinen Millimeter von der Stelle. »Zudem hat er am Hals, hier direkt neben dem Strangulationsmal, typische Würgemale. Die stammen vom Täter. Es sieht aus, als ob der Täter auffälligen Schmuck getragen hätte. Zudem kann man schön sehen, dass unser Opfer vor der eigentlichen Bluttat gefesselt wurde. An Hand- wie Fußgelenken gibt es dafür eindeutige Druckstellen. Ich vermute, mit Kabelbindern. In seinem Mundraum habe ich bereits Rückstände von einem Baumwolltuch gefunden, die ich noch labortechnisch untersuchen lassen werde.«

»Sonst noch etwas, was wir wissen sollten?«, fragte Kranzfelder.

»Im Magen haben wir die Überreste von seiner Henkersmahlzeit sicherstellen können, und ordentlich Promille hatte der Kerl vorzuweisen. Die restlichen Informationen bekommt ihr dann in meinem Bericht, wenn die Ergebnisse der Proben da sind.«

»Du hast jetzt aber nicht die Weihnachtsferien mit der Familie geopfert?«, fragte Kranzfelder dann noch aus reinem Interesse.

»Ich wohne hier, vorübergehend.« Der Pathologe zeigte beiläufig auf zwei lederne Koffer. Man konnte sie durch die verglaste Front seines Büros sehen, es befand sich direkt neben der gefliesten Halle.

»Was? In dem grusligen Loch? Ist das überhaupt erlaubt?«, entfuhr es der Stern entsetzt.

»Meine Frau hat mich vor die Tür gesetzt, über Weihnachten. Das muss man erst mal schaffen.« Er zuckte mit seinen Schultern. Dann fügte er mit einem gequälten Lächeln hinzu: »So erspar ich mir zumindest den täglichen Arbeitsweg.«

Kranzfelder klopfte dem Gerichtsmediziner aufmunternd auf die Schulter, fragte ihn aber lieber nicht, wie es dazu gekommen war.

»Zeit für eine Mittagspause«, stellte Kranzfelder fest, nachdem er einen Blick auf die Uhr an seinem Handgelenk geworfen hatte. Sie standen auf dem Institutsparkplatz und schüttelten sich die Reste des Leichengestanks aus den Klamotten. »Das war ein wirklich langer Vormittag, und inzwischen habe ich echt einen Bärenhunger! Du etwa nicht?«

»Wie können Sie bitte schon wieder ans Essen denken?«, erwiderte die Stern entgeistert und wischte sich mit einem Taschentuch die restliche Salbe unter der Nase weg. Auch ohne das weiße Licht aus der Obduktionshalle sah sie gefährlich käsig aus.

»Ich schlage vor, wir fahren jetzt zügig zurück nach Holzwiesenreuth und gehen in den Zoiglwirt. Der Wirt dort hat sicher noch eine Kleinigkeit für uns.«

»Habe ich eine Wahl?«

»Also, wenn du so frägst – nein!«, antwortete Kranzfelder grinsend. »Und sind wir mal ehrlich, was Ordentliches für deinen Magen schadet dir bei Gott nicht.«

7

Dann möint ma grod, as bleibt die Zeit stöih.
Köin Streß, koa Hektik, spirt ma mehr.

Auf ihrem Weg zurück nahmen sie wieder die Autobahn. Umgeben von dichten Fichtenwäldern durchquerten sie noch ein paar kleinere Ortschaften.

Vor dem Zoiglwirt angekommen, parkte die Stern ihren Wagen an der Straße, direkt vor der Gastwirtschaft, über deren Eingangstür ein Zoiglstern hing.

Er sah auch mehr aus wie ein Hexagramm, und eigentlich nannte man ihn auch Brauerstern. Ein uraltes Zeichen der Bierbrauer.

»Zefix!«, schimpfte Kranzfelder, als er beim Aussteigen eine riesige Matschlache übersah und mit einem Fuß mitten hineintrat.

»Mir ist immer noch ganz komisch im Magen, und die Bilder von vorhin bekomm ich so schnell auch nicht mehr aus meinem Kopf«, jammerte die Stern. Sie schenkte seinem kleinen Malheur nicht die geringste Beachtung.

»Du wirst dich mit der Zeit dran gewöhnen müssen«, sagte Kranzfelder.

Egal, was man vorher im Studium oder auf der Polizeischule schon alles zu sehen bekommen hatte, die erste richtige Leiche vergaß man nie.

Er legte ihr aufmunternd den Arm auf die Schulter und hielt ihr dann die schwere Eingangstür zur Wirtschaft auf. Sofort wurden sie von typischen Wirtshausgerüchen empfangen, und in Kranzfelders Mund sammelte sich schlagartig das Wasser.

Er öffnete gleich die erste der vier Türen, die unmittelbar nach dem Eintreten zu ihrer Rechten von dem langen und hellen Flur abging. Schon fanden sie sich in einer kleinen Wirtsstube wieder, wo sich nebst dem Ausschank nicht mehr als sechs Tische befanden. Nachdem sie Jacke und Mantel an der Garderobe direkt neben der Tür gelassen hatten, suchten sie sich einen freien Platz. Die Wände waren durchgehend mit heller Kiefer vertäfelt, und im hinteren Eck über den Fenstern blickte Jesus am Kreuz vorwurfsvoll auf sie herab. Die Zoiglstube war ein Ort mit Tradition, und die Familie besaß das Braurecht schon seit mehreren Generationen. Erst wenige Monate zuvor hatten sie noch mal ordentlich Geld in die Hand genommen, um die Gastwirtschaft innen wie außen auf Vordermann zu bringen.

Seine Kollegin war mit ihrem immer noch leidenden Blick eine ernst zu nehmende Konkurrenz für den Heiland über ihren Köpfen, und so bestellte Kranzfelder kurzerhand bei der jungen Bedienung für sie mit. Zwei Spezi und zweimal gemischter Braten, das mochte seiner Meinung nach wirklich jeder.

»Servus, Johann! Habds ihr scho bschtöllt?« Andres Vogt war hinter dem Ausschank aufgetaucht. Er trug ein ausgewaschenes Shirt mit der Aufschrift »Hard Rock Cafe« und zapfte sich ein halbes Glas Bier. Als der Wirt die Kommissare zwischen den anderen Gästen entdeckte, kam er zu ihnen und begrüßte die beiden mit einem flüchtigen Klopfen auf die hölzerne Tischplatte.

»Hast du deinen Magen wieder im Griff, oder müssen wir Angst haben, dass du uns hier gleich auf den Tisch kotzt?«, fragte Kranzfelder den Wirt. Er konnte es nicht lassen, damit auf den kleinen Ausrutscher an Heiligabend anzuspielen.

»Sehr witzig, Herr Kommissar!« Der Vogt wollte am liebsten gar nicht mehr auf diesen peinlichen Vorfall angesprochen werden, setzte sich dann aber trotzdem zu den beiden Ermittelnden an den Tisch.

»Hast du eine neue Bedienung?«, fragte Kranzfelder den Wirt unauffällig, nachdem die zierliche Kellnerin die Getränke vor ihnen abgestellt hatte. Danach war sie mit ihrem Tablett zum nächsten Tisch weitergezogen, um dort abzukassieren. Sie war ihm zuvor nie aufgefallen.

»Die Zuzanna moinst? Johann, i sog's da, des is a Goldstück. A weng ruhig und schüchtern, aber des wird schon nu. Es will sich doch koina mehr d' Finger dreckig machen«, antwortete der Vogt und lehnte sich weit in seinem Stuhl zurück.

»Hübsch ist sie«, bemerkte Kranzfelder und setzte noch hinterher: »Da freuen sich sicher auch die Männer vom Stammtisch.«

Er erntete für diese Aussage ein entnervtes Schnaufen von seiner Kollegin. Sie konnte es nicht leiden, wenn man die Frauenwelt nur nach ihrem äußeren Erscheinungsbild bewertete. »Ich bin mir sicher, sie macht eine hervorragende Arbeit. Woher kommt sie denn? Tschechien?«, fragte die Stern darum.

»Ja, des is bei uns ganz normal, dass d' Tschechen zum Arbeiten rüberkommen. Die war vorher beim Winkler Karl angestellt. Haushaltshilfe, Kindermoidl und Putzfrau zam«, erzählte der Vogt.

»Ach was!« Kranzfelder wurde hellhörig. »So ein Zufall. Die Hannelore war ja wohl nicht sonderlich zufrieden mit ihrer Arbeit.«

»Dai mit ihre Staralllüren. Koi Ahnung, wos der ihr Problem is. Dai sollt a mal besser niat vergessen, woher se eigentlich kummt«, sagte Vogt. »I verrat euch was. Die Hannelore konnt des sicher nur niat ertragen, dass sich bei denen im Haus so was Reizendes rumtreibt.«

»Was meinen Sie damit?« Jetzt war es die Stern, die ihre Ohren spitzte.

»Junge Frau, was ganz Wichtiges noch, bevor i weitermou. Wir duzen uns für gewöhnlich hier oben«, sagte der Wirt unerwartet und hielt ihr auffordernd die Hand hin. »I bin da Andres.«

»Klara«, stammelte sie und erwiderte völlig perplex den Händedruck.

Kranzfelder hätte am liebsten laut aufgeschrien. Was bitte

stimmte nicht mit der? Mit jedem in seinem Umfeld ging sie auf Kuschelkurs, nur bei ihm stellte sie sich quer.

»Los, Andres, sag schon, weißt du da mehr?«, brummte er dann, um schnell wieder auf andere Gedanken zu kommen.

»Da reds am besten mit der First Lady selber. Ihr wissts ja – Datenschutz und so.« Mit diesen abschließenden Worten erhob sich der Wirt und verabschiedete sich mit seinem Glas in der Hand zum nächsten Tisch.

Im selben Moment wurden ihnen von der brünetten Bedienung die üppigen Teller serviert. Völlig ausgehungert und ohne Umschweife machten sich die Kommissare darüber her. Nebenbei bemerkte Kranzfelder, dass sich auch der verloren gegangene Appetit seiner Kollegin wieder eingefunden hatte. Beide aßen auf, und Kranzfelder verlangte die Rechnung. Dazu nahm er sich seine Brille, die an dem schwarzen Bändchen um seinen Hals baumelte, und setzte sie sich auf die Nase. Als er den Bewirtungsbeleg in der Mitte zusammenfaltete, um ihn in die Brusttasche seines Hemdes zu stecken, las er die letzte Zeile: »Es bediente sie Zuzanna Svobodová.«

Am nächsten Morgen hockte Kranzfelder mutterseelenallein mit einer übertrieben vollen Tasse Kaffee am Frühstückstisch. Und darüber war er auch überhaupt nicht böse. Eigentlich war er darüber sogar ziemlich froh.

Der vergangene Tag war nämlich genauso anstrengend gewesen, wie er es von den vorausgegangenen Tagen bereits gewohnt war.

Seine Maria hatte sich wieder bis zum Hals in diversen dramatischen Spekulationen versponnen, was ihren Alexander und dessen neue Freundin anging. Und als wäre das nicht genug, lag sie ihm dann auch noch mit dem geplanten Skiurlaub in den Ohren. Wann er jetzt endlich mit dem Kammermayer reden würde, und gebucht sei ja schließlich schon. Oder etwa nicht? Den kompletten Feierabend über ging das so. Da half es auch nicht, seiner Frau zu erklären, dass er ja nicht irgendeinen Beruf ausübe und dass sie sich das halt hätte überlegen müssen, bevor sie ihn damals geheiratet habe. Er werde einen Teufel tun und den Sheriff nach seinem beantragten Urlaub fragen. Dann könnte er sich ja auch gleich selbst massakrieren.

Sein Handy klingelte, und die Stern meldete sich am anderen Ende.

»Ich verstehe einfach nicht, Chef, wie der Bau eines harmlosen Esoterikzentrums eine Gemeinde so spalten kann. Und was das Ganze mit dem Tod vom Bürgermeister zu tun hat«, plapperte sie ohne Begrüßung darauflos.

Kranzfelder konnte deutlich durch die Leitung hören, wie seine Kollegin vorsichtig an etwas schlürfte. Vermutlich trank sie gerade »ihren Latte«. So nannte die Stern ja diesen viel zu stark verdünnten Kaffee, den sie sich immer mit ins Büro brachte.

»Und wenn wir dem Herrn Limmer Glauben schenken dürfen, hat dieser Josef Lenz ja wohl das größte Problem mit seinen zukünftigen Nachbarn«, redete sie weiter.

»Ich würde auch nicht wollen, dass mir vor meinem Hof irgendwelche halb nackten Leute den ganzen Tag ihre Hintern entgegenstrecken und dazu noch Verrenkungen machen. Das passt doch auch gar nicht zu uns hierher. Bald kommen dann nur noch so Deppen zu uns ins schöne Stiftland. Das macht uns doch den anständigen Tourismus kaputt«, antwortete Kranzfelder.

»Oh wow, Chef! Ich habe mir ja schon gedacht, dass Sie zu den eher veränderungsresistenten Objekten gehören, aber dass Sie so verklemmt sind, das hätte selbst ich nicht geglaubt!«

»Ich kann mir vorstellen, dass unser Opfer den jungen König ordentlich bezahlt hat, um ihn von unserer Gemeinde für das Bauvorhaben zu überzeugen. Und als der Anton Kurz davon Wind bekommen hat, war der natürlich maßlos enttäuscht und wütend über diese verpasste Chance. Immerhin war der König ja ursprünglich an ihn herangetreten, und der Winkler hat ihm den Deal dann sozusagen unterm Arsch weggeschnappt.« Kranzfelder ignorierte die empörte Aussage seiner Kollegin.

»Und wegen so etwas bringt man jemanden auf so grausame Weise um? Ich weiß nicht, Chef. Das ist ein Motiv, ja – aber ist es auch stark genug?«

»Ich weiß es doch auch nicht, Klara.«

»Fakt ist aber auch, dass halb Holzwiesenreuth gegen ein Esoterikzentrum und somit gegen den toten Bürgermeister war.«

»Sodom und Gomorrha.«

»Chef, ich denke, wir sollten uns dringend mit dem Anton Kurz unterhalten, mich würde seine Version der Geschichte interessieren, und danach müssen wir auf jeden Fall auch mit dem Bauern Lenz vom Stoffel-Hof reden.«

»Gut, dann trink deinen Latte mattschato aus, und wir treffen uns, ich würde sagen, in einer knappen Stunde vor dem Rathaus in Glücksbrunn.«

»Bis gleich, Chef.« Die Stern wollte bereits auflegen.

»Halt, Klara!«

»Was ist denn noch, Chef?«

»Findest du dorthin?«

»Navi, Chef. Ich hab ein Navi«, betonte sie schmunzelnd.

Nur kurze Zeit später trafen sich die beiden Kommissare im kleinen Eingangsbereich des Gemeindehauses. Draußen herrschten immer noch eisige Minusgrade, und keiner von beiden hatte große Lust gehabt, sich den Tod zu holen.

Anton Kurz, der Bürgermeister der kleinen fränkischen Nachbargemeinde Glücksbrunn, wartete bereits im Sitzungssaal des Rathauses auf sie. Ein drückender Raum mit knarzenden Dielen und einer vollständig mit volkstümlichen Bildern behängten Wand.

Der stämmige Mann mit den dunklen, nach hinten gegelten

Haaren bot den beiden Kommissaren einen der unzähligen Plätze an und setzte sich selbst auf seinen Stuhl an die Stirnseite des langen Tisches.

»Entschuldigen Sie. Wo hab ich nur meine Manieren. Kann ich Ihnen etwas anbieten? Ein Glas Wasser oder eine schöne Tasse Kaffee vielleicht?«, fragte er und hielt bereits eine kleine Glocke in der Hand.

»Danke, Herr Kurz. Sie wissen vermutlich, weswegen wir hier sind?«, fragte die Stern trocken.

»Grausame Geschichte, ja. So etwas spricht sich bei uns hier oben schnell herum«, beantwortete der Bürgermeister die Frage der Kommissarin.

»Dabei dürften Sie gar nicht so traurig sein über das Ableben vom Winkler, oder?«, meldete sich nun auch Kranzfelder zu Wort.

»Ich muss doch bitten! Besonders gut leiden konnte ich ihn nach seiner hinterlistigen Aktion nicht mehr. Aber deswegen hängt ihr mir jetzt nicht gleich einen Mord an, oder?«

»Vorerst nicht, nein«, sagte Kranzfelder. »Aber erzählen Sie uns doch mal Ihre Sicht der Dinge, wie es sich mit dem Esoterikzentrum zugetragen hat.«

»Im Januar werden es genau zwei Jahre, seit ich den jungen König das erste Mal getroffen habe. Wir wurden uns zufällig auf einer Neujahrsveranstaltung vorgestellt. Er wollte mir unbedingt genauer von seiner Vision eines Esoterikzentrums erzählen. Er hat mich ein paar Wochen später hier im Rathaus besucht. Der König hatte bereits ein fixfertiges Konzept dabei, auf dem er das ganze Projekt bis ins kleinste Detail durchgeplant hatte. Mir hat das gut gefallen, und wenn wir ehrlich sind: Unsere herrliche Landschaft und die gute Luft hier oben sind doch wie maßgeschneidert für so ein Erholungszentrum.« Anton Kurz schloss die Augen und atmete demonstrativ tief ein und wieder aus. »Die vorbereiteten Verträge über den Baugrund lagen schon auf meinem Schreibtisch, als der König plötzlich einen Rückzieher gemacht hat. Ich habe natürlich herausgefunden, dass der Winkler da seine dreckigen Finger im Spiel hatte.«

»Haben Sie auch von diesem Gutachten gehört, welches der Herr Winkler in Auftrag gegeben hatte? Was hat es mit diesem *Basalt* auf sich?«, fragte die Stern.

Kranzfelder schmunzelte. Wie sie nur wieder die Wörter betonte. Als ob Basalt etwas ganz und gar Neumodisches wäre.

»Humbug! Das Gutachten möcht ich gerne mal sehen!«, antwortete der Kurz erbost auf die ihm gestellte Frage.

»Sie sind doch sicherlich auch der festen Überzeugung, dass unser Herr Winkler dem König ein ordentliches Sümmchen hat springen lassen, um ihn doch noch von einem Bau auf seinem Gemeindegrund zu überzeugen?«, fragte Kranzfelder.

»Vorstellen könnte ich es mir, der war doch mit allen Wassern gewaschen. Garantiert hat er auch dieses Labor geschmiert, um an so ein lächerliches Gutachten zu kommen.«

»Wie kommen Sie auf diese Anschuldigung?«, hakte die Stern nach.

»Basalt ist ein Stein. Nicht mehr und nicht weniger. Der ist vielleicht für vieles gut, aber nicht als Heilstein. Und dann kommt ausgerechnet einer wie der Winkler mit so einer Entdeckung ums Eck, grad zu diesem Zeitpunkt? Für mich stinkt das zum Himmel, wenn Sie mich fragen!«

»Wem sagen Sie das«, murmelte Kranzfelder kaum hörbar in seinen Bart und schielte vorsichtig zu seiner Begleitung.

Aber anstelle der vermuteten spitzen Bemerkung warf sie eine Frage in den Raum. »Haben Sie Herrn Winkler denn mit dieser Vermutung konfrontiert, Herr Kurz?«

»Natürlich! Ich habe ihn zur Rede gestellt, und wir haben uns deswegen auch heftig gestritten, aber umgebracht hab ich ihn nicht, falls Sie darauf hinauswollen. Das Arschloch ist es mir nicht wert!«

Einige Minuten später klemmte sich die Stern ihr Notizbuch unter den Arm. Sie waren schon so weit. »Ich denke, fürs

Erste hätten wir es. Wenn noch weitere Fragen auftauchen, melden wir uns bei Ihnen.«

»Gut. Ich muss jetzt eh noch weiter – achtzigster Geburtstag.« Der Bürgermeister von Glücksbrunn war froh über das zügige Ende und zeigte auf einen mächtigen Blumenstrauß, der in einer weißen Vase abseits des Raumes auf ihn wartete.

»Sagen Sie uns nur noch kurz, wo Sie an Heiligabend zwischen zwölf und sechzehn Uhr waren?«, fragte Kranzfelder aus heiterem Himmel, als er sich noch einmal zum Herrn Bürgermeister umdrehte. Sie waren bereits an der schweren Holztür angelangt und gerade dabei, den Raum wieder zu verlassen.

»Wieso jetzt das?«, fragte ein verdutzter Anton Kurz.

»Weil's halt sein muss«, antwortete Kranzfelder knapp. Mit den Jahren ging ihm das Gefeilsche der Leute auf diese Frage gehörig auf die Nerven.

»Wir waren mit den Kindern über die Feiertage bei meinen Schwiegereltern. Stuttgart.« Er klang bei dieser Erinnerung wenig begeistert. »Bitte, überprüfen Sie das ruhig.«

Die Stern versicherte ihm, dass sie das tun würden.

Der Hof von Josef Lenz befand sich außerhalb von Holzwiesenreuth und nur einen Steinwurf von der Großbaustelle des Esoterikzentrums entfernt. Sie wurden von einem tristen Bild empfangen. Der kalt-warme Wind wehte ihnen scharf um die Ohren, und es war eigentlich nichts zu hören außer dem metallenen Klackern der Sicherheitsbügel und dem Getrampel der Rinder in den Ställen. Keine Menschenseele weit und breit. Wie ausgestorben präsentierte sich ihnen der Hof.

Kranzfelder und seine Kollegin drehten sich um die eigene Achse, konnten aber niemanden entdecken. Gerade waren beide zu dem gleichen Entschluss gekommen, sich hier einmal genauer umzusehen, bevor sie dann an der Haustür klingeln würden. Da kam aus der Ferne ein dumpfes Motorengeräusch immer näher, und nur wenige Sekunden darauf bog ein Traktor zu ihnen in den Hof ein. Es war derselbe, der den Kommissaren erst vor ein paar Tagen, als sie mit dem Auto auf dem Weg zum Kammermayer waren, rücksichtslos entgegengekommen war.

So ein überdimensionierter grüner, mit roten Reifen!, hörte Kranzfelder seine Maria in Gedanken sprechen.

»Kranzfelder, wos willst du?«, blaffte es weniger nett über ihnen aus der Kabine raus. Der Traktor war zum Stehen gekommen, und Josef Lenz hatte die transparente Tür provokant nach außen hin aufgedrückt.

»Mach den Motor aus, Lenz!«, entgegnete Kranzfelder mit fester Stimme.

Mit dem Lenz war noch nie gut Kirschen essen gewesen. Bis auf ein paar wenige machten im Normalfall alle aus dem Ort einen großen Bogen um ihn. Wenn der auch nur den Anflug von Schwäche bei einem wittern konnte, biss er sich daran fest wie ein tollwütiger Köter.

Der massige Mann mit den raspelkurzen Haaren und einer Zigarette im Mundwinkel dachte nicht daran, sich von seinem Traktor herunterzubewegen.

»Also, wos wollt ihr?«

»Wir wissen, dass du dich ganz schön gewehrt hast gegen deine zukünftigen Nachbarn«, sagte Kranzfelder und deutete mit seinem Kopf auf die Baustelle, die man hinter den Viehställen sehen konnte. Als er im Augenwinkel bemerkte, dass die Stern Luft holte, um dann ihren Senf dazuzugeben, warf er ihr einen flehenden Blick zu.

»Esoterikzentrum.« Der Lenz spuckte das Wort vor sich in die Kabine. Dann entschloss er sich doch dazu, sich mit einem Stöhnen von dem Sitz zu hieven und die zwei Trittstufen von seinem Bock zu steigen. »Ein Puff wird des! Da rennen s' dann den ganzen Tag nackig durch unsere Gegend und fressen ihre Grünkernbratlinge. Sodom und Gomorrha! Des woll'n ma hier niat! Bis jetzt san mir auch gut ohne so einen Schmarrn auskumma!«

Kranzfelder traute sich nicht, seinen Gedanken laut auszusprechen, aber insgeheim stimmte er der Rede des Bauern zu.

»Pass auf deinen Jungen auf, Kranzfelder. Des wird nicht lang dauern, und dann san die hier überall. Deinem Sohn wern s' dann sicher a den Kopf verdrahen, und dann hast so an Waschlappen aufm Hof, der Hasenfutter frisst.« Kranzfelder musste bei den Worten des Bauern schwer schlucken. Wo doch der Alexander eh so anfällig für neumodische Trends war. Seit einigen Wochen hatte sein Sohn angefangen zu fasten. Er aß nur noch in einem bestimmten Zeitfenster, ganz zum Grauen seiner Mutter.

»Kaffee?«, fragte der Lenz überraschend.

»Da sag ich nicht Nein«, antwortete die Stern, bevor Kranzfelder etwas einwenden konnte.

Sie folgten ihm über den Hof, hinüber zu dem abgewohnten Bauernhaus. Als sie sich in der beengten Küche mit niedrigen Decken wiederfanden, nahm der Lenz eine Blechdose aus einem der Hängeschränke und pfriemelte mit seinen dicken Fingern einen braunen Kaffeefilter in den dafür vorgesehenen Einsatz.

»Sie leben hier ganz alleine?«, fragte die Stern im Plauderton, als ihr Blick auf die zwei übervollen Aschenbecher und die leeren Bierflaschen auf dem Küchentisch fiel.

»Wos geht Sie des an?«, brummte der Lenz, der gerade den Knopf an der Kaffeemaschine einschaltete. »Aber wenn Sie so frogen, ja. Seitdem sich mei Schwester nämlich den Winkler geangelt hat, könnt i no a Bäuerin brauch'n.« Auf seinem Gesicht machte sich ein eindeutiges Grinsen breit. »Aber wenn i mir Ihre zarten Händ so anschau, dann bleibn S' lieber bei der Polizei.«

»Ihre Schwester?« Die Stern neigte ihren Kopf fragend zu Kranzfelder. »Die Hannelore Winkler?«

Der Bauer nickte, und der Kommissar merkte, wie seine Kollegin innerlich das Brodeln anfing.

»Hab ich das nicht erwähnt?« Schnell entschuldigte Kranzfelder sich bei ihr.

Diesen Teil der Information hatte er der Stern offensichtlich bei vorhergehenden Gesprächen unterschlagen.

»Setzt euch«, sagte der Bauer.

Die Kommissare schoben zwei Stapel mit diversen Zeitschriften beiseite, auf deren Titelseiten spärlich bekleidete Frauen ihre nackten Brüste präsentierten und dazu lasziv in die Kamera schauten. Dann rutschten sie auf der Eckbank hinter den Tisch. Der Lenz stellte die volle Kaffeekanne zusammen mit drei Tassen auf den Tisch. Ihn umgab ein fieser Geruch nach Stall, Nikotin und altem Schweiß.

»Nehmts euch.«

»Wir wollen ein bisschen mehr über dich und deinen Schwager erfahren. Immerhin ist der ja schuld, dass vor deinem Hof jetzt so ein Esoterikzentrum gebaut wird«, offenbarte Kranzfelder, nachdem er sich eine Tasse eingeschenkt hatte.

»An Haufen Geld hat der mir boten.« Der Lenz räusperte sich kräftig. »Aber nicht mit mir, hab i ihm g'sagt. Der Hof wird seit Generationen bewirtschaftet. Nur weil sei Pflanzenfresser des niat sehen können, wie ormal in da Wochen der Viehtransport kummt. Sollen die doch an ihren Körnern ersticken und mir mei Sach lass'n!«

»Na, na, na! Herr Lenz«, ermahnte ihn die Stern und verspürte daraufhin, wie Kranzfelder ihr unter dem Tisch einen schmerzhaften Tritt ins Schienbein versetzte.

»Is doch war! Alle woll'n Fleisch, am besten den ganzen Tag, aber koiner will wiss'n, wo's herkommt!«

»Dann hast du sein Geld abgelehnt?«, fragte Kranzfelder.

»Natürlich!«

»Und das hat der Winkler so einfach akzeptiert?«

»I hob den Hof zu dem g'macht, wos er heit is! So leicht lass i mi von hier niat vertrei'm!«

Mit diesen Worten öffnete sich die Tür zur Küche, und herein kam ein Bursche in Arbeitskluft.

Der junge Mann nahm sich wortlos einen Kaffeebecher aus dem Hängeschrank und schenkte sich aus der Kanne, die immer noch vor ihnen auf dem Tisch stand, ein. Danach verließ er sofort wieder den Raum.

»Ihr Sohn? Haben Sie nicht gerade noch gesagt, dass Sie hier alleine leben?«, fragte die Stern verdutzt.

»Schaut der so as, wie wenn der von mir wa? Des is da Kobi, mei Knecht. Allein is die ganze Arbeit hier ja niat zu schaff'n.«

»Und der wohnt hier, mit auf dem Hof?«

»Ja.« Der Bauer griff zu einer Zigarettenschachtel auf dem Tisch.

»Und jetzt sagst du uns noch, wo du an Heiligabend, so zwischen zwölf und sechzehn Uhr, warst«, mischte sich Kranzfelder in die Unterhaltung ein.

»Wo soll i scho g'wesen sein? In meinem G'wand. I wor wie jed's Jahr aufm Dorfplatz bei da Specht. Zeugen gibt's g'nug.«

»Hast du den Winkler dort auch gesehen?«

»Logisch. A oinzig's Mal. Er stand vorm Rathaus, hatte es wieder ganz wichtig. Des muss so gegen halb eins g'wesen sein.«

»Also, Josef, wir wollen dich nicht länger von deiner Arbeit abhalten«, äußerte Kranzfelder. »Danke für den Kaffee.«

Sie kamen wieder zurück in den engen und muffigen Flur, an den Wänden hing eine vergilbte Tapete.

Im Vorbeigehen fiel ihr Blick auf einen Kleiderbügel, der lieblos mit ein paar Klamotten über den Treppenlauf geworfen worden war. Die Kleidung war augenscheinlich nichts Besonderes, verwaschen und in die Jahre gekommen. Die Muster und Stoffe erinnerten stark an ein altes Weib aus der Nachkriegszeit. Der Bauer Lenz bemerkte die interessierten Blicke der Kommissare und zeigte ihnen die zwei weit geschnittenen Röcke mit kariertem Muster.

»Mei G'wand für d' Specht«, sagte der Bauer unaufgeregt. Kranzfelder erkannte es direkt, auch ohne die Erklärung des

Landwirts. Bei ihm machte sich ein beklemmendes Gefühl in der Magengegend breit.

Auf dem Treppenabsatz lag etwas, das an einen Buckel erinnerte, und daneben fanden sich zwei gebogenen Sicheln und eine Peitsche. Um Letzteres hatte jemand dürres Stroh drum herumgebunden.

»Den schnallt ma se auf den Rücken unter das Oberteil«, erklärte der Lenz und gab der Stern den ausgestopften Höcker in die ausgestreckte Hand. Die schaute sich den gruslige Gegenstand wiederum fasziniert an.

Der Lenz reichte ihr jetzt noch einen Stofffetzen, der sich als geblümtes Kopftuch herausstellte. Die Krönung war die schaurig schwarze Maske, an der sich nur zwei schmale Schlitze für die Augen und ein langer spitziger Schnabel befanden.

»Wie lange machen Sie das denn schon?«, fragte die Stern.

»Eigentlich scho immer. Nach dem Tod vom Vater hob i die Tradition weiter'führt.«

Die Stern gab ihm eilig die Requisiten zurück, und dann warfen sie sich wieder die Jacken über, um zurück zu den Viehställen zu gehen.

»Wie viele Tiere hältst du inzwischen?«, wollte Kranzfelder auf ihrem Weg zu den Autos vom Lenz wissen. Das Interesse galt mehr der Landwirtschaft, und diese Frage hatte nichts mit den Ermittlungen zu tun. Die Eltern vom Kranzfelder waren früher nämlich auch Landwirte gewesen. Das war aber schon einige Zeit her.

»Zweihundert Stück«, antwortete der Lenz. Er verabschiedete sich und ging über den Hof zu der Maschinenhalle, wo der Kobi gerade angestrengt an einem der Traktoren herumschraubte.

»Haben Sie die Zigarettenschachtel gesehen, Chef?«, fragte die Stern im Flüsterton bei den Autos.

»So gut wie alle Raucher hier in der Gegend holen sich ihre Zigaretten von drüben. Ist nichts Ungewöhnliches.«

»Das war die gleiche tschechische Marke, die wir bei der Leiche gefunden haben.«

»Die sind dort einfach günstiger.«

Die Stern schüttelte den Kopf.

»Weißt du, was wir jetzt noch machen?«, stellte Kranzfelder seiner Kollegin eine rhetorische Frage. »Wir fahren noch mal zur Kirche und schauen uns dort noch einmal in Ruhe um. Wenn wir Glück haben, erwischen wir auch gleich den Herrn Pfarrer. Der weiß sicher mehr über seine Schäfchen.«

8

Für öin Moment is unsa Zimmer, wöi's scheint,
da Mittelpunkt da Welt.

Kranzfelder und Stern gingen diesmal an der Rückseite der Kirche vorbei, um auf den überblickbaren Vorplatz zu gelangen.

Sie fingen gerade damit an, nach Pfarrer Markus Ausschau zu halten, als eine flotte Melodie die Ruhe durchbrach. Die Stern entschuldigte sich flüchtig, als sich die Quelle der Störung in ihrer aufgesetzten Manteltasche wiederfand. Sie holte ihr Smartphone hervor und hielt es sich dicht an ihr rechtes Ohr, dabei neigte sie ihren Kopf leicht zur Seite.

Kranzfelder konnte hören, wie sie in immer wiederkehrenden Abständen Wörter sagte wie »Aha« oder »Hm« und »Okay«.

Nach einer kurzen Weile beendete sie ihr Gespräch mit dem energischen Wischen ihres Zeigefingers über den Bildschirm und berichtete: »Das waren die Kollegen von der Spurensicherung. Die Kleidung des Opfers vom Tattag war blutgetränkt, noch ein Indiz dafür, dass der Winkler zum Zeitpunkt des Schnittes am Bauch noch gelebt hat und dann innerhalb kürzester Zeit verblutet ist. An der Kleidung konnten jede Menge Tierhaare von Hunden und Katzen sichergestellt werden, und an der Rückseite der Klamotten hat das Labor gebrochene Fasern gefunden. Das wiederum lässt darauf schließen, dass das Opfer ein gutes Stück über den Boden gezogen wurde. Die Schuhe des Toten weisen an den Fersen der Sohlen einen starken Abrieb auf. Ansonsten keine verwertbaren Spuren am Fundort, am Strick oder an der Zigarettenschachtel, außer dass es sich bei dieser um eine tschechische Marke handelt. Fundort nicht gleich Tatort, keine Tatwaffe, das Opfer wurde mitsamt dem Strick über den Ast gezogen und so weiter. Bericht kommt!«

»Kreiz Birnbam!«, fluchte Kranzfelder mutig.

Trotz der neuen Infos waren sie genauso dumm wie vorher, das fuchste ihn!

Seine Laune war gerade dabei, sich wie ein trotziges Kind mit Karacho gen Boden zu werfen, als er in der wuchtigen Kirchentür Pfarrer Markus entdeckte.

»Herr Pfarrer!«

»Gibt es etwa schon Neuigkeiten?«, fragte der rundliche Mann, nachdem er sich erschrocken zu ihnen umgedreht hatte.

»Nein«, brummte Kranzfelder.

»Deswegen sind wir hier. Sie können uns doch sicher mit der ein oder anderen Information aushelfen?«, fragte die Stern zuckersüß, während Kranzfelder ihm umständlich zuzwinkerte.

»Helfen Sie mir bitte auf die Sprünge?«

»Na ja, Sie wissen schon. So quasi ungefiltert, direkt aus dem Beichtstuhl raus.« Kranzfelder senkte die Stimme und sah sich geheimnistuerisch um.

Die Stern verschluckte sich an ihrer eigenen Spucke und bekam einen kolossalen Hustenanfall.

»Ist dir denn überhaupt nichts mehr heilig, Johann?« Pfarrer Markus duzte den Kommissar augenblicklich, und seine Stimme klang jetzt, als würde er mit einem Lausbub schimpfen. »Die Beichte ist etwas sehr Vertrauensvolles, etwas Intimes zwischen Gott und dem Gläubigen. Außerdem unterliegt alles Gesprochene dem Beichtgeheimnis!«

»Wir reden hier aber von Mord, Herr Pfarrer!«

»Wohl eher von einer Hinrichtung!«, ergänzte die Polizeikommissarin unverzüglich.

»Grauenvoll. Hier bei uns – ich kann es immer noch nicht fassen. Und ausgerechnet jetzt! Wo wir doch bis zum Hals in den letzten Phasen der Vorbereitungen für die Heiligsprechung stecken!«

Es war die langsame Art und Weise, wie der Pfarrer die einzelnen Silben sprach, die Kranzfelder jedes Mal nervös werden ließ.

Gemeinsam gingen sie nun die wenigen Meter um die Kirche herum und fanden sich neben einem der zwei Seiteneingänge wieder. Der Blick des Geistlichen fiel auf die mächtige Kastanie.

»Jetzt kommen Sie schon, Herr Pfarrer. Wir verraten es auch niemandem.« Kranzfelder verschloss mit einem unsichtbaren Schlüssel seine Lippen hinter dem dunkelgrauen Bart, und die Stern blickte gebannt zwischen den Männern hin und her.

»Hat der Karl mal was erwähnt? In seiner intimen Beziehung zu Gott, meine ich? Mit irgendwem muss er es sich ja ganz schön verscherzt haben.«

»Von mir erfahrt ihr nichts!«

»Aber über das Esoterikzentrum hat er Ihnen doch sicher etwas erzählt? Vielleicht über irgendwelche krummen Machenschaften in dem Zusammenhang?«, bohrte sie nach.

Seine Kollegin konnte richtig hartnäckig sein, stellte Kranzfelder fest, offenbar nahm auch sie die Sache mit dem Beichtgeheimnis nicht gar so ernst. Gehörte die Stern überhaupt einer kirchlichen Gemeinschaft an?

Der sonst so glückselige Blick des Pfarrers wurde unterdessen immer grimmiger.

»Ist denn d' Schmiede da?« Kranzfelder beschloss, den Rückzug anzutreten, obwohl er ahnte, dass der Geistliche etwas wusste. Aber die Tatsache, dass er mit seinem verbissenen Schweigen hier wichtige Mordermittlungen behinderte, sollte der vorerst mit seinem Gewissen und seinem Chef da oben ausmachen. »Können wir mit ihr sprechen?«

»Da müsst ihr euch bis morgen früh gedulden. Die ganze Angelegenheit hat sie doch mehr mitgenommen als erwartet. Uns alle, irgendwie.« Die Stimme des Pfarrers wurde rau. »Sie ist zu ihrer Schwester nach Weiden gefahren.«

Jetzt fiel es auch Kranzfelder auf, der Pfarrer wirkte müde

und ausgelaugt. Dieser schreckliche Fund vor seiner schönen Kirche hatte ihm sichtlich zugesetzt.

»Darf ich mich verabschieden? Wie gerade erwähnt, ist die Thea nicht hier, und somit muss ich mich ganz alleine um die anfallenden Arbeiten kümmern.«

Die Kommissare entließen ihn mit einem Nicken aus dem Gespräch, und Pfarrer Markus verschwand durch den Seiteneingang ins Innere der Kirche.

Kranzfelder und seine Kollegin blieben allein vor dem alten Baum zurück. Nichts erinnerte mehr daran, dass hier noch vor ein paar Tagen der Winkler leblos in der Luft gehangen hatte.

»Ich frage mich, wie einer alleine den dort hochbekommen hat?« Die Stern blickte an dem Baum nach oben. »So was muss doch jemandem aufgefallen sein.« Sie schüttelte den Kopf, und ihr langer Zopf schlug dabei kräftig in der Luft hin und her.

»Nicht unbedingt. Der Täter hat einfach abgewartet, bis alle in der Kirche verschwunden waren.« Er betonte, an Weihnachten gehe man hier in die Messe, das sei einfach so. Entweder am Nachmittag oder dann in der Nacht. Und wer nicht grad in der Kirche sitze, bereite zu Hause alles vor. Oder sei tot!

»Dann ist die Kirchenbank sozusagen der *place to be*«, witzelte die Stern.

Kranzfelder hob die Achseln. »Wenn du so willst.«

»Aber wie hat der Täter das Opfer hierhergebracht? Wir erinnern uns, Fundort nicht gleich Tatort, oder?« Ihre Worte wurden von einem sichtbaren Atem begleitet, der ihr beim Sprechen zwischen den Lippen hervorkam.

»Jemand ist mit seinem Fahrzeug direkt bis hier vor die Treppe gefahren, hat dann den Winkler die Stufen nach oben gezerrt und dann mit dem Seil über den Ast hier hochgezogen. Wie ein Flaschenzug, verstehst du?« Kranzfelder ging mit seinem Zeigefinger den Weg nach. »Kreiz Birnbam! Was für ein irrsinniger Aufwand! Als ob jemand dabei erwischt werden wollte!«

»Es gibt nichts, was es nicht gibt – Ihre Worte, Chef!«

»Eins ist sicher! Die Tat war sorgfältig geplant.«

Die Kommissare waren für einen Moment verstummt, als es diesmal das Telefon von Kranzfelder war, welches sich in das Gespräch der beiden drängte. Es war der heiß ersehnte Anruf der Finanzbeamten. Sie hatten nun alle Kontobewegungen des Opfers durchleuchtet und dabei ein paar Ungereimtheiten festgestellt.

Kranzfelder stellte den Kollegen am anderen Ende der Leitung auf laut und hielt das Handy mit seinen kalten Fingern so, dass die Stern ohne Probleme mithören konnte. Sie wurden darüber informiert, dass der tote Herr Winkler zu Lebzeiten tatsächlich einige größere Transaktionen vorgenommen hatte. Eine beachtliche Summe ging auf das Konto von Rüdiger König, eine andere Überweisung wiederum an ein geologisches Institut nach München. Der Kriminalhauptkommissar fühlte sich bestätigt. Ihm kam die ganze Sache mit diesem Gutachten von Anfang an äußerst unglaubwürdig vor. Das sei aber noch lange nicht alles, wie der Kollege entzückt am anderen Ende verkündete. Er informierte sie weiter über regelmäßige Abhebungen in Höhe von tausend Euro, die immer zum Ersten jeden Monats vorgenommen wurden. In einem Monat wurden an einem Bankautomaten in Tschechien sogar zehntausend Euro abgehoben.

Stern und Kranzfelder blickten sich ratlos an.

Am nächsten Tag wartete Kranzfelder bereits auf die Stern. Dieser Morgen würde für sie wieder genau an dem Ort beginnen, an dem sie sich am Vorabend nach dem Telefonat mit einem ihrer Finanzermittler mit rauchenden Köpfen voneinander verabschiedet hatten.

Er zog die Augenbrauen zusammen, als er zur Kirchturmuhr hochsah. Die war von seinem Standpunkt aus gut erkennbar. Langsam machte er sich Sorgen um seine junge Kollegin. Ihr würde doch hoffentlich nicht die anfängliche Motivation flöten gehen?

Während er so wartete, fielen ihm die unzähligen Baustellenfahrzeuge auf, die auch an diesem Werktag in aller Herrgottsfrühe rücksichtslos mitten durch die Ortschaft rauschten. Alles wegen dem depperten Esozentrum, überlegte er missmutig.

Er war sich sicher, seitdem die Bauarbeiten an ebendiesem Gebäude begonnen hatten, ging es hier zu wie in der Großstadt!

Zwei Minuten nach halb neun. Es kam ihm vor, als würde er hier neben seinem Auto schon ewig warten. Könnte der Fairness halber aber auch daran liegen, dass er heute ausnahmsweise mal pünktlich war.

Da kam die Stern auch schon in ihrem roten Mini Cooper um die Ecke gebrettert. Sie hing mit ihrem Oberkörper weit über dem ledernen Lenkrad, als sie ihr Gokart, wie es Kranzfelder insgeheim nannte, schwungvoll in die freie Parklücke neben ihm lenkte.

Seine Laune erlebte ein kleines Hoch, als er mitansehen musste, wie ihr vor lauter Hektik der halbe Hausstand aus der Tasche flog. Mitten auf das Kopfsteinpflaster, sie konnte nur froh sein, dass das nasse Wetter der letzten Tage verschwunden war und heute sogar die Sonne durch die Wolkendecke spitzelte.

Das war keine Tasche mehr, dachte sich Kranzfelder. Für ihn fiel dieses Kaliber vielmehr unter den Begriff Seesack. Überhaupt sah sie heute vogelwild aus, bemerkte er. Ihr sonst so akkurat frisierter Zopf verlor auffällig viele blonde Strähnchen in alle Richtungen.

»Ich weiß, ich bin zu spät!«, rief ihm die Stern entgegen, während sie ihre Siebensachen vom Boden aufsammelte. Sie kroch sogar ein Stück unter ihr Auto, um einen Tampon aus einem Spalt zwischen zwei Pflastersteinen zu pulen.

Kranzfelder musste bei diesem Anblick lauthals loslachen und entschuldigte sich direkt mit einem Schulterzucken. Was sollte er sagen, er war nicht in der Position, ihr irgendeine Szene zu machen. Für gewöhnlich war er derjenige, der gerne zu spät kam. Abgesehen davon war es auch nicht seine Art. »Wollte *er* dich wohl nicht gehen lassen, hmm?«, fragte Kranzfelder, als die Stern völlig fertig vor ihm stand.

Und da war sie wieder, die schreiende Röte in ihrem Gesicht.

»Hä? Wer?«

»Ich hätte jetzt gar nicht vermutet, dass du so ein Chaos in deiner Handtasche mit dir herumschleppst.«

»Mein Wecker hat nicht geklingelt«, stotterte sie.

»Okay.« Kranzfelder konnte ihren Angstschweiß förmlich riechen. So leicht führte man ihn nicht an der Nase herum, und er nahm sich fest vor, bei der nächsten Gelegenheit, die sich ihm bieten würde, die Stern über ihr Betthupferl auszuquetschen.

Anstatt die Stufen hoch zur Kirche zu nehmen, gingen die Kommissare ohne Umwege zu dem modernen Pfarrhaus auf der gegenüberliegenden Seite.

Thea Schmied öffnete ihnen nach einem wiederholten Klingeln ruckartig die Tür. Sie murmelte einen kaum hörbaren Morgengruß, machte direkt danach auf dem Absatz kehrt und stiefelte den Gang entlang davon. Kranzfelder und Stern gerieten kurzzeitig aus dem Konzept, traten sich dann aber entschlossen die Schuhe auf der Gummimatte vor der Tür ab und folgten der älteren Dame mit den grau melierten Haaren in die Küche.

»Wir haben nur ein paar Fragen.« Kranzfelder machte vorsichtig den Anfang, als sie der gebeugten Messnerin dabei zusahen, wie sie den Inhalt einer Blechdose in fünf nebeneinandergereihte Katzennäpfe aufteilte.

»Na, wenns ihr jetzt schon da sads.«

»Kommen wir ungelegen, Frau Schmied? Vielleicht können

wir Ihnen ja bei irgendetwas helfen?«, fragte die Stern mit diesem unerträglichen »Wir Frauen müssen zusammenhalten«-Blick.

»Habts ihr mein Peterle g'sehen?«

»Die vermisste Katze, von der ich dir erzählt hab, Klara«, flüsterte Kranzfelder der Stern unauffällig zu.

»Mei Peterle is doch so a schainer Kater. Stattlich, und der hat a sehr langes Fell. Schneeweiß und ganz woarch. Des muss jed'n Tag genau hundert Mal gebürstet werd'n, des is wichtig, sunst verfilzt des sofort. Da Peterle geht eigentlich niat weit weg vom Hof, wou wird der bloß sa?«

»Wir halten die Augen offen«, sagte Kranzfelder und schob mit einem Bein unauffällig ein anderes, ziemlich hartnäckig miauendes Exemplar beiseite.

Er wollte es der rüstigen Dame nicht so drastisch formulieren, aber entlaufene Fellwerfer waren nun mal nicht ihr Aufgabengebiet.

Die Messnerin nahm einen klimpernden Schlüsselbund aus der Tasche an ihrer Kittelschürze. »I mou jetzt rüber in d' Sakristei.«

Die Kommissare begleiteten sie das kurze Stück über die Straße und mussten sich dabei ganz schön ranhalten, denn die Alte legte einen zügigen Gang an den Tag. Drüben angekommen gingen sie noch mit in den Raum, wo Thea Schmied begleitet von einem Knarzen den massiven Holzschrank öffnete. Darin befanden sich die Messgewänder für den Pfarrer. Sie nahm eines heraus und hängte es mit dem Bügel von außen an die Schranktür. Mit einem gekonnten Blick überprüfte sie den einwandfreien Zustand und strich in kurzen knappen Bewegungen den Stoff entlang, um ihn so von harmlosen Falten zu befreien.

»Wir sind noch mal wegen dem Karl Winkler da«, sagte Kranzfelder und störte sie damit in ihrer Routine.

»Habts den Verbrecher?«

»Leider nicht. Deswegen müssen wir auch noch mal mit

Ihnen reden«, sagte die Stern mit warmer Stimme, während sie in ihrer Tasche kramte.

»I hob doch an Johann scho alles g'sagt, wos i woiß.«

»Vielleicht ist Ihnen ja inzwischen noch etwas eingefallen, etwas Ungewöhnliches?«

»Ungewöhnlicher als d' Specht, dai se an erwachsenen Mann g'holt hat?«

»Wir glauben noch immer nicht, dass die Specht sich den Winkler geholt hat, Thea«, wiederholte sich Kranzfelder nur zu gern.

»Seids ihr euch da so sicher? Mir wissen alle, dass unser Bürgermeister koi Kind vo Traurigkeit war! Der wor a echtes Früchtchen, wenns mi fragts. Und solche Kinda holt sa se!«

»Das hört sich an, als wüssten Sie da mehr drüber, Frau Schmied?«, fragte die Stern. Sie hatte sich inzwischen mit einer Körperhälfte auf den Tisch mit den wuchtigen Stempeln, der in der Mitte des Raumes stand, gesetzt und ihr Notizbuch aus der Tasche geholt.

»I hob gelauscht«, flüsterte die Messnerin schwer verständlich.

»Wie bitte?«

»Na, *zufällig* g'hört hob i wos.«

»Wo?«, fragte Kranzfelder.

»Die Beichtstund und mei Putztag fall'n halt zufällig immer auf dieselbe Zeit, und so bekomm i halt manchmal wos mit, wenn i dahinten am Staubwischen bin.«

Kranzfelder verkniff sich einen Kommentar. »Und was hast du da zufällig so über den Herrn Winkler mitgehört, Thea?«

»Ihr sagts des doch aber niat mei'm Herrn Pfarrer, oder? Fräulein Stern? Johann?«

»Ehrenwort.« Kranzfelder bastelte mit seinen Fingern einen eindrucksvollen Schwur, und die Stern beugte verhalten den Kopf. Sie hielt nichts von Versprechungen, von denen sie nicht wusste, ob sie diese fix halten konnte.

»Dafür erzählst uns jetzt aber, was der Winkler so ausgefressen hat, Thea.«

»Na fremd'gangen is er doch, der Karl. Und niat nur einmal, Johann!«

Kranzfelder war sich sicher, dass man auf diesen Satz hin in seinem Gesicht die blanke Enttäuschung erkennen konnte. Denn dass es der Winkler in einschlägigen Etablissements gerne bunt trieb, war ein offenes Geheimnis.

»Niat des!«, warf die Messnerin schroff ein, bevor sie dann vorsorglich die Stimme senkte und ihre buschigen Augenbrauen zusammenschob. »Er hat es mit seiner Haushälterin triem! A jung's Mädchen aus Tschechien.«

»Nee, oder?«, platzte es aus der Stern heraus. Vor Schreck war ihr der Kugelschreiber auf den Boden gefallen.

»I glaub, dass er es bereut hat. Der hat von einer großen Sünde g'red't, aber sonst hob i nix mehr mitkraigt, weil a Reisegruppe in die Kirchen kumma is.«

»Immer dann, wenn man die nicht gebrauchen kann!«, sagte Kranzfelder und ärgerte sich tatsächlich darüber. Aber gleichzeitig war er auch erleichtert, denn endlich kam ihre Ermittlung ins Rollen.

»Hat er auch noch etwas über das Esoterikzentrum gesagt?«, fragte die Stern, während sie eifrig die brisante Erkenntnis in ihr Büchlein kritzelte.

»Nix.«

Im selben Moment setzten die Kirchturmglocken ein.

»Danke, du hast uns wirklich sehr weitergeholfen.« Kranzfelder gab der Stern ein Zeichen, mitzukommen. Er hatte beschlossen, die gute Frau nicht weiter von ihrer Arbeit abzuhalten.

»Jetzt woiß i niat, ob euch des interessiert, aber mir is da grad nu wos eing'falln.«

Die Kommissare hatten sich bereits zum Gehen gewandt und wurden jetzt noch einmal hellhörig.

»An Heiligabend hat dou so a Transporter saublaid vor

da Kirchen parkt. Der is mir aufg'falln, als i am Nachmittag, kurz vor der Kindermette wieder rüber ins Pfarrhaus bin, um mi ums Essen fürn Pfarrer Markus zu kümmern. Mitten aufm Gehweg, direkt in da Kurv'n bei der Mauer neben der Treppe.«

»Und das ist Ihnen nicht schon früher eingefallen?«, wetterte die Stern unerwartet los, und Kranzfelder versuchte, sie zu bremsen.

»Hast du ein Kennzeichen?«

»Na, hob i ja niat g'wusst, dass des so wichtig is!«

Kranzfelder hörte die Stern bedrohlich laut atmen.

»Alt wor er halt, recht demoliert und recht dreckig, aber drunter wor er scho weiß – glaub i. Und hintendrauf so a hässliches Logo. Hob i no niat g'sehen, also auf jeden Fall koiner von da.«

»Also ein unbekannter weißer Sprinter«, wiederholte die Stern und notierte.

»Wer bitt schön kummt an Heiligabend mit so am Auto zur Mess? Und sonst war ja nix mehr um die Uhrzeit. Das Treib'n vom Mittag am Marktplatz wor ja scho längst aufgeräumt.«

Die Ermittler bedankten sich bei der Messnerin für ihre Auskünfte. Es war ihnen bewusst, dass sie aus ebendieser Unterhaltung die ersten brauchbaren Hinweise für sich mitnehmen konnten.

Während sie sich nun endgültig von der Frau verabschiedeten, trat Pfarrer Markus durch die Tür. Als er die Kommissare entdeckte, versteifte sich sein rundlicher Körper.

»Kranzfelder! So oft wie in den letzten Tagen sehe ich Sie das ganze Jahr nicht in der Kirche.«

Kranzfelder nuschelte etwas Unverständliches und drängte seine Kollegin ihm voran durch die mickrige Tür, am Pfarrer vorbei. Er musste sich bücken, um sich nicht den Kopf anzustoßen.

Auf ihrem Rückweg zu den geparkten Autos trafen sie auf eine kleine Menschentraube. Während sich die Erwachsenen aus der Gruppe angeregt unterhielten, trat ein junges Mädchen mutig daraus hervor und hielt den Kommissaren ein bedrucktes DIN-A4-Blatt entgegen. Darauf abgebildet ein Dutzend kleiner Fotos von Haustieren und eine reißerische Überschrift: »Gesucht! Haltet die Augen offen und seid wachsam! Tierfänger entführen unsere Tiere, und die Polizei schläft!« Kranzfelder nahm den Zettel entgegen, schnaufte verärgert und steckte ihn in seine Manteltasche.

9

Vagessn Kröig, Mord, Haß und Folta.

»Das nächste Mal fahren Sie einfach wieder selbst!«, moserte die Stern, als sie endlich vor dem Haus der Witwe ankamen und aus seinem Mercedes stiegen.

Kranzfelder wusste ja, dass er ein äußerst schlechter Beifahrer war, und er wusste auch, dass es ihm nur selten gelang, dies zu verbergen. Inzwischen schaffte er es aber meistens, seinen Mund zu halten, wenn er neben anderen mitfuhr. Eindeutige Gesten verrieten ihn aber jedes Mal aufs Neue. Ihm fiel dies schon gar nicht mehr auf, aber auch seine Maria weigerte sich mittlerweile vehement, sich hinters Steuer zu setzen, wenn er mit dabei war.

»Chef, ich kann nichts dafür! Sie haben vor der Bäckerei Emmer darauf bestanden, dass wir Ihren Wagen nehmen!«

»Man könnte fast meinen, du bist noch nie mit einem vernünftigen Auto gefahren!«

»Finden Sie mein Auto etwa scheiße?«

»Aus deiner Schuhschachtel wäre ich das letzte Mal schon fast nicht mehr herausgekommen!«

»Ich fahr halt nicht so gerne mit großen Autos.«

»Du bist so schlecht gefahren, als wäre das heute deine erste Fahrstunde gewesen.«

Die Stern presste ihre Lippen schmal aufeinander und schlug ihm seinen Autoschlüssel beleidigt in die Hand.

»Das nächste Mal fahr ich dann einfach wieder selbst«, wiederholte er die anfängliche Aufforderung seiner Kollegin.

Sie schnaufte wütend und rollte dazu mit den Augen.

»Na, worauf wartest du?«, fragte Kranzfelder und zeigte auf den Klingelknopf an der Tür.

»Ich weiß aber nicht, ob ich das kann, Chef«, antwortete

die Stern pampig. Sie sah dabei aus, als ob sie in eine saure Zitrone gebissen hätte.

Der Kommissar hatte keine Lust, sich mit dem seiner Meinung nach kindischen Getue seiner Kollegin auseinanderzusetzen, und so betätigte er selbst die Klingel, ohne auch nur ein Wort zu erwidern.

Frau Winkler erweckte den Anschein, als hätte sie die Trauer um ihren verstorbenen Mann und die Strapazen der letzten Tage bereits gut verdaut, sie hatte sich heute sogar richtig in Schale geworfen. Offensichtlich erwartete sie jemanden, und Kranzfelder entschuldigte sich umgehend für ihren spontanen Überfall.

»Wir sind gleich wieder weg, Hannelore, versprochen.«

»Und das wäre nicht auch übers Telefon gegangen? Ihr kommt mir wirklich ungelegen.«

»Ja, allerdings, das können wir sehen!«, äußerte die Stern spitzig.

»Erwartest du etwa noch wen?«

»Hübsches Kleid«, stichelte die Stern ungehindert weiter.

Sie war doch hoffentlich nicht immer noch stinkig wegen der Lappalie mit dem Autofahren?, überlegte sich Kranzfelder.

»Ich weiß zwar nicht, was euch das angeht, aber ja, ich bin auf dem Sprung. Kino, mit einer Freundin. Wir schauen uns eine romantische Komödie an«, rechtfertigte sich die Winkler.

»Wir machen es kurz, Hannelore. Deine Haushälterin, du weißt schon, die, die ihr entlassen habt, hieß die zufällig Zuzanna Svobodová?«, fragte Kranzfelder seine damalige Klassenkameradin.

»Ja, warum ist das wichtig?«

»Und Sie sind sich sicher, dass Sie die junge Dame wegen ihrer schlampigen Arbeit entlassen haben?«, bohrte die Stern nach.

Frau Winkler schaute empört zu Kranzfelder, der aber ließ seine Kollegin weiterfragen.

»Oder lag es vielleicht an der Tatsache, dass sich Frau Svobodová nicht nur um das Mobiliar, sondern auch um ihren Mann gekümmert hat, wenn Sie verstehen, was wir meinen, Frau Winkler?«

»Hören Sie doch auf.« Die Nerven um den Mundwinkel von Frau Winkler begannen, unkontrolliert zu zucken. »Dein Mann hatte eine Affäre mit der Zuzanna! Wusstest du davon, Hannelore?«

»Der Karl hat es nicht so gehabt mit der Treue. Er war halt so, von Anfang an. Es interessierte ihn auch nicht, dass die Ehe vor Gott geschlossen wurde. Wir hatten uns darauf geeinigt, dass er sich auf seine Nutten beschränkt.«

An dieser Stelle wurde Kranzfelder stutzig. »Frau Svobodová ist also eine Prostituierte?«

»Natürlich nicht«, konterte Frau Winkler genervt.

»Dann wussten Sie von den Seitensprüngen Ihres Mannes?«

»Sogar ein Blinder hätte das gemerkt, liebe Frau Stern«, antwortete die Winkler belustigt, bevor sie einen Blick auf ihre zarte goldene Armbanduhr warf.

»Für was hat dein Mann jeden Monat so viel Geld vom Konto geholt?«

»Was die Konten angeht, kann ich dir nun wirklich nicht weiterhelfen, Johann. Um das Finanzielle hat sich ausschließlich der Karl gekümmert. Ich verstehe davon einfach nichts. In dieser einen Sache habe ich ihm zu hundert Prozent vertraut.«

»Waren das vielleicht die Bestechungsgelder, die Ihr Mann gezahlt hat, um den Zuschlag für das Esoterikzentrum zu bekommen?«, fragte die Stern.

»Was? Nein. Also, das kann ich mir zumindest nicht vorstellen. Der Karl hat immer gesagt, er habe den Bau ganz allein durch gute Überzeugungsarbeit in unsere Gemeinde geholt.« Hannelore Winkler griff sich ihre Handtasche und nahm sich auffordernd den Mantel vom Haken. »Ich muss jetzt los.« Sie bat die Kommissare mit vor die Tür.

»Wo waren Sie an Heiligabend zwischen zwölf und sechzehn Uhr?«, wollte die Stern noch wissen.

»Ich war am Glühweinausschank – beim Specht-Füttern. Ich habe dort geholfen, und danach habe ich die Kinder für das Krippenspiel vorbereitet«, presste die Witwe zur Antwort durch ihre schmalen Lippen.

»In Ordnung, Hannelore, wir wollen dich dann auch nicht länger aufhalten.«

»Halten Sie sich für weitere Fragen aber bitte zu unserer Verfügung!«, verlangte die Polizeikommissarin, bevor sie alle gemeinsam das Haus der Witwe verließen.

Zusammen gingen sie den schmalen Weg um das Haus herum nach vorne zu den Autos, die auf der Hofeinfahrt parkten.

»Kaum zu glauben, dass das die Schwester vom Josef Lenz sein soll«, gab die Stern von sich, nachdem Frau Winkler grußlos in ihre dunkelblaue Limousine gestiegen und rasant davongefahren war.

»Warum?«

»Na, ich finde, wer so einen gesellschaftlichen Aufstieg hingelegt hat, der hat doch auch einiges zu verlieren, oder täusche ich mich da etwa?«

»Denkst immer noch, dass Sie was mit der Sache zu tun hat, Klara?«

»Sie hatte zumindest Angst, das alles hier«, die Stern zeigte auf das Haus hinter sich, »an ein junges Mädchen zu verlieren und dann wieder zurück auf den Hof zu ihrem Bruder zu müssen. Warum sonst hat sie Frau Svobodová entlassen?«

»Na gut, so weit kann ich dir folgen, aber die Svobodová war sicher keine Gefahr für die Winkler. Der Karl wollte sicher nichts Festes mit ihr.«

»Gibt es einen Ehevertrag?«

»Gegenfrage, Klara: Wollte sich der Winkler überhaupt scheiden lassen?«

»Wäre doch möglich.«

»Ich traue der Hannelore so einen Mord einfach nicht zu.«

»Chef, überlegen Sie mal. Die Frau kommt immerhin von

einem riesigen Viehmastbetrieb. Da darf man doch nicht zimperlich sein, oder?«

Der Punkt ging an sie, dachte sich Kranzfelder.

»Ich kann es mir trotzdem nicht vorstellen. Jetzt überleg doch mal, wie hätte die Winkler das alleine schaffen sollen? So ein lebloser Körper hat doch schon ordentlich was an Gewicht. Das musst du als zierliche Frau erst mal schaffen, so kräftemäßig, mein ich!«

»Vielleicht hat sie ja jemanden mit dem Mord beauftragt – oder besser: Sie hatte einen Komplizen?«

»Wir werden das mit dem Ehevertrag überprüfen.«

»Haben Sie die Bettschuhe gesehen, Chef?«

»Was zur Hölle sind Bettschuhe?«

»Und das Kleid erst, holla, die Waldfee! Das war für ihr Alter schon sehr kurz! Ich mein, das ging ihr nicht mal bis zum Knie.«

»Ist das schlimm? Sie hat uns doch eben gesagt, dass sie fürs Kino verabredet ist.«

Die Stern prustete lauthals los.

»Chef, so schaut keine trauernde Witwe aus! So ein Kleid und solche gemeingefährlichen Hacken trägt man höchstens zum, na ja – Sie wissen schon.« Sie wurde schon wieder rot. »Die Winkler hat eine Verabredung, wenn Sie es wissen wollen.«

»Na, du scheinst dich ja auszukennen, Klara. Hast du solche Schuhe etwa auch im Einsatz?«

Das war seine Chance. Vielleicht erfuhr Kranzfelder jetzt endlich, mit wem sich die Stern in der letzten Zeit immer traf. Sie schenkte ihm aber nur ein zuckersüßes Lächeln und ein unverbindliches Achselzucken.

»Mich würde langsam auch interessieren, ob die Kollegen bei der Durchsuchung der Arbeitsräume des Opfers etwas Hilfreiches herausgefunden haben«, überlegte sie laut und wechselte damit umgehend das Thema. Sie beschloss, sich am nächsten Morgen zuallererst darum zu kümmern.

In dieser Nacht schlief Kranzfelder äußerst schlecht. Er träumte davon, wie er allein durch die Nacht irrte und von einem Dutzend Rindern gejagt wurde. Sie flogen durch die Luft und verfolgten ihn mit leuchtend roten Augen. Die Mäuler hielten sie weit aufgerissen und streckten ihre langen, rauen Zungen nach ihm aus. Sie trugen alte Strohhüte, und auf ihren knöchernen Rücken ritten Hunde und Katzen.

An diesem Punkt wurde er durch ein grobes Rütteln aus dem Schlaf geholt. Das Unterhemd klebte ihm nass unter seinem Schlafanzug am Oberkörper fest.

»Warum schreist du denn so, Bärchen?«

Er hatte nicht geschrien, da übertrieb Maria sicherlich wieder. Immerhin schälte sie sich danach mühsam aus ihrem Federbett und setzte ihm noch schnell einen extrastarken Kaffee auf, bevor sie die Badtür hinter sich schloss.

Als Kranzfelder kurz darauf in die Küche schlurfte, musste er mit anhören, wie Maria den kleinen CD-Spieler im Bad auf volle Lautstärke aufdrehte, um dann gemeinsam mit diesem Österreicher in engen Lederhosen um die Wette zu trällern.

»Wenn Zuckerpuppen kess mit dem Schulterblatterl zucken, musst zuaaadrucken oder geeehhheeennn …!«

Kranzfelder wusste es von Maria aus erster Hand. Wenn sich für sie einmal die Gelegenheit ergeben sollte, würde sie ihr Bärchen für diesen Schlagersänger verlassen. Er war sich aber eigentlich ziemlich sicher, dass aus ihr, zehn Jahre zuvor, auf der Feier zum siebzigsten Geburtstag seines Vaters, nur der Kirschlikör gesprochen hatte.

Was würde er nur ohne sie tun?, fragte sich Kranzfelder im Stillen, während er sich eine Tasse einschenkte, gut voll natürlich. Es passten gerade noch so zwei Stück Zucker hinein, dann setzte er sich auf die Eckbank. Sein Kopf fühlte sich an, als wäre jemand darübermarschiert.

»Kopfschmerztablette?«, fragte Kranzfelder leise, als Maria einige Minuten später gut gelaunt die Küche berat.

»Du wirst doch nix ausbrüten?« Sie fühlte ihm die Stirn.

»Quatsch.«

Maria nahm die Hand wieder von seinem Kopf und ging zu einer Schublade in der Küche, in der sie ihre Hausapotheke aufbewahrte, und holte eine zerdrückte Schachtel heraus. Sie legte ihm eine Paracetamol vor die Nase und stellte ein Glas Leitungswasser daneben.

»Da Opa hat mi gestern gefragt, wie ihr in eurem Fall weiterkummts. I glaub, er hat Angst um unsren Familienurlaub.«

Anstelle einer Antwort warf er sich die kleine, runde Tablette in den Mund und spülte mit dem lauwarmen Rest aus seiner Kaffeetasse nach. Kranzfelder schmeckte einen bitteren Film, der sich über seine Zunge legte.

»Aber selbst wenns ihr den Fall bis dahin niat gelöst bekommts, bin i mir sicher, dei neue Kollegin schafft des bestimmt hervorragend alleine. Die is doch auf Zack!«

Wieso hatte ihm seine Familie nicht einfach nur einen anständigen Fresskorb zum runden Geburtstag geschenkt? So wie das eben alle normalen Leute taten!

Nein! Die Familie Kranzfelder musste ja wieder einmal aus der Reihe tanzen. Von den Unkosten, die so eine Reise mit sich bringen würde, wollte er gar nicht erst anfangen. Denn im Endeffekt war es doch so, dass der Urlaub von dem Konto abging, auf das er jeden Monat sein Gehalt einzahlte.

In dem Moment, als Kranzfelder seiner Maria verklickerte, dass das dann aber ihre Aufgabe sein werde, diesen irrwitzigen Vorschlag beim Sheriff vorzubringen, vibrierte sein Handy.

»Der Geier ruft an«, leuchtete in durchlaufender Schrift auf seinem Display auf.

Kranzfelder drückte ohne Umschweife auf den kleinen, schmalen Knopf am Rand des Handys und schaltete damit den eingehenden Anruf stumm.

»I hab mir überlegt, dass wir morgen a Raclette mach'n«, sagte Maria beiläufig.

Morgen war der letzte Tag des Jahres, und den verbrachten sie für gewöhnlich zusammen im kleinen Familienkreis bei einer Partie Monopoly, zu Hause in der heimischen Küche. Er nickte zustimmend, während er innerlich erleichtert aufatmete. In letzter Zeit probierte die Maria nämlich immer öfter neumodische Gerichte aus, die sie beim Durchblättern ihrer Klatschzeitschriften entdeckte.

Er erhob sich von der Eckbank. Sein Handy zeigte ihm einen Anruf in Abwesenheit an. Darum würde er sich später kümmern, denn die Stern wartete sicher schon im Büro auf ihn.

»Einen wunderschönen guten Morgen, Kranzfelder. Das freut mich, dass Sie sich offenbar auch noch dafür entschieden haben, uns bei der Lagebesprechung Gesellschaft zu leisten!«, tönte ihm der Sheriff entgegen, als er das Büro betrat. Franz Kammermayer hatte es sich wie selbstverständlich auf seinem Bürostuhl gemütlich gemacht.

Kranzfelders Freude hielt sich in Grenzen.

Die Stern schob sich unsanft mit einer Tasse in ihrer Hand an ihm vorbei.

»Für so was hätte ich wirklich nicht zu studieren brauchen!«, konnte er sie leise vor sich hin schimpfen hören.

»Setzen Sie sich, Kranzfelder!« Der Kriminalrat machte eine einladende Handbewegung zur gegenüberliegenden Sitzgruppe.

»Ich bin sicher, Ihre bezaubernde Frau Kollegin bringt Ihnen auch eine Tasse, wenn Sie anständig fragen. Der ist vorzüglich, wirklich gut. Das ist ja tatsächlich schon meine zweite Tasse«, gab er ausgelassen preis.

Die Stern ging auf Kranzfelder zu, und ihr Blick verhieß nichts Gutes. Fast so, als wollte sie ihm damit sagen: Holen Sie sich Ihren Scheiß-Kaffee selbst!

Kranzfelders dunkle Augen konterten mit: Was zur Hölle macht der hier?

Die Stern schien ihn zu verstehen, denn sie zuckte diskret mit ihren schmalen Schultern.

Kranzfelder ließ seine Jacke an einem der Garderobenhaken, bevor er sich einen der Stühle aus der Sitzgruppe nahm. Von hier aus konnte er die Tageszeitung sehen, die vor dem Kriminalrat auf seinem Schreibtisch lag. Die Titelseite zeigte eines der Werbeplakate, die überall am Straßenrand für das neue Esoterikzentrum warben – verschönert mit männlichen Geschlechtsteilen in dicker Line-Art. Ein Journalist, seiner Ansicht nach eindeutig pro Esoterikzentrum, hatte über den Artikel geschrieben: »So eine Schweinerei!«

Kranzfelder verkniff sich hingegen ein schadenfrohes Schmunzeln.

Ein Hoch auf die künstlerische Freiheit!

»Wie kommen wir zu der Ehre, Herr Kammermayer?«, fragte er, als er sich dann doch für einen anderen Stuhl entschied. Er hatte nämlich ausgerechnet den einen erwischt, der fürchterlich quietschte, wenn man sich darauf auch nur leicht hin- und herbewegte.

»Ich bitte Sie, ich kann doch meine Kollegen bei so einem Fall nicht hängen lassen!«

»Nicht nötig, wir haben alles im Griff«, beteuerte Kranzfelder schnell.

»Das seh ich, wie Sie alles im Griff haben! Was haben wir denn schon?« Im Büro wurde es ruhig, und es entstand eine kurze Pause. »Brainstorming, Herrschaften! Auf geht's, jetzt will ich mal was hören!«

Dem schien es wirklich ernst damit zu sein, stellte Kranzfelder mit blankem Entsetzen fest.

Der Satz des Sheriffs war wie ein Startschuss für die Stern. Sie griff beherzt nach dem Stift mit der dicken blauen Spitze auf ihrem Schreibtisch und stellte sich dann einsatzfreudig vor das Whiteboard. Dann trug sie dem Kriminalrat in einfachen Sätzen die Punkte vor, die sie bereits bei ihrer letzten Besprechung darauf geschrieben hatte. Als sie auf der Tafel vor sich bei der Bemerkung »Peterle, verschwundene Katze von Frau Schmied« angelangt war, meldete sich Kammermayer zu Wort.

»In der letzten Zeit sind ungewöhnlich viele Tiere als vermisst gemeldet worden – und immer ausschließlich Rassetiere. Unsere Telefonanlage steht ja kaum mehr still deswegen«, überlegte er laut.

Während die Stern unbeirrt weiterredete, musste Kranzfelder an den zerknüllten Zettel in seiner Jackentasche denken.

»Die Zigarettenschachtel, die wir am Fundort entdeckt haben, konnte uns leider keine weiteren Aufschlüsse bieten, dafür wurden an der Kleidung sowie am Opfer selber verschiedene Tierhaare von Hunden und Katzen gefunden. Der Michael Freund aus der Gerichtsmedizin vermutet, dass die Mordwaffe wahrscheinlich ein Fleischermesser oder Ähnliches mit einer großen und breiten Klinge ist. Zudem wurde das Opfer vom Mörder wohl bereits am Strick die Stufen hoch zu der Kastanie gezerrt. Außerdem hat uns der Herr Freund einen Oberarmbruch beim Toten gezeigt, welcher erst post mortem entstanden ist. Er vermutet stark, dass dieser Bruch beim Transport der Leiche passiert ist.«

»Womit wurde der Winkler transportiert? Könnten die Tierhaare am Toten nicht vielleicht auch von dort stammen?«

»Die Frau Schmied hat einen weißen Transporter vor der Kirche stehen sehen«, antwortete die Stern, bevor sie nach einer wirkungsvollen Pause ihre Theorie in den Raum warf. »Ich denke, es war so: Unser Täter hat es geschafft, sein Opfer gegen Mittag vom Specht-Gehen wegzulocken, also weg von der Menge.«

Der Kriminalrat wollte an dieser Stelle etwas einwenden, kam aber nicht dazu.

»Nein, warten Sie! Vermutlich kannte Karl Winkler den Täter. Und wie wir ja wissen, wurden am und um den Tatort herum keine größeren Spuren, die für den Mord sprechen, gefunden. Also können wir mit großer Sicherheit sagen, dass der Täter das Opfer nicht am Fundort umgebracht hat. Abgesehen davon wäre doch eine Tat mit diesem Ausmaß garantiert irgendwann jemandem aufgefallen, oder nicht? Ich bin mir ziemlich sicher, dass Winkler in diesem Transporter vom Markplatz fortgebracht wurde, vermutlich gefesselt und geknebelt, vielleicht sogar bewusstlos, was weiß ich! Nur um ihn warum auch immer dann woanders endgültig zu töten. Und dann hat er ihn auch noch zurück zur Kirche gebracht, um ihn dort wie eine Trophäe zur Schau zu stellen.«

»Sie sind ja irre! Also, nein – ich meinte, das ist doch irre! Wenn Ihre Theorie stimmt, Fräulein Stern, wäre unser Täter ein naiver Wahnsinniger. Drei Stationen, ich bitte Sie! Und wäre das zeitlich so überhaupt zu schaffen?« Der Kriminalrat rang um Fassung.

»Laut Herrn Freund aus der Gerichtsmedizin können drei Sekunden ausreichen, um einen Körper bei intaktem Herzschlag weitestgehend ausbluten zu lassen. Und wenn wir davon ausgehen, dass unser Täter hier aus der unmittelbaren Nähe kommt –«

»Aber wieso konnte unser Täter nur glauben, damit durchzukommen? Dieser Aufwand und das Risiko, dabei erwischt zu werden«, unterbrach Kammermayer die junge Kommissarin.

»Das wird er uns wohl noch erklären müssen, ich habe auch keine Phantasie, um mir die Antwort darauf vorzustellen. Irgendeine tiefe Verletzung. Keine Frage, dieser Mord war bis ins Kleinste geplant«, murmelte die Stern.

»Hat die Durchsuchung der Räumlichkeiten des Toten was ergeben?«, unterbrach Kranzfelder, nachdem ihm eingefallen war, dass sich seine Kollegin genau darum am Morgen bereits hatte kümmern wollen.

»Ich habe bereits mit den Kollegen von der Kriminaltechnik telefoniert, die melden sich zurück. Die sind noch dabei, irgendein Bildmaterial auszuwerten, das für uns interessant sein könnte.«

»Wer kommt als Täter in Frage?«, wollte Kammermayer wissen.

»Zum einen wäre da die Frau des Toten, Hannelore Winkler. Angeblich wusste sie von den ausschweifenden sexuellen Beziehungen ihres Mannes. Wobei sie sich wohl darauf geeinigt hatten, dass der Winkler sich damit auf gewisse Etablissements beschränkt. Was wiederum die Tatsache spannend macht, dass er eine kurze Affäre mit der hübschen Haushälterin hatte, die von Frau Winkler daraufhin entlassen wurde. Es gibt einen Ehevertrag, im Falle einer Scheidung wäre sie leer ausgegangen. Für mich sind das ein paar Motive zu viel!«, sagte die Stern, während sie ihre Gedankengänge in blauer Farbe an die weiße Tafel malte.

»Sehr gut, Frau Stern. An der bleiben wir dran!«, sagte Kammermayer enthusiastisch.

»Außerdem ist es offensichtlich, dass sich ihre Trauer in Grenzen hält«, ergänzte sie.

»Wie kommen Sie darauf?« Kammermayer wurde hellhörig.

»Bettschuhe«, brummte Kranzfelder aus seinem Eck.

Der Kriminalrat schaute ihn fragend an.

»Na, sie hat es halt auch nicht so wichtig gehabt mit dem heiligen Sakrament der Ehe«, klärte er ihn daraufhin auf.

»Wissen wir, wo sich die Dame zur Tatzeit aufgehalten hat?«, fragte Kammermayer.

»Sie hat beim Specht-Gehen Glühwein ausgeschenkt«, antwortete die Stern.

»Okay, Kollegen, wen haben wir noch?«

»Da wäre noch der Anton Kurz, Bürgermeister der Nachbargemeinde Glücksbrunn«, sagte die Stern, und Kranzfelder bemerkte, dass sie sich da vorne neben ihrer Tafel wohl recht gut aufgehoben fühlte.

»Ich weiß, wer er ist, danke«, unterbrach der Sheriff, bevor er fragte: »Hat der ein Motiv?«

»Natürlich ist der stinkig, dass ihm der Winkler den Bau

unterm Arsch weggequatscht hat. Aber nur weil der Tote den König mit einer ordentlichen Summe um den Finger gewickelt hat, glaub ich nicht, dass der Herr Kurz zum Mörder wird.« Sie blickte nach Bestätigung heischend zu Kranzfelder hinüber. »Das stünde doch auch null in Relation zu der grausamen Vorgehensweise des Täters. Meiner Meinung nach stecken hier zu viel Gefühl und Leidenschaft drin.«

Kranzfelder nickte schaudernd.

»Alibi?«, fragte Kammermayer.

»War mit der Familie bei den Schwiegerleuten in Stuttgart«, sagte Kranzfelder.

»Habe ich überprüft«, bestätigte die Stern.

»Weiter!«, verlangte Kammermayer. »Hat der Münchner was damit zu tun?«

»Wohl kaum, er hat ja sein Geld und seinen Baugrund«, sagte die Stern. »Zudem wissen wir jetzt, dass die Kollegen von der Streife genau zur Tatzeit mit ihm alle Hände voll zu tun hatten. Bevor sie ihn nämlich mit eins Komma fünf Promille aus seinem Porsche Cayenne gezogen haben, hat er sich eine wilde Verfolgungsjagd mit denen geleistet.«

Kammermayer schüttelte fassungslos den Kopf, bevor er den nächsten Namen in den Raum warf. »Was ist mit Gernot Limmer?«

Kranzfelder spürte, dass die anfängliche Motivation des Sheriffs langsam, aber sicher ins Gegenteilige umschwenkte.

»Ihm wurde vom Winkler der Posten des Bürgermeisters vor der Nase weggemogelt. Aber nichts, wofür man einen Mord begehen würde«, sagte er.

»Ich erinnere mich. Angeblich waren die Wahlurnen manipuliert. Hat ihm nur keiner geglaubt«, sprach Kammermayer.

»Wir haben ihn noch nicht nach seinem Alibi für die Tatzeit gefragt«, sagte die Stern.

»Der ist alleinstehend, wenn mich nicht alles täuscht?«, fragte Kammermayer.

»Eine Frau – keine Kinder«, korrigierte Kranzfelder.

»Und der Pfarrer Markus und die Thea Schmied sind eh raus«, kam es von seiner Kollegin.

»Lassen Sie mich raten – die hatten keinen Grund?« Es war so weit, Kammermayers Stimmung war im Keller angekommen.

»Richtig«, entschuldigte sich Kranzfelder trocken.

»Da wäre noch ein gewisser Josef Lenz. Großbauer, der seinen Viehmastbetrieb direkt neben dem geplanten Esoterikzentrum hat. Er ist der Bruder der Witwe Hannelore Winkler«, versuchte es die Stern weiter.

»Liebe Frau Stern, den kenne ich auch«, sagte Kammermayer genervt. »Der ist alles andere als glücklich über die Großbaustelle direkt vor seiner Nase.«

»Natürlich nicht! Ehrlich gesagt, tue ich mich auch schwer bei dem Gedanken, dass ein Dutzend Spirituelle in weißen Leinenklamotten ihren Tofu essen und dabei zusehen, wie wöchentlich der Viehtransporter beim Stoffel vorfährt!«, sagte Kranzfelder.

Die Stern gab ein genervtes Stöhnen von sich. »Ich habe mir das jetzt lange genug angehört, Chef! Wo leben Sie denn bitte? Nur weil es heutzutage Menschen gibt, die auf ihr inneres Wohlbefinden Rücksicht nehmen und auch mal dem stressigen Alltag entfliehen möchten, sind sie noch lange nicht verrückt. Da tanzt doch niemand nackig um ein Feuer, da macht man Yoga und meditiert in Ruhe.« Sie holte Luft für ihren letzten Schlag. »Und jetzt mal ganz ehrlich, es würde Ihnen auch nicht schaden, wenn Sie mal ein bisschen auf sich und ihre Ernährung achten! Dann würden Sie auch nicht immer so heftig schnaufen, wenn es mal ein bisschen anstrengender wird.«

Ihre Brust hob und senkte sich rhythmisch, und auf ihrer Nase waren die ersten kleinen Schweißperlen entstanden.

Kammermayer schossen die Lachtränen in die Augenwinkel, und er hielt der Stern einen nach oben gestreckten Daumen entgegen.

»Ich möchte jetzt wirklich kein Spielverderber sein, aber der Lenz kann es auch nicht gewesen sein. Der war immerhin als eine der Spechten auf dem Dorfplatz unterwegs und hat Süßigkeiten an die Kinder ausgeteilt«, brummte Kranzfelder. Zugegeben, er war ein bisschen angefressen über den plötzlichen Seitenhieb seiner Kollegin.

»Würde man dem Lenz gar nicht zutrauen«, sagte Kammermayer, während er sich mit einem Taschentuch die Freudentränen wegwischte. »Waren das dann alle?«

»Da wäre noch die Zuzanna Svobodová. Sie war bis vor Kurzem die vorhin genannte Haushälterin der Familie Winkler«, berichtete die Stern.

»Die wurde vor ein paar Wochen hochkant rausgeschmissen, weil sie das mit dem Putzen etwas zu genau genommen hat«, sagte Kranzfelder und grinste breit hinter seinem Bart.

Als Kammermayer einen irritierten Blick in die Runde warf, machte Kranzfelder auf seinem Stuhl eine ziemlich eindeutige Bewegung mit den Armen und seiner Hüfte.

»Entschuldigung!« Der Kommissar hörte damit sofort auf, als er den entgeisterten Blick seiner Kollegin auf sich spürte.

»Was wissen wir über die junge Frau? Wo arbeitet sie jetzt?« Der Kammermayer war nun wieder voll bei der Sache.

»Bedient jetzt beim Vogt Andres, unten in der Zoiglstube«, antwortete Kranzfelder.

»Ich habe die Svobodová heute früh bereits durch den Computer gejagt«, sagte die Stern.

Kranzfelder wurde hellhörig.

»Nichts! Nur die üblichen Personalien, dreißig Jahre jung, kommt ursprünglich aus einem kleinen Örtchen nahe der tschechischen Grenze, ledig, keine Kinder. Sie ist seit ein paar Monaten in Deutschland und geht hier ihrem Brotjob nach. Die Mutter ist vor etlichen Jahren verstorben, Vater unbekannt, ein Halbbruder. Laut den tschechischen Kollegen ist unsere Kellnerin ein unbeschriebenes Blatt.« Die Stern las die Informationen von einem Papier in ihrer Hand ab.

»Vielleicht gehört die tschechische Zigarettenschachtel ja ihr? Haben Sie die Frau schon befragt?«

»Herr Kammermayer, Sie wissen selber, dass es bei uns in der Gegend nicht unüblich ist, tschechische Zigaretten bei sich zu führen«, erinnerte Kranzfelder seinen Vorgesetzten.

»Ich möchte trotzdem, dass Sie die junge Frau befragen!« In dem Moment klingelte das Telefon auf dem Schreibtisch der Stern. Sie ging hinüber und hob den Hörer ab. Es folgte ein kurzes Telefonat. Nachdem sie wieder aufgelegt hatte, ließ sie sich in ihren Bürostuhl sinken und hackte wild in die Tasten ihrer Tastatur vor sich.

»Herr Kammermayer, das müssen Sie sich anschauen!« Ihre Augen wurden groß, und ihre Stimme klang aufgeregt. »Das war der Anruf aus der Kriminaltechnik, auf den ich seit heute in der Früh gewartet habe. Sie haben es geschafft, die Videodatei auszuwerten, und sie mir jetzt per Mail zukommen lassen.«

Kammermayer erhob sich aus dem Drehstuhl und ging mit großen Schritten zu dem Schreibtisch der Stern.

»Darf ich auch schauen?«, wollte Kranzfelder wissen.

Er war gekränkt, weil seine Kollegin sich nur an den Kammermayer gewandt hatte. Sicher die Retourkutsche wegen der Sache von vorhin. Als er keine Antwort bekam, stand auch er auf und stellte sich neben den Kammermayer, dicht hinter die Stern, die gerade dabei war, die Datei zu öffnen. Sein Magen grummelte, es war bereits kurz vor Mittag, und langsam bekam er Hunger.

»Oh mein Gott!«, entfuhr es der Stern, als auf dem Bildschirm die Aufnahmen einer stark verwackelten Kameraführung erschienen.

Der Kammermayer zog sich eilig ein Taschentuch aus seiner Anzughose und hielt es sich schützend vor den Mund, während Kranzfelder sich seine Brille auf die Nase setzte. Er trat jetzt noch ein Stück näher an seine Kollegin heran und beugte sich von hinten über ihre Schulter, sodass er mit seinem Gesicht nun dicht vor dem Computer hing.

Der Bildschirm zeigte drei Männer in konfusem Licht in einem Viehstall. Sie schützten ihre Oberkörper unter störrischen weißen Schürzen, und ihre Füße steckten in kniehohen, verschmutzten Gummistiefeln. Das Video wurde offensichtlich heimlich mit einer mittelmäßigen Handykamera gefilmt. Der Mann mit auffallend kräftiger Statur war gerade dabei, ein offensichtlich junges Rind mit einem groben Strick an einem der Pfosten zu befestigen.

»Das ist der Lenz«, sagte die Stern plötzlich in die Stille des Raumes.

Der Landwirt auf dem Video trat zurück. Eine der zwei unbekannten Gestalten löste sich daraufhin und ging bedrohlich auf das nervöse Tier zu. In seiner Rechten war ein Messer zu erkennen. Das Ganze schien sich in der Ecke eines Viehstalles abzuspielen. Im Hintergrund waren die aufgeregten Geräusche der anderen Rinder zu hören.

Mit einem ungeübten, aber kraftvollen Schnitt durchtrennte der Mann die Kehle des Jungtieres.

Dunkles Blut spritzte den Männern ins Gesicht und besudelte ihre weißen Schürzen. Das arme Tier war nicht sofort tot. Es warf noch ein paarmal kraftvoll die Hinterläufe in die Luft und lieferte sich an dem Strick einen höllischen Überlebenskampf, bevor es dann endlich mit wenigen Jammerlauten zu Boden ging und dort verstummte.

»Schalten Sie das sofort aus!« Kammermayer wandte den Kopf ab.

Die Stern schloss mit einem Mausklick in das rechte obere Eck das Wiedergabefenster auf ihrem Computer.

»Was um alles in der Welt war das?«, fragte sie dann verstört.

»Tierquälerei«, antwortete Kranzfelder fassungslos.

»Dieses Video hat die Spurensicherung auf einem Speicherstick des Toten gefunden. Der Stick lag gut versteckt in der mittleren Schreibtischschublade in seinem Rathausbüro«, sagte die Stern. Sie klang mitgenommen.

»Schnapp dir deinen Mantel, Klara, den Mistkerl knüpfen

wir uns vor!« Kranzfelder war bereits bei der Garderobe und warf sich seine Jacke über.

»Sehr gut, Kollegen, das nenn ich Einsatz!« Kammermayer verabschiedete die Kommissare und verließ noch vor ihnen eilig das Büro und kurz darauf auch die Kriminalinspektion.

10

Da Augenblick is der, wou zählt.

Der Kriminalhauptkommissar und die Polizeikommissarin trafen Josef Lenz allein an. Sie hatten den Mann eine gute Weile auf seinem Hof suchen müssen, bevor sie ihn endlich im hintersten Eck des überdimensionalen Stalles entdeckten. Es war kurz nach der Mittagszeit, und der Bauer war gerade dabei, mit einem breiten Besen über den harten Boden zu fegen. Die Kommissare hatten schon von Weitem die Kratzbewegungen der roten Borsten hören können. Als der Lenz seine Besucher näher kommen sah, lehnte er den Besen an einen Holzpfeiler. Er trug seine Arbeitskluft, und zwischen zwei Fingern hielt er eine halb abgebrannte Zigarette. Die Rinder an der rechten und linken Seite des schmalen Ganges verhielten sich, bis auf ein gelegentliches Schlagen gegen die Futterbügel, ruhig.

»Wos gibt's nou?«, fragte er kurz angebunden, als die Kommissare vor ihm standen.

»Wusstest du von den Videoaufnahmen?«, erwiderte Kranzfelder ohne Umschweife.

»I weiß niat, wovon du red'st.« Der Landwirt wandte sich ab und griff entschlossen nach einer Kehrschaufel.

»War es hier, in dem Stall? In dem Eck?«

Sie bekamen keine Antwort.

»Sie sagen uns jetzt, wer die anderen beiden Männer auf den Aufnahmen sind, Herr Lenz!«, forderte die Stern.

Trotz ihres Alters und ihrer zarten Erscheinung strotzte sie nur so vor Selbstbewusstsein. Das bewunderte Kranzfelder an ihr.

»Ihr hobt se doch niat alle!«

»Wir haben Videomaterial gefunden. Darauf bist du zu

sehen und zwei andere Männer. Ohne Betäubung, mitten im Viehstall? Ernsthaft? Krank ist das, Lenz!« Kranzfelder fiel es sichtlich schwer, sich bei diesem Thema im Zaum zu halten.

»Herr Lenz, das, was Sie da getan haben, nennt man auch Tierquälerei!« Die Stimme der Stern kam gefährlich hoch und ließ sie leicht hysterisch klingen.

»Das müsstest du doch eigentlich wissen als Landwirt? Wenn das Veterinäramt davon Wind bekommt, wird dein Hof hier sofort dichtgemacht.«

»Sie werden nie wieder als Landwirt arbeiten. Nie wieder! Wir haben genügend Beweise auf Band für Ihre – Schlachterpartys!«

Der Kommissar hatte seine Kollegin noch nie so aufgeregt erlebt. Sie spuckte die Wörter dem Lenz förmlich entgegen.

»Arschloch!«, entfuhr es dem Bauern.

»Wie bitte?«, fragte die Stern.

»Du weißt, dass der Winkler euch gefilmt hat?«, fragte Kranzfelder nach einer Weile.

»Des Schwein hat versucht, mi zu erpressen!«, sagte der Bauer.

»Er wollt, dass du den Hof aufgibst?«, bohrte er nach.

»Dou kann er lange wart'n!«, bellte Lenz.

»Du hast ihn ignoriert? Das hat einfach so funktioniert?« Kranzfelder schaute den Bauern ungläubig an.

Lenz antwortete wieder nicht.

»Nein, Sie wussten was Besseres!«, provozierte ihn die Stern erneut. »Sie haben ihn aus dem Weg geräumt. Geschlachtet wie eines Ihrer Rinder, damit er die Aufnahmen niemandem mehr zeigen kann. Dumm nur, dass Sie die Aufnahmen nicht mit beseitigt haben!«, schloss sie ihre Anschuldigung.

»Wos? Schwachsinn!«, verteidigte sich der Landwirt. »I wusst doch niat, dass es dai Aufnahmen tatsächlich gibt. I hob immer dacht, dass der blöfft. Außerdem hob i a Alibi – schon vergess'n?«

»Ich denke, dass wir das noch einmal genauer überprüfen werden, Herr Lenz«, sagte die Polizeikommissarin.

»Was waren das für Leute, die zum Schlachten hierherkamen?«, wollte Kranzfelder jetzt noch wissen.

»Unwichtig. Leute mit viel Geld. Leute, dai a bissl Spaß hom woll'n.« Der Bauer zwinkerte, und Kranzfelder musste sich bei dieser Geste zusammenreißen, dem Landwirt nicht sofort in sein breites Gesicht zu schlagen.

»Diese Amateure sind hierhergekommen, um Metzger zu spielen?«, fragte die Stern.

»Als Bauer musst heutzutage schauen, woast bleibst, und dai *Amateure* zahlen goud's Geld.«

»Von welchen Summen reden wir hier? Und wie sind die Leute auf Sie gekommen?«, fragte sie.

»I sog jetzt besser nix mehr«, beschloss der Bauer.

»Ist vielleicht auch besser so, Herr Lenz. Wir haben diese Aufnahmen bereits an das zuständige Veterinäramt weitergeleitet. Die werden sich sehr bald mit Ihnen auseinandersetzen.«

Sie ließen den Landwirt mit einem kargen Abschiedsgruß in dessen Viehstall zurück. Als sie an Kranzfelders Wagen angekommen waren, nahm er sein Mobiltelefon aus seiner Hosentasche. Es vibrierte. »Der Geier ruft an!«, wurde darauf angezeigt.

Der schon wieder, dachte sich Kranzfelder und nahm den Anruf entgegen.

»Nerv mich nicht!«, knurrte er in sein Telefon und beendete das Gespräch direkt danach wieder, ohne ein Wort abzuwarten.

Die Stern blickte fragend zu ihm hinüber. »Lohnt es sich, nachzufragen, Chef?«

»Das Gleiche könnte ich dich fragen«, entfuhr es Kranzfelder, als er seiner jungen Kollegin entgeistert dabei zusehen musste, wie sie versuchte, ihre feinen schwarzen Stiefeletten an einem seiner Autoreifen sauber zu kratzen.

Sie dachte nicht daran, sich zu entschuldigen. »Jetzt sagen Sie schon, wer war das grad am Telefon?«

»Werbeanruf. Die sind ziemlich penetrant.«

Als Kranzfelder allerdings sah, wie die Stern ihre Augenbrauen übertrieben in die Höhe zog, bekam er berechtigte Zweifel, dass sie sich mit dieser Antwort zufriedengeben würde.

»Fährst du über den Jahreswechsel nach Augsburg?«, wechselte er schnell das Thema, als sie in seinem Auto saßen.

»Nein, Chef, hatte ich nicht vor.«

»Du kennst doch hier aber kaum jemanden, oder?«

»Da kann ich Sie beruhigen«, sie lachte auf, »ich bin verabredet. Sie brauchen sich also keine Sorgen um mich zu machen.«

Sie blinzelte ihm freundlich zu.

»Bettschuhe?«, fragte er neckisch und ging dabei vorsorglich in Deckung.

Die Stern schrie empört auf, lachte dann aber und verpasste ihm einen spielerischen Klaps auf den Oberarm.

Kranzfelder brachte seine Kollegin zurück vor das Gebäude der Kriminalinspektion und somit zu ihrem Auto, welches davor auf dem Parkplatz auf sie wartete.

Als sie gut gelaunt aus Kranzfelders Wagen stieg, wünschten sie sich gegenseitig einen guten Rutsch und verabschiedeten sich bis ins neue Jahr.

Der erste Tag im neuen Jahr hinterließ gleich mal mächtig Eindruck.

Kranzfelder war absolut kein Fan von diesem, wie er sagte, künstlich in die Länge gezogenen Frühstück. Alle hockten beim traditionellen Neujahrsbrunch beisammen. Allein dieses Wort – Brunch – klang wie eine fiese Magen-Darm-Erkrankung, fand er.

Familie Kranzfelder war gerade dabei, sich eher verhalten über den gedeckten Tisch herzumachen, als Alexander durch die Küchentür torkelte. Er war nicht allein, sondern eng umschlungen mit einer weiteren männlichen Person. Sie schienen gerade erst nach Hause gekommen zu sein und waren viel zu sehr damit beschäftigt, sich zärtlich über das Gesicht zu streichen, sich fordernd zu küssen und ausgelassen zu lachen. Die weit aufgerissenen Augen der Anwesenden, die diese Szene überrascht mitansahen, bemerkten sie anscheinend nicht.

Maria wurde kreidebleich, und ihre Kinnlade klappte herunter. Oma Kranzfelder verschluckte sich an ihrem Orangensaft, Opa Kranzfelder musste hingegen lautstark lachen und schlug passend dazu mit seiner flachen Hand krachend auf den Tisch, sodass der Teller vor ihm einen kleinen Hüpfer machte.

Es dauerte nicht lange, da fiel es Kranzfelder schlagartig wieder ein, woher er die neue Flamme seines Sohnes kannte.

In diesem Moment gab der junge Mann seinem Sohn einen eindeutigen Klaps auf den Hintern.

Maria zog scharf die Luft durch ihre rot geschminkten Lippen, und ihre Augen flackerten besorgniserregend. Sie sah aus, als würde sie jeden Moment vom Stuhl kippen.

Die beiden Frischverliebten hatten inzwischen die schaulustigen Blicke bemerkt.

Alexander schob den anderen Mann sofort von sich und räusperte sich verlegen. »Das ist der Kobi.« Er lief hochrot an, und sein Blutalkohol verflüchtigte sich schlagartig. Am liebsten wäre er vermutlich rückwärts wieder durch die Küchentür geflüchtet.

Die zwei jungen Männer hatten eindeutig die Zeit um sich herum vergessen und somit nicht bemerkt, dass es eigentlich schon früher Vormittag war.

Maria sortierte unterdessen das angerichtete Chaos unter ihren kurzen, feuerroten Locken und krallte sich dabei noch einen flüchtigen Moment an der Armlehne fest. Dann schlüpfte sie wieder in ihre Rolle der perfekten Gastgeberin.

Sie befahl den Jungen, sich mit an den gedeckten Tisch zu

setzen, es sei schließlich genug für alle da! Kranzfelder empfand unterdessen Mitleid für seine Frau. Er wusste nur zu gut, wie sehr sie für ein großes Rudel Enkelkinder brannte. »Ich muss los«, sagte Kranzfelder aus heiterem Himmel. Er erhob sich eilig und durchbrach damit die unangenehme Stille, die sich in der warmen Küche breitgemacht hatte. Im Vorbeigehen drückte er kurz mit der freien Hand Alexanders Schulter und brachte danach seinen leeren Teller an die Spüle. Er war gottfroh, dass er einen Fall zu lösen hatte und damit dieser verrückten Situation schleunigst entfliehen konnte.

Wie auf Kommando meldete sich Kammermayer.

»Kranzfelder?« Eigentlich war es unnötig, sich so zu melden, dachte sich der Hauptkommissar, als er sich sein Mobiltelefon dicht ans Ohr hielt. Der Kammermayer wird ja wohl wissen, wessen Nummer er gewählt hat.

»Schon im Büro?«, klang es durch den Lautsprecher.

Kranzfelder gab der restlichen Familie am Frühstückstisch ein Handzeichen zum Abschied und verließ die Küche.

»Bin schon fast drin«, flunkerte er.

Was sollte er sich da jetzt großartig in Erklärungsnot bringen. Das endete dann eh nur mit einer ellenlangen Standpauke vom Sheriff!

»Ihr Handy scheint zumindest zu funktionieren«, kam es von Kammermayer.

Kranzfelder verstand die Anspielung nicht.

»Hören Sie. Der geschätzte Kollege Himmelreiter aus Bayreuth braucht die nächsten Tage eine Räumlichkeit für seine Ermittlungen, und Sie werden ihm Ihr Büro und alles, was er sonst so braucht, zur Verfügung stellen.«

Kranzfelder stöhnte auf.

»Der Herr Himmelreiter hat in den letzten Tagen versucht, Sie zu erreichen, Kranzfelder! Er dachte schon, dass Ihr Handy kaputt sei.«

Ihm kamen sofort die drei Anrufe in Abwesenheit wieder in den Kopf.

»Ach, Sie wissen ja, die Technik. Spinnt halt öfter mal«, antwortete er aber nur. »Wie kommt es, dass die Kollegen aus Oberfranken am Feiertag arbeiten?«

»Nicht nur wir haben Fälle von höchster Dringlichkeit, Kranzfelder! Er wird sich um die vermissten Tiere hier bei uns in der Region kümmern. Und bitte, seien Sie einfach nur ein guter Gastgeber, okay?«

»Hmmm.«

»Zeigen Sie den Bayreuther Kollegen alles, und vielleicht können Sie ihnen sogar mit ein paar brauchbaren Informationen weiterhelfen. Immerhin kennen Sie jeden Winkel in der Gegend.«

»Wenn es sein muss.«

»Oder vielleicht lassen Sie das doch besser Ihre freundliche Kollegin übernehmen, die ist nicht so muffelig!« Am anderen Ende war ein leises Klicken zu hören, und kurz darauf tutete es in der Leitung. Der Kammermayer hatte aufgelegt.

Kranzfelder stieg mit Hilfe des Schuhlöffels in seine Schuhe und nahm sich die Jacke vom Haken.

Als er seinen Mercedes auf einem der Parkplätze vor der Kriminalinspektion parkte, fiel sein Blick zuerst auf den nagelneuen schwarzen Passat, der dicht neben dem roten Flitzer von der Stern parkte. Eindeutig ein Dienstwagen, war sich Kranzfelder sicher. Das amtliche Kennzeichen verriet ihm zudem, dass der Oberfranke bereits dabei war, sich in seinem Büro breitzumachen.

Kurz bevor Kranzfelder die verglaste Bürotür im ersten Stock öffnete, holte er noch einmal tief Luft und zwang sich ein übertriebenes Lächeln auf das Gesicht. Mit einem motivierten Schritt trat er in den Raum und trällerte ein fröhliches »Guten Morgen!«.

Wir Oberpfälzer, dachte er grimmig, waren halt schon immer ein gastfreundliches Volk.

»Tut Ihnen was weh?«, fragte ihn die Stern erschrocken.

»Hä? Wie kommst du auf so was?« Er geriet kurzzeitig aus dem Konzept.

»Ich dachte nur, dass Sie sich eventuell was gestoßen haben, oder es ist Ihnen ins Kreuz reingefahren, weil Sie das Gesicht so komisch verziehen.« Sie meinte diese Frage doch tatsächlich ernst.

»Schwachsinn! Ich wollte doch nur unseren Kollegen aus Bayreuth mit einem freundlichen Gesicht willkommen heißen«, sagte Kranzfelder und schaute sich dabei breit grinsend um. »Wo ist er, Klara?«

»Meinen Sie jetzt den Herrn Himmelreiter?«

»Ja. Wo ist der? Der schwarze Dienstwagen unten vor dem Gebäude gehört doch sicher ihm?«

»Ach so. Ja, Chef, die holen sich nur noch eben einen Kaffee aus der Personalküche«, sagte die Stern und setzte sich hinter ihren Schreibtisch.

»Ist er nicht alleine?«

»Nein, hat 'nen echt netten Kollegen dabei«, murmelte die Stern in ihren Computerbildschirm.

»Aha.« Kranzfelder atmete auf, entspannte seine hochgezogenen Mundwinkel und gönnte ihnen eine kurze Verschnaufpause. Er hängte seine Jacke an die Garderobe und ging an der Stern vorbei hinüber zu seinem Schreibtisch.

»Chef?«

»Klara?« Er war gerade dabei, ein paar Aktenstapel auf das Fensterbrett neben sich umzulagern, sodass er an seine Computertastatur herankam.

»Das schaut echt gruslig aus, wenn Sie versuchen, so zu lächeln.«

»So ein Kompliment am Vormittag ist doch wirklich was Schönes«, antwortete er schlagfertig.

Kranzfelder beobachtete seine Kollegin dabei, wie sie zuerst völlig planlos etwas in ihre Tastatur tippte, dann nach dem Telefonhörer griff, nur um ihn kurz darauf wieder aufzulegen – ohne jemanden angerufen zu haben. Zwischendurch fuhr sie sich wiederholt über den langen Pferdeschwanz und zupfte fahrig an ihrer braunen Bluse herum.

»Warum bist du so nervös?«, wollte er schließlich von ihr wissen.

»Bin ich gar nicht«, antwortete die Stern prompt.

»Hattest du denn ein schönes Silvester?«, versuchte er es weiter.

Gerade als sie ein »Hab für die Prüfungen gelernt« in sich hineinnuschelte, wurde schwungvoll die Bürotür aufgerissen, und zwei Männer mit je einer Kaffeetasse in der Hand betraten diskutierend den Raum.

»Guten Morgen, Johann! Na, auch endlich den Weg ins Büro gefunden?« Fridolin Himmelreiter lachte überschwänglich.

Er war hochgewachsen und schlank, sein Hals war auffallend lang und sehnig. Himmelreiter trug einen dunklen Anzug. Die obersten zwei Knöpfe an seinem Hemd standen lässig offen, und das taillierte Sakko trug er leger darüber. Seine Haare hatte er sich mit viel Haargel zurückgekämmt. In seinem Outfit sah er ungemein wichtig aus. Er ging schnurstracks auf Kranzfelder zu und streckte ihm auffordernd die Hand entgegen. Kranzfelder erwiderte den Handschlag zähneknirschend.

Man konnte unschwer erkennen, dass sich ihre Sympathie füreinander stark in Grenzen hielt.

»Ich habe versucht, dich zu erreichen, Johann«, sagte Himmelreiter, nachdem er sich selbstverständlich ein großzügiges Eck auf Kranzfelders Schreibtisch freigeschoben und sich danach daraufgesetzt hatte.

Kranzfelder entdeckte in der Stimme seines Kollegen sofort wieder diesen fiesen, quakenden Unterton.

»Handy kaputt«, grummelte er. Bevor Himmelreiter weiter drauf eingehen konnte, lenkte er schnell das Thema auf den jungen Mann, der die ganze Zeit über im Windschatten des fränkischen Kollegen stand. »Dein Schoßhündchen, Himmelreiter?« Kranzfelder musste sich zusammenreißen, um nicht lautstark über seine eigene Bemerkung loszulachen.

»Sebastian Mayer – Polizeikommissar. Ein wirklich schlaues Kerlchen.« Himmelreiter schob den schüchternen jungen Kerl ins Licht.

»Kann der nicht selber reden?«, wollte Kranzfelder wissen. In dem Moment flog der Stern ein Stapel Druckerpapier aus der Hand und verteilte sich über den Boden.

»Mist, verdammter!«, zischte sie und fing sofort an, auf allen vieren über den Boden zu kriechen. Das »Schoßhündchen« kniete sich neben sie und half ihr dabei, die Blätter aufzusammeln.

Kranzfelder wunderte sich unterdessen, denn es war das erste Mal, dass er seine Kollegin so hatte fluchen hören. Nachdem die zwei vor ihnen auf dem rauen Teppichboden alle Blätter aufgelesen hatten, bedankte sich die Stern bei Mayer mit einem verlegenen Lächeln. Mit ihrer unnatürlich leisen und zurückhaltenden Art erinnerte sie den Hauptkommissar an ein mickriges Mäuschen. Was war nur schon wieder mit ihrem Gesicht los? Das sollte sie schleunigst in den Griff bekommen, stellte er im Stillen fest, als er mitansehen musste, wie sich die Wangen der Stern schon wieder in ein knalliges Rot färbten.

Fridolin Himmelreiter war inzwischen doch zu der Sitzgruppe hinübergegangen und hatte sich auf den vorderen der Stühle gesetzt. Mit übereinandergeschlagenen Beinen wippte er auf dem Stuhl vor und zurück – der Stuhl quietschte.

Klar, dass er sich genau den Stuhl raussuchte, dachte sich Kranzfelder spitz. Himmelreiter hielt mit der einen Hand die Untertasse und mit den zwei Fingern der anderen elegant seine Kaffeetasse, er sah dabei aus wie ein Knigge-Fachmann.

»Der Kammermayer meint, ihr seid da an was dran?«, wollte Kranzfelder wissen. Er versuchte sich an einem gelassenen Unterton.

Himmelreiter schlürfte lautstark an der oberen Schicht seines Heißgetränks, bevor er in aller Ruhe mit seiner Ausführung begann. »Tierschieberbande, ziemlich spannend, der Fall! Es werden teure Rassetiere gestohlen und dann nach Tschechien verschleppt, um entweder mit neuen Papieren weiterverkauft zu werden oder zur Pelzherstellung zu dienen. Wir sind uns sicher, dass es da einen Zusammenhang mit den verschwundenen Tieren in der Gegend hier gibt.« Er wurde kurz still, bevor er weiterredete. »Bei einer Razzia hier an der deutsch-tschechischen Grenze vor wenigen Wochen haben wir bereits zwei aus dem Schmugglerring festnehmen können.«

Nun, das würde die Menge an vermisst gemeldeten Tieren aus der letzten Zeit erklären, dachte sich Kranzfelder, und im selben Gedankengang kam ihm der Peterle von der Messnerin in den Kopf. Kurz überlegte Kranzfelder, ob er hinüber zu seiner Jacke gehen sollte, um Himmelreiter den zerknitterten Flyer aus seiner Tasche auszuhändigen.

»Spannend«, entgegnete er stattdessen.

»Wir werden uns zunächst ein genaues Bild von der Gegend machen und uns vor allem noch mal in Ruhe mit den betroffenen Tierhaltern unterhalten«, kam es nun von Mayer. Der stand inzwischen hinter Kranzfelder und schaute aus dem Bürofenster.

»Wir wollen euch nicht von der Arbeit abhalten«, bemerkte Kranzfelder.

»Der Herr Kriminalrat meinte, wir dürfen dieses Büro für unsere Ermittlungen nutzen«, sagte Himmelreiter. »Wir sind jetzt also erst mal Partner!«

Mit diesem Satz fing Kranzfelder unmittelbar an zu überlegen, was um alles in der Welt er verbrochen hatte. Er wandte sich wieder an die Stern, die das Gespräch von ihrem Schreibtisch aus verfolgt hatte: »Hast du heute Morgen eigentlich die Zuzanna Svobodová schon erreicht?«

»Hab ich, Chef. Die bedient heute den ganzen Tag in der Zoiglstube.«

»Gut.« Er warf einen angestrengten Blick auf die Uhr über der Tür. »Mittagspause beim Andres!«

»Und was ist jetzt mit der Svobodová?«, fragte sie.
»Die befragen wir nach dem Essen. Verstehst du? Wir arbeiten nämlich effizient!« Kranzfelder betonte den letzten Satz und schaute dabei den Himmelreiter an.
»Jetzt schon Mittagspause? Es ist doch erst elf Uhr. Mir ist das fast noch ein wenig früh, Chef«, äußerte seine Kollegin. »Für ein leckeres Schnitzel mit einer großen Portion Pommes ist es nie zu früh!« Kranzfelder duldete keine Widerrede und erhob sich schwungvoll aus seinem Drehstuhl. Die Stern verzog das Gesicht, ging aber dann zu ihrem Mantel.

»Kommt ihr auch mit – Kollegen?«, fragte er gezwungenermaßen die beiden anderen Herren im Raum.

»Na, na Johann. Also wir müssen erst mal noch ein bisschen was arbeiten, bevor wir uns dem angenehmen Teil widmen können«, quakte Himmelreiter und erstickte damit die Worte seines jungen Gehilfen Mayer im Keim. Der schien einer festen Nahrung nämlich gar nicht so abgeneigt gewesen zu sein.

»Wirklich schade – und frohes Schaffen dann noch«, sagte Kranzfelder eilig und ohne die geringste Spur von Enttäuschung. »Und alles bleibt hier an seinem Fleck. Keine Unordnung, verstanden?« Allein der Gedanke daran, dass nachher womöglich nichts mehr an seinem Platz stand, bereitete ihm Bauchschmerzen.

»Los, schnell!«, raunte er der Stern ins Ohr, bevor es sich der Himmelreiter vielleicht noch einmal anders überlegen würde. Sie überlegte, ob sie sich ihre Mütze auf den Kopf ziehen sollte, immerhin herrschte draußen herrlichster Sonnenschein, und entschloss sich, die grob gestrickte Mütze in ihre überdimensionierte Handtasche zu stopfen, als sie von Kranzfelder auch schon unauffällig durch die Bürotür nach draußen geschoben wurde.

»Glück gehabt«, sagte der Kriminalhauptkommissar erleichtert, nachdem sie auf dem Flur standen. »Mit dem willst du nicht zu Mittag essen, glaub mir.«

Sie verließen ohne Hektik die Kriminalinspektion. Die Stern kramte sofort wieder nach ihrer Mütze und setzte sie sich auf den Kopf, danach klappte sie mit einem Schlag den Kragen an ihrem Mantel nach oben. Der grelle Sonnenschein war trügerisch, denn vor dem Gebäude empfing sie eine eisige Luft. Trotzdem entschieden sie sich dafür, die paar Meter zur Zoiglstube zu Fuß zurückzulegen. Kranzfelder erinnerte sich schmerzlich daran, dass er seine Kopfbedeckung heute früh zu Hause auf der Garderobe hatte liegen lassen. Das hatte er jetzt davon, dass er beim Familienfrühstück so überstürzt das Weite gesucht hatte! Er zog seine Schultern so hoch, wie es eben nur möglich war, und so lief er dicht hinter der Stern auf dem engen Gehsteig her. Der grobe Splitt knirschte auf dem trockenen Weg unter ihren Sohlen, und die kleinen grauen Hügel rechts und links am Straßenrand fingen unter den eindringenden Sonnenstrahlen langsam an zu tauen.

11

Schod, daß des niat für imma sua is.

»Mahlzeit!«, sagte Kranzfelder, als er die Holztür zur kleinen Wirtsstube öffnete. Der unverkennbare Geruch nach Alkohol und Frittierfett schlug ihm entgegen.

»Servus!«, erwiderte Vogt knapp.

Kranzfelder entdeckte den Mann mit dem Zopf im Nacken hinter dem wuchtigen Zapfhahn. Er sortierte gerade sechs Stamperl auf ein Tablett, um sie dann mit einer klaren Flüssigkeit zu füllen.

Die Kommissare blickten sich um. Bis auf den Stammtisch, an dem sich ein Schwung alter Männer in tiefsinnige Gespräche vertieft hatte, waren alle noch unbesetzt.

Kranzfelder bemerkte im Vorbeigehen sofort den hohen Stapel Werbeflyer auf dem Tresen, der für das Esoterikzentrum werben sollte.

Ob es jemandem auffallen würde, wenn er die Blätter unauffällig unter seiner Jacke verschwinden ließe? Die würden doch nicht ernsthaft vermisst werden, oder?

Oh Gott, auf was für Gedanken er manchmal kam.

»Machst du jetzt etwa auch noch Werbung für den Mist?«, fragte er stattdessen mürrisch.

Der Wirt stieß ein Schnaufen aus und antwortete gelassen: »I bin für des bunte Leben und die Liebe, ma Freind.« Er zwinkerte und zupfte an seinem Shirt, auf dem stand: »Peace and Love on the Planet!«

Kranzfelder fühlte sich ertappt. Er konnte unmöglich der Einzige sein, dem sich bei dem Gedanken an das neue Esoterikzentrum die Haare aufstellten.

Sie entschieden sich schließlich für einen der abseitsstehenden Tische am Fenster, im hinteren Eck der Wirtsstube. Der gekreuzigte Jesus über ihren Köpfen erwartete sie verlässlich. Vornübergebeugt beobachtete er, wie Kranzfelder seine Jacke und die Stern ihren Mantel mitsamt der Mütze auf die Eckbank warf.

»Küch dauert nou!«, rief ihnen der Wirt hinterher, er blieb dabei hinter seinem Ausschank stehen. »Wollts ihr scho wos trink'n?«

»Machst uns zwei Spezi, Andres?«, bestellte Kranzfelder für sich und seine Kollegin.

»Äh, nein. Für mich dann doch lieber eine Johannisbeerschorle – bitte«, verbesserte sie ihn.

»Kommt sofort.«

»Andres, die Zuzanna bräuchten wir mal eben. Schickst sie bitte zu uns an den Tisch?«

Der Wirt bewegte sich daraufhin keinen ganzen Meter zur Schiebetür, welche zur angrenzenden Küche führte. Dann rief er etwas Unverständliches hindurch.

Heraus kam die Kellnerin. Mit der einen Hand hielt sie ein gemischtes Bündel Besteck und mit der anderen ein löchriges Geschirrtuch. Sie war wohl bis eben damit beschäftigt gewesen, es zu polieren.

Sie schaute den Wirt fragend an, während der ihr auffordernd ein Tablett mit den bestellten Getränken entgegenhielt. Mit einer raschen Kopfbewegung machte er sie auf die wartenden Kommissare aufmerksam.

Die Bedienung legte das Besteck und das weiß-rot karierte Tuch beiseite, nahm das braune Tablett entgegen und kam zu ihnen an den Tisch.

»Gleich beginnt das Mittagsgeschäft«, sagte Zuzanna Svobodová mit einem tschechischen Akzent. Sie ließ zwei Bierfilze auf den Tisch vor die zwei Kommissare fallen und stellte dann das Spezi und die dunkelrote Saftschorle darauf.

Kranzfelder bemerkte einen neugierigen Blick des Wirts. Der war gerade damit zugange, die Kurzen an die Männer vom Stammtisch zu verteilen.

»Machst uns noch zwei Schnitzel mit Pommes, Andres? Geht auch schnell hier, versprochen!«

»Für mich nur einen großen gemischten Salatteller, wenn möglich, danke!«, grätschte die Stern erneut unmittelbar dazwischen.

Der Wirt verzog sich nach hinten in die Küche.

»Bitte, setzen Sie sich doch«, bot die Stern der jungen, blassen Frau an.

Doch die machte keinerlei Anstalten, auf das freundliche Angebot der Polizeikommissarin einzugehen. Stattdessen blieb sie dicht vor dem Tisch stehen. Das Tablett hielt sie sich wie eine schützende Scheibe vor den Bauch.

»Dann halt nicht«, murmelte Kranzfelder in sich hinein.

»Frau Svobodová, richtig?«, fuhr seine Kollegin unbeirrt fort.

»Wer will das wissen?«

»Die Fragen stellen wir!« Die Stern zückte ihren Dienstausweis und hielt ihn der Bedienung unter die Nase.

Kranzfelder tat es ihr gleich.

»Wir würden gern ein bisschen mehr über Ihr Arbeitsverhältnis bei der Familie Winkler wissen«, fragte sie weiter.

Frau Svobodová blickte starr geradeaus und machte keinerlei Anstalten, zu antworten.

Die Stimme der Stern wurde energischer. »Haben Sie mitbekommen, dass Herr Winkler an Heiligabend tot an der Kirche aufgefunden wurde, Frau Svobodová?«

»Tot aufgefunden, das hast du nett umschrieben«, sagte Kranzfelder mit einem kaum merklichen Schmunzeln.

Er fand es des Öfteren ganz angenehm, die beobachtende Rolle in einer Befragung einzunehmen, und überließ der Stern daher das Ruder.

»Schrecklich, ja. Hab es vom Chef gehört«, flüsterte Frau Svobodová regungslos.

»Sie waren demnach nicht in der Kindermette?«

»Ich habe den Glauben an Gott verloren.«

»Wo waren Sie dann?«

»Bei meiner Mutter, Frau Kommissarin.«

»Sie haben keine Mutter mehr, das haben wir überprüft. Wo waren Sie wirklich?«

Kranzfelder staunte nicht schlecht. Die konsequente Art, wie die Stern diese Befragung führte, gefiel ihm. Zuzanna Svobodová zog sich nun doch einen Stuhl hervor und setzte sich mit an den Tisch.

»Ich war alleine, oben in meinem Personalzimmer. Bin ich jetzt verdächtig?«

»Erst einmal ist jeder verdächtig, besonders bei einem Mordfall«, ließ er es sich nicht nehmen zu sagen.

»Wie standen Sie zuletzt zu Karl Winkler, Frau Svoboda? War er es, der Ihnen die Anstellung gekündigt hat?«, fragte die Stern.

»Nein, es war seine Frau.«

»Und warum, glauben Sie, hat Frau Winkler das getan?«

»Was weiß ich.« Zuzanna Svobodová hob ihre zarten Schultern ein Stück an.

»Ich glaube, wir sollten das an der Stelle abkürzen«, bemerkte Kranzfelder beiläufig. Ihm war nicht entgangen, wie der Wirt nun schon zum wiederholten Male seinen Kopf durch die Schiebetür gesteckt hatte, um einen angespannten Blick in ihre Richtung zu werfen.

»Na gut. Frau Svobodová, wir wissen, dass Sie eine Affäre mit dem Toten hatten«, sagte die Stern daraufhin.

»Ich habe mich nicht an ihn herangeschmissen!« Die Stimme der Kellnerin begann zu zittern, während sie jedes Wort einzeln betonte. Ein Punkt, den sie von vornherein klarstellen wollte.

»Sie geben also zu, dass Sie auch ein wenig an unserem Bürgermeister herumgeputzt haben?«, schmiss er dazwischen. Ein dumpfer Schmerz traf ihn unmittelbar am linken Schienbein. Seine Kollegin hatte ihm mit einem ihrer Absätze einen kräftigen Tritt verpasst.

»Eine einmalige Sache, nichts von Bedeutung«, sagte Frau Svobodová.

»Und seine Frau wusste es?«, bohrte die Stern entschlossen weiter.

»Diese Frau ist genauso krank im Kopf wie ihr toller Mann – natürlich wusste sie es«, sagte die Bedienung über den Tisch hinweg.

»Was genau meinen Sie, Frau Svobodová? Wollte Herr Winkler seine Frau etwa verlassen?«

»Er war ein Arschloch!«, zischte sie.

»Immerhin war es ja Frau Winkler, die Sie freigestellt hat, Frau Svobodová.«

»Er liebte Frauen, sehr junge Frauen. Ich denke, sie hatte nur Angst um ihren Scheiß-Ruf. Dabei ist sie keinen Deut besser!«

»Wie meinen Sie das?«, fragte Kranzfelder.

Er konnte den Wirt bereits mit zwei Tellern auf den Tisch zukommen sehen.

»So! Jetzt lassts ihr mir mei Zuzanna aber mal wieder wos arbeit'n«, sagte Vogt, während er ihre Gerichte servierte.

Frau Svobodová erhob sich schlagartig von der Stuhlkante. Sie wollte sich bereits zu den benachbarten Tischen drehen, nachdem sie der Wirt auf die neuen Gäste aufmerksam gemacht hatte.

»Frau Svobodová?«, fragte Kranzfelder ein letztes Mal.

»Die alte Schachtel steht auf harte Nummern, aber nicht mit ihrem Mann«, antwortete die Bedienung schroff, während sie dabei das Tablett in ihrer Hand drehte. Das Gespräch war an dieser Stelle beendet.

»Bettschuhe!«, flötete die Stern triumphierend zwischen ihre Salatblätter, und Kranzfelder konnte einen irritierten Blick nicht verhindern.

Er stopfte sich unterdessen die Stoffserviette wie einen Latz in den Kragen, dann machte er sich wortlos über sein Schnitzel her. Er zog es vor, für die nächsten zehn Minuten nicht gestört zu werden.

»Chef?«

»Hmmm?«

»Woher kennen Sie und der Himmelreiter sich eigentlich?«

»Ausbildung«, sagte Kranzfelder undeutlich, ohne sich von seinem Teller abzuwenden.

»Das ist ja aber schon lange her, Chef.«

»Kreiz Birnbam! Hat man jetzt nicht mal beim Essen seine Ruhe vor dem Geier?«, entfuhr es Kranzfelder, und ein Stückchen Pommes verfing sich in seinem Bart. »Haben ein paarmal beruflich miteinander zu tun gehabt«, ergänzte er etwas leiser.

»Ist das sein Spitzname, Chef? Der Geier?«, fragte sie unbeirrt und drapierte hingebungsvoll mit dem Messer ein gigantisches Salatblatt auf ihrer Gabel.

Kranzfelder hatte sofort die greifvogelartige Statur des fränkischen Kollegen vor Augen.

»Nenn ihn bloß nicht so«, beendete er die Unterhaltung.

Die Kommissare waren zurück in der Kriminalinspektion. Kranzfelder bemerkte sofort, dass der Dienstwagen vom Himmelreiter und seinem Kollegen Mayer nicht mehr auf dem Hof stand. Das ließ ihn innerlich eine Handvoll Konfetti in die Höhe werfen.

Wenigstens würde ihm der Schmierlappen mit seiner chronischen Angeberei für den Moment erspart bleiben, dachte sich Kranzfelder, während er neben seiner Kollegin das Gebäude betrat. Sie würden nicht lange bleiben. Bereits auf ihrem Rückweg zum Kommissariat waren sich die Ermittelnden einig gewesen. Sie würden sich umgehend noch einmal auf den Weg zur Witwe machen.

Zuvor mussten sie aber einen notgedrungenen Abstecher nach oben ins Büro machen. Kranzfelder hatte nämlich seine Autoschlüssel in der Schublade seines Schreibtisches liegen gelassen.

Im ersten Stockwerk öffnete er schwungvoll die Bürotür – und blieb wie angewurzelt stehen. Kranzfelder setzte sich seine

Lesebrille auf und ging unmittelbar einen Schritt zurück. Dann trat er extra dicht an das Schild heran, welches eine Handbreit von außen neben ihrer Bürotür an der rauen Wand hing. Er wollte sich vergewissern, dass sie sich nicht versehentlich in der Tür geirrt hatten. »Kriminalhauptkommissar Johann Kranzfelder, Polizeikommissarin Klara Stern«. Sie waren offensichtlich richtig! Mit dieser Erkenntnis spürte er, wie unter seiner Winterjacke die Wut in ihm aufkam.

Eines musste Kranzfelder seinen fränkischen Kollegen an dieser Stelle wirklich lassen – sie hatten ganze Arbeit geleistet! Hatte er sich undeutlich ausgedrückt?, überlegte der Hauptkommissar stinkig. Nichts stand mehr dort, wo es noch vor knapp zwei Stunden gestanden hatte.

Stattdessen befanden sich jetzt in dem übersichtlichen Raum zwei weitere Magnettafeln. Die kleine Sitzgruppe war unsanft an die Wand gerückt worden, und sein Schreibtisch war faktisch gar nicht mehr seiner! Die bisherigen Unterlagen waren konsequent auf einen Haufen geworfen worden, und daneben lagen jetzt breit gefächert die Unterlagen der Bayreuther. Die Packung mit belgischen Meeresfrüchten, die er für gewöhnlich auf seinem Schreibtisch stehen hatte, lag im Papierkorb – leer!

Er war sich darüber im Klaren, dass für ein ungeübtes Auge seine spezielle Ordnung vielleicht etwas gewöhnungsbedürftig erschien, aber das gab niemanden das Recht, so ein Chaos auf seinem Schreibtisch zu veranstalten!

Ruckartig öffnete er die oberste Schublade unter seinem Schreibtisch, um nach seinem Autoschlüssel zu greifen. Dabei sprang ihm ein gelber Klebezettel ins Auge.

Darauf stand: »Werter Kollege, wir haben auf Ihrem Schreibtisch mal ein bisschen für Ordnung gesorgt. Danken Sie uns später. Fridolin Himmelreiter.«

Kranzfelder schloss für zwei Momente die Augen, er musste auf seinen Blutdruck achten.

Die Stern beobachtete ihn unterdessen besorgt von ihrem Fleck an der Bürotür aus.

Die braucht gar nicht so blöd zu schauen, fuhr es ihm verärgert durch Kopf. Ihr Schreibtisch war nämlich unverändert. Er schob sich zuerst den Autoschlüssel in seine Hosentasche und gab danach der Schublade einen kräftigen Stoß. Sie fiel mit einem lauten Knall zu. Danach ging Kranzfelder zügig zu seiner Kollegin zurück. Dabei achtete er angestrengt darauf, sich nicht weiter umzusehen.

Kranzfelder und Stern mussten mehr als einmal penetrant klingeln. Sie vermuteten bereits, Frau Winkler sei an diesem Nachmittag gar nicht zu Hause. Wäre da nicht das Auto, welches vor der Garage der Winklers parkte und etwas anderes vermuten ließ.

Endlich wurde der Summer betätigt, und die Kommissare konnten durch das Gartentor treten.

»Kommen wir ungelegen?«, fragte Kranzfelder Frau Winkler.

Sie verknotete die Enden des blutroten Morgenmantels über einem Hauch von nichts.

»Ich habe mir gerade eine Wanne eingelassen«, erklärte sie.

»So?«, fragte er überrascht und zeigte auf die schwarzen Lackpumps.

»Gehen wir doch nach drinnen, Frau Winkler«, sagte die Stern. »Nicht dass Sie sich an der offenen Tür noch eine Erkältung einfangen.«

Die Kommissare deuteten das Schweigen der Witwe als Zustimmung und traten an ihr vorbei in den Hausflur. Frau Winkler blieb noch einen Moment reglos stehen, bevor sie die Haustür schloss.

Kranzfelder und Stern gingen bereits voran, als aus dem oberen Stockwerk eine Stimme ertönte.

»Wo bleibt denn mein Zuckerstreuselchen?«

Sie blieben stehen, und kurz drauf erschien vor ihnen auf der Steintreppe Gernot Limmer.

»Oh mein Gott!«, rief die Stern und hielt sich ihre schmale Hand vor die Augen.

»Anziehen! Sofort!«, entfuhr es Kranzfelder.

Der stellvertretende Bürgermeister steckte in einem schmalen, von silbrigen Nieten besetzten Lederriemen, der sich hart über seinem Bauchnabel kreuzte.

Seine Männlichkeit wurde von einem kalten Metallring gehalten, und die kleinen Brustwarzen steckten jeweils unter einer schmerzhaft aussehenden Klemme. Zusammen mit den knöchelhohen Socken und dem roten Golfball direkt unter seinem Mund ergab das eine einprägsame Erscheinung.

»Friert es dich nicht?«, fragte Kranzfelder.

Die Stern schaute angestrengt in eine andere Richtung. Gernot Limmer drehte sich umständlich auf dem Absatz um. Er versuchte mit beiden Händen, seine blanke Kehrseite zu verdecken.

Als sich der stellvertretende Bürgermeister umgedreht hatte, war dem Kommissar wiederholt der nietenbesetzte Lederriemen aufgefallen, der sich sogar durch das Hinterteil des Mannes zog.

»Also, Hannelore, während sich dein Gast etwas anzieht, könntest du uns das hier doch etwas genauer erklären?«

Kranzfelder ging jetzt durch die Schiebetür in den Wohnbereich und machte es sich dort auf dem Sofa bequem. Seine Kollegin zog es vor, mittig im Raum stehen zu bleiben.

»Das kann ich«, sagte die Witwe.

»Wir bitten darum, Frau Winkler! Wie lange geht das denn schon zwischen Ihnen und dem Herrn Limmer?«, fragte die Stern. Sie blätterte eine unbeschriebene Seite in ihrem Notizbuch auf und zückte den Kugelschreiber.

»Ein paar Monate.«

»Dein Mann wusste hiervon?«, fragte Kranzfelder.

»Er wollte Sie bestimmt verlassen, nachdem er davon erfahren hatte, oder, Frau Winkler?«, fragte die Stern.

»Wie kam es überhaupt dazu, Hannelore? Ich mein, du und der Gernot?« Er klang ungläubig.

»Wir haben uns zufällig in einem tschechischen Club getroffen. Im ersten Moment war es uns beiden sehr unangenehm, aber dann sind wir ins Gespräch gekommen.«

»Was war das für ein Club?«

»Klara, jetzt mach es ihr doch nicht noch schwerer! Du weißt genau, was für eine Art Club die Hannelore meint!«, sprang Kranzfelder ein.

»Nein. Weiß ich nicht«, behauptete sie.

»Swingerclub, Frau Stern«, presste Frau Winkler hervor. Sie nahm sich eine Zigarettenschachtel vom Kaminsims und zündete sich eine an. Dann hielt sie die angebrochene Packung ihren Besuchern hin. Es war eine tschechische Marke.

Die Stern winkte ab.

»Hab's mir abgewöhnt«, sagte Kranzfelder.

»Ich hab wieder angefangen«, sagte die Witwe, während sie einen kräftigen Zug inhalierte.

»Wusste Ihr Mann von der Affäre? Haben Sie ihn deshalb umbringen müssen, Frau Winkler? Oder waren Sie es gemeinsam? Sie und der Herr Limmer?«, fragte die Stern aufgeregt.

In diesem Moment betrat Gernot Limmer den Raum. Er trug nun einen grauen Anzug.

»Mensch, das ist mir jetzt aber wirklich peinlich«, gestand er, während er sich neben die junge Kommissarin stellte.

»Herr Limmer. Schön, dass Sie sich etwas angezogen haben«, bemerkte sie trocken. »Was meinen Sie, wusste Herr Winkler, was Sie da mit seiner Frau trieben?«

»Um Gottes willen! Wir haben uns doch immer sehr diskret verhalten«, antwortete er sofort.

»Was hat denn deine Frau dazu gesagt, Limmer?«, wollte Kranzfelder wissen.

Er schüttelte energisch den Kopf. »Ihr werdet meiner Frau doch nichts davon erzählen? Das möchte ich gerne selber machen.«

»Sie wollen sich also von Ihrer Frau trennen?«, fragte die Stern.

»Der richtige Zeitpunkt war bislang noch nicht gekommen«, antwortete er mit dünner Stimme.

»Wie ist es mit dir, Hannelore?«, fragte Kranzfelder.

»Der Karl war doch viel zu sehr damit beschäftigt, seine jungen Dinger vor mir zu vertuschen.« Sie lachte überreizt.

»Das war nicht die Antwort auf meine Frage, Hannelore. Wolltest du dich von deinem Mann trennen?«

»Im Falle einer Scheidung wären Sie leer ausgegangen, Frau Winkler!«, stellte die Stern fest.

»Vielleicht habt ihr ja auch genau deswegen gemeinsame Sache gemacht?«, überlegte Kranzfelder.

»Genau! Und von dem Erbe hätten sie sich eine gemeinsame Zukunft aufgebaut!« Sie nahm den Gedankengang ihres Kollegen auf.

»Unmöglich! Wir haben beide ein Alibi«, konterte Limmer.

»Ja! Ich gebe es zu – ich hab ihn umgebracht«, entfuhr es der Witwe völlig unerwartet.

Die Stern zauberte in Windeseile ein Diktiergerät hervor.

»Los! Reden Sie weiter«, verlangte die Polizeikommissarin, nachdem sie die Aufnahme mit einem Klicken gestartet hatte.

»Nicht nur einmal. Jeden Tag, seit Jahren. Das erste Mal in der Nacht, in der er nicht nach Hause gekommen war. Am nächsten Morgen hatte er gestunken, nach dem billigen Frauenparfum.«

»Sie haben ihn nicht wirklich umgebracht, oder?«, fragte die Stern und drückte enttäuscht auf den Aufnahmestopp-Knopf.

»Ich bin ihm anfangs sogar einmal nachgefahren. Er und der Türsteher schienen sich gut zu kennen. Er hat ihn per Handschlag begrüßt, bevor er verschwunden ist. Ein tschechischer Club mit lauter Mädchen, versteht ihr? Mädchen – Kinder. Mir war irgendwie klar, er geht dort öfter hin.«

»Du hast ihn damit konfrontiert, oder?«, fragte Kranzfelder vorsichtig.

»Er hat mich ausgelacht. Ich sei nur dafür da, um den Schein zu wahren. Für alles andere war ich ihm zu alt und zu faltig!«

»Wo sind deine Töchter, Hannelore?«

»Sind den Nachmittag über bei Schulfreundinnen, das mache ich immer so, wenn …« Sie führte den Satz nicht zu Ende.

»Noch mal. Wusste Herr Winkler von Ihrer Beziehung?« Die Stern deutete zwischen den beiden hin und her.

»Wenn er das gewusst hätte, hätte er sich scheiden lassen, garantiert«, sagte Frau Winkler.

»Das verstehe ich nicht«, meinte die Stern.

»Für ihn war es das Recht des Mannes, sich zu nehmen, worauf er gerade Lust hatte. Eine Frau war für ihn nur ein Objekt, das er besaß. Die allerdings musste sich ruhig verhalten und brav zu Hause auf ihn warten.«

»Mistkerl!«, rutschte es der Kommissarin aus Versehen über die Lippen. Sie entschuldigte sich dafür nicht.

»Nie hätte ich ihn verlassen«, gestand die Witwe mit rauer Stimme. »Ich hätte das alles hier verloren. Verstehen Sie, Frau Stern? Meine Töchter sollen es doch einmal besser haben!« Frau Winkler verrieb die Glut ihres Zigarettenstummels auf dem Boden eines Aschenbechers. Sie vermied es, dem Limmer in die glänzenden Augen zu sehen.

Hatte er sich von der Witwe in Zukunft mehr erhofft?

Kranzfelder verspürte plötzlich Mitleid mit seiner alten Schulkameradin.

»Wir waren es nicht, glaubt uns«, beteuerte Limmer.

Die Offenheit seiner heimlichen Geliebten hatte ihn kalt erwischt.

»Ja, ja. Wir wissen schon, ihr warts beide am Glühweinausschank helfen«, sagte Kranzfelder erschöpft.

»Nein. Ich meine – ja, genau!«, stotterte Limmer.

»Was denn jetzt?«, fragte die Stern ungeduldig.

»Wir waren da, aber nur kurz«, antwortete er.

»Der Andrang war wie erwartet so groß, da ist es nicht weiter aufgefallen, dass sich die Frau des Bürgermeisters unter die Leute gemischt hat. Gernot ist mir dann ein paar Minuten später gefolgt«, erzählte die Winkler weiter.

»Wenn ich weg bin, bemerkt das für gewöhnlich eh keiner.« Der Limmer lachte ernüchtert.

»Und dann?«, fragte Kranzfelder.

»Weihnachtsspezial«, sagte die Winkler.

»In unserem Swingerclub«, ergänzte der Limmer.

»Adresse und Telefonnummer bitte! Das werden wir überprüfen!« Ihm wurde die ganze Geschichte langsam zu bunt.

Hannelore Winkler ging zur Küche hinüber und nahm sich von dort ihr Mobiltelefon. Sie fing an, darin nach einer Telefonnummer zu suchen.

»Und jetzt die komplette Wahrheit, Limmer. Warum bist du während der Kindermette nicht mit den anderen nach draußen gegangen?«, fragte er zum Abschluss.

Gernot Limmer schaute sich einmal um, bevor er antwortete. »Wir waren noch ganz heiß auf eine zweite Runde«, flüsterte er. Er hob entschuldigend die Schultern.

»Eine zweite Runde?«, fragte die Stern skeptisch. »In einer Kirche?«

»Wo?«, fragte Kranzfelder.

»Muss das sein?«, fragte Frau Winkler, die mit dem Telefon in der Hand zurückkam, um es der Stern unter die Nase zu heben. »Was hat das jetzt mit dem Mord an meinem Mann zu tun?«

Die Polizeikommissarin notierte sich die angezeigte Telefonnummer auf dem Display in ihrem Notizbuch und bedankte sich knapp.

»Im Beichtstuhl!«, platzte es aus dem Limmer heraus.

»Halleluja!« Kranzfelder langte sich an den Kopf.

»Aber wenn mich jetzt nicht alles täuscht, sind Sie ja dann raus auf den Vorplatz gekommen, Frau Winkler?«, fragte die Stern. »Und warum sind Sie dann in der Kirche geblieben, Herr Limmer?«

»Verschnaufpause.«

»Okay, das reicht jetzt!«, unterbrach Kranzfelder. »Wir möchten jetzt auch gar nicht weiter stören – bei was auch immer!«

Er gab seiner Kollegin ein forderndes Handzeichen, dass es an der Zeit sei, zu gehen.

Auf dem Weg zur Haustür wandte sich der Limmer noch einmal unsicher an die Kommissare. »Das hier wird doch vertraulich behandelt, oder?«

»So vertraulich es eben geht«, versicherte Kranzfelder und hielt der Stern die Tür auf, um ihr den Vortritt zu lassen.

»Ich hätte denen eh keinen Mord zugetraut«, sagte die Stern, als sie zu Kranzfelder in den Wagen stieg.

In Kranzfelder breitete sich ein zermürbendes Gefühl aus. Sie bewegten sich immer noch im Kreis. Es deprimierte ihn, dass auch diese Spur ins Leere führte. »Kommst mit? Die Maria macht heute Nachmittag zusammen mit meiner Mutter Küchle. Glaub mir, so was Gutes hast du in deinem Leben noch nicht gegessen.«

12

Daß Leit nu bettln möin ums Brot.

Ein verlockender Duft empfing die Kommissare in der Küche der Kranzfelders. Die restliche Familie hockte bereits um den Tisch herum. Nur Alexander fehlte. Eine Servierplatte, auf der sich das gepuderte Schmalzgebäck türmte, wartete bereits in der Mitte der Kaffeetafel. Kranzfelder und Stern bedienten sich und vergaßen für einen Moment ihre Anspannung.

Als dann wenige Bissen später Alexander und Kobi die Küche betraten, staunte die Stern nicht schlecht. Die jungen Männer waren offenbar den ganzen Tag damit beschäftigt gewesen, ihren Kater auszukurieren.

Kranzfelder bemerkte, dass er der Stern bisher noch gar nichts von dieser Geschichte erzählt hatte, und Maria war sich immer noch nicht sicher, wie sie am besten mit dieser Situation umgehen sollte. Zumal es ja zum jetzigen Zeitpunkt noch gar keine richtige Situation gab, denn es wurde seit dem Morgen noch nichts laut ausgesprochen.

Das Unausgesprochene war das Problem, wusste er. Das plötzliche Schweigen im Raum wurde nur durch das gleichgültige Schmatzen von Opa Kranzfelder gestört.

»Hallo«, zwitscherte die Stern.

Alexander erwiderte ihren Gruß mit einem dankbaren Nicken. Ein Blick durch die Runde verriet, dass ihm die Worte auf der Zunge lagen. Er brachte sie aber nicht über seine Lippen. Eilig nahm er sich einen Stapel von dem goldbraunen Gebäckhaufen. Einen Teil davon drückte er dem stillen Kobi in die Hand, bevor er ihn geradewegs wieder vor sich her aus der Küche schob.

Mit der geschlossenen Tür kehrten auch die Stimmen im

Raum zurück. Es wurde gekaut und geschmatzt, geschlürft, und die talentierte Bäckerin wurde in den höchsten Tönen gelobt. Nur der unklare Beziehungsstatus von Alexander wurde mit keiner Silbe erwähnt. Auch die Stern griff dieses Mal ordentlich zu. Kranzfelder beobachtete sie sogar dabei, wie noch ein zweites und drittes Küchle in ihrem Mund landeten.

Als schließlich das letzte Gebäckteil von der Platte verschwunden war, machte Maria sich daran, den Tisch abzuräumen. Die Stern nutzte den unruhigen Moment sofort, um sich zu verabschieden. Sie drückte Maria an sich, winkte der restlichen Familie Kranzfelder zu und verabredete sich zum Abschluss mit Kranzfelder für den nächsten Morgen im Büro.

»Schauen Sie mal her, Chef!« Seine Kollegin stand vor einer der Magnettafeln, als Kranzfelder am nächsten Morgen das Büro betrat.

»Guten Morgen«, brummte er, während er seine Jacke über den Haken hängte. »War dir vorhin etwa kalt im Bett, oder warum bist du schon wieder hier?«

Egal wie früh es noch auf der Uhr war, er konnte es nicht lassen, sie mit seinem Verdacht auf eine mögliche Liebschaft aufzuziehen.

Klar, dass die Stern schon wieder als Erste im Büro war, dachte sich Kranzfelder dann aber. Er stellte sich neben sie. Ihr Finger tippte auf die Steckbriefe der zwei gefassten Täter, die der Himmelreiter dort angebracht hatte. Daneben hingen in einem strukturierten Netz diverse fallrelevante Informationen. Auch die Namen der Messnerin und ihres Peterle standen dort unter Dutzend anderen auf einer Liste.

Darüber stand in Großbuchstaben: »VERSCHWUNDEN!«

»Schaut schon ziemlich professionell aus«, staunte sie.

Kranzfelder setzte sich seine Brille auf. »Da kennt sich ja keiner mehr aus«, murmelte er hingegen in seinen Bart. Den

Aufenthaltsort der Tiere markierten teilweise drei Fragezeichen. »Wo sind die Kollegen Himmelreiter und Mayer überhaupt?«, wollte er wissen.

Die Stern wandte sich abrupt ab, und ihr langer Pferdeschwanz traf Kranzfelder dabei schwungvoll im Gesicht. Sie ging zu ihrem Schreibtisch hinüber und ließ ihn allein vor den üppig behängten Tafeln stehen.

»Woher kennen sich Ihr Sohn und dieser Kobi eigentlich? Ich hätte ja nicht gedacht, dass der Knecht vom Lenz schwul ist. War Ihr Sohn denn schon immer schwul? Ich mein, das ist ja heutzutage gar kein Thema mehr. Für Sie doch auch nicht, oder, Chef?«

Die vielen Fragen der Stern verursachten in Kranzfelders Kopf ein Rauschen. Er fragte sich, wie viel Energie in aller Herrgottsfrühe in nur einem Menschen stecken konnte.

»Wieso gründest du nicht zusammen mit der Maria eine Soko? Die möchte auch so allerhand wissen«, knurrte er.

Kranzfelder brauchte mindestens drei gut gefüllte Tassen mit Koffein in der Früh, sonst war der Tag zum Scheitern verurteilt. »Kaffee?«, fragte er daher und bewegte sich Richtung Bürotür.

Die Stern lehnte ab und zeigte auf einen Thermosbecher neben ihrer Tastatur. Kranzfelder verließ den Raum.

Nach wenigen Minuten kehrte er mit einer dampfenden Tasse zurück. Ihm war auf dem Flur ein wichtiger Gedanke gekommen. »Vielleicht erwähnst du meiner Frau gegenüber nicht, dass unser frischgebackener Schwiegersohn ein Knecht ist«, sagte er, als er an seiner Kollegin vorbei zu seinem Schreibtisch ging.

Die Stern kniff ihre Lippen fest zusammen, versperrte sie symbolisch und warf den unsichtbaren Schlüssel zu guter Letzt in die Ferne. Ihre Augen nahm sie dabei nicht einmal von ihrem Computerbildschirm.

»Was tippst du da eigentlich?«, wollte der Kommissar wissen.

Im selben Moment drehte sie den flachen Bildschirm in Kranzfelders Richtung.

»Das hier wird Sie interessieren, Chef!«

»Was ist das?«

»Das, Chef, sind interessante Neuigkeiten zu Zuzanna Svobodová!«

»Die hast du doch bereits durchleuchtet? Woher kommen jetzt diese neuen Informationen?« Er machte es sich in seinem Bürostuhl bequem.

Die Stern drehte den Bildschirm wieder zu sich hin und begann dann, laut vorzulesen.

»Recherche, Chef! Ich bin im Zusammenhang mit einem Tätigkeitsbericht der Schutzpolizei auf einen aufschlussreichen Zeitungsartikel gestoßen. In dem geht es um einen Rettungseinsatz beim Andres Vogt.«

»Und inwiefern ist das für unseren Fall interessant?«

»In dem Artikel wird eine junge Tschechin erwähnt, die leblos in einem der Zimmer gefunden und in ein Krankenhaus gebracht wurde.«

Kranzfelder ärgerte sich über sich selbst. Er hatte selber von dem Vorfall in der Zeitung gelesen. Warum nur hatte er daran nicht mehr gedacht?

»Ich habe noch ein bisschen weiterrecherchiert. Frau Svobodová wurde nach ihrem Selbstmordversuch für drei Wochen in eine psychiatrische Einrichtung eingewiesen.« Sie blickte hoch. »Das Ganze ist passiert, kurz nachdem sie ihre Anstellung bei den Winklers verloren hatte. Den Kollegen ist beim Vornamen Zuzanna wohl ein kleiner Tippfehler unterlaufen. Deswegen wurde uns der Bericht nicht automatisch angezeigt.«

»Die verarschen uns doch allesamt«, stieß er wütend hervor.

»Das haben Sie schön gesagt, Chef«, stimmte ihm seine Kollegin zu.

»Ruf sie an. Sie soll sofort zu uns in die Kriminalinspektion kommen!«

Die Stern rollte auf ihrem Stuhl noch ein Stück weiter an den Tisch heran und griff nach dem Hörer.

»Gute Arbeit, Klara«, gab Kranzfelder nach einer kurzen Pause von sich.

»Die Svobodová hat mir einfach keine Ruhe gelassen. Ich hatte da irgendwie so ein komisches Bauchgefühl.«

»Na, na, Kollegin«, witzelte der Hauptkommissar. »Für ein Bauchgefühl braucht's aber schon einen Bauch.« Er klopfte sich ein paarmal auf seine ausladende Körpermitte.

Später am Vormittag führte die Stern Zuzanna Svobodová in einen der zwei Vernehmungsräume.

Hierbei handelte es sich um einen unspektakulären Raum mit weißen Wänden und zwei Fenstern. Eines davon war klein und schmal und befand sich an der rechten Wandseite, wenn man den Raum betrat. Es führte in ein Nebenzimmer, und man konnte hindurchsehen. Das andere führte ins Freie, war aber abgeschlossen. Außer einem rechteckigen Tisch in der Mitte, zwei Stühlen auf jeder Seite und ein paar Schränken am Rand befand sich kein weiteres Möbelstück im Zimmer. Auch sonstigen Krimskrams, den man eventuell wütend nach einem Polizeibeamten werfen konnte, gab es hier nicht. Auf dem Tisch stand an der Seite ein kleines Mikrofon.

Die Kommissare wiesen Frau Svobodová einen der Stühle zu und setzten sich ihr gegenüber. Sie sah heute noch blasser und zerbrechlicher aus als bei ihrer letzten Begegnung. Die junge Frau hockte unsicher auf ihrem Stuhl und ließ die Schultern leicht nach vorne hängen. Sie trug bereits ihre Arbeitskleidung.

»Wir haben da noch ein paar Fragen, Frau Svobodová«, eröffnete Kranzfelder die Befragung.

Die Stern hatte zuvor den kleinen Aufnahmeknopf an dem Mikro vor ihr betätigt. Seine Kollegin hockte aufrecht, ihre beiden Unterarme waren auf der Tischplatte abgestützt.

»Ich möchte direkt mit der Tür ins Haus fallen. Sie sind

noch in Behandlung? Wir würden gerne wissen, warum Sie psychiatrische Hilfe brauchen.«

Kranzfelders Ton bekam eine seltene Schärfe.

»Geht Sie das was an?« Die Frau schluckte.

»Hat es was mit Ihrem Verhältnis zu Karl Winkler zu tun?«, fragte die Stern hingegen ruhig.

Die Befragte kaute auf ihren Fingernägeln herum und zwang ihren Blick dabei fest in Richtung Boden.

Die Stern warf Kranzfelder einen vielsagenden Blick zu. Beide spürten jetzt, dass sie sich auf einer heißen Spur befanden.

»Ich muss Ihnen gar nichts sagen!«, zischte sie.

»Ihre Entscheidung! Dann bleiben Sie halt so lange hier, bis wir uns die Information anderweitig geholt haben!« Er griff zu dem Handy in seiner Brusttasche, holte es aber noch nicht hervor.

»Bitte, ich möchte einfach nicht mehr darüber sprechen«, sagte die Tschechin.

»Also für *mich* machen Sie sich mit Ihrem Getue nur unnötig verdächtig!«, erwiderte Kranzfelder.

»Möchten Sie etwas trinken, Frau Svobodová?«, fragte die Stern plötzlich.

Die junge Frau lehnte ab.

»Ich sage Ihnen jetzt einfach mal, was wir wissen. Also, Sie haben bis vor ein paar Wochen bei den Winklers gearbeitet. Wir wissen auch, dass Sie mit Herrn Winkler eine Affäre hatten und dann ganz abrupt entlassen wurden«, sagte Kranzfelder, ohne auf die freundlich gemeinte Frage seiner Partnerin Rücksicht zu nehmen.

»Das war keine Affäre«, sagte Svobodová, und ihre Worte klangen bestimmt.

»Ja, was jetzt? Können Sie sich langsam mal entscheiden?« Der Hauptkommissar sprang von seinem Stuhl hoch.

Die Stern beobachtete ihn dabei nachdenklich. Übertrieb er mit dieser Reaktion nicht ein wenig? Dann wandte sie sich wieder an die Kellnerin.

»Sie haben es doch aber selbst zugegeben. Haben Sie nicht sogar gemeint, dass das Ganze eine einmalige Sache gewesen sei?«

»Es war keine Affäre!« Zuzanna Svobodová betonte nun jedes einzelne Wort.

»Kreiz Birnbam!«, rief Kranzfelder. »Sind wir hier bei ›Wünsch dir was‹?« Er verlor nur selten die Fassung.

»Es ist die Wahrheit«, sagte Frau Svobodová, und ihre Stimme wurde dünner.

»Aber Sie geben schon zu, dass Sie unserem Bürgermeister schöne Augen gemacht haben?«, versuchte er es weiter.

»Vielleicht – anfangs.«

»Was bedeutet ›anfangs‹?«, fragte die Stern.

»So, und jetzt mal raus mit der Sprache«, verlangte Kranzfelder.

»Ist er Ihnen gegenüber zu aufdringlich geworden? Wollten Sie die Beziehung vielleicht sogar beenden?«

»Er wollte mich«, sagte Svobodová.

»Und anfangs war das okay?«, fragte die Stern.

»Er wollte, dass ich für ihn gewisse Sachen mache.«

»Dann hatten Sie doch eine Affäre mit ihm? Frau Svobodová, ich muss Ihnen nicht sagen, was eine Falschaussage für Konsequenzen haben kann?«, fragte Kranzfelder.

Seine Kollegin strafte ihn dafür umgehend mit einem mahnenden Blick.

»Was für Sachen? Meinen Sie etwa gewisse Handlungen zwischen Ihnen beiden?«, fragte die Stern.

Die junge Frau blickte zu Kranzfelder herüber. Der stand inzwischen am Fenster und schaute nach draußen.

»Chef«, sagte die Stern plötzlich, »lassen Sie uns bitte kurz alleine!«

Kranzfelder holte Luft, er wollte etwas erwidern. Dann sah er aber den flehenden Ausdruck in den Augen seiner Kollegin und verließ schweigend den Raum. Sobald er die Tür hinter sich geschlossen hatte, beeilte er sich, um schnell in den Nebenraum zu kommen. Von hier aus würde er durch das schmale Fenster die Befragung weiter beobachten. Hier befand sich auch die nötige Technik, um das Gespräch der Frauen weiter mit anzuhören.

»Jetzt sind wir Frauen unter uns, Frau Svobodová. Darf ich Sie Zuzanna nennen? Sie können mir jetzt alles erzählen«, säuselte die Stern mit vertraulichem Unterton.

Es dauerte dennoch einen Augenblick, bevor die Befragte antwortete. »Er wollte …«, sie machte eine bedeutungsschwangere Pause, »… dass ich mich auf ihn draufsetze.«

»Na gut, also so ungewöhnlich ist das jetzt ja nun auch nicht, oder?« Die Kommissarin lachte vorsichtig. Ihr Versuch, die angespannte Stimmung aufzulockern, scheiterte kläglich.

Im Nebenzimmer war Kranzfelder überrascht. Ob seine Kollegin jetzt noch mehr aus ihrem geheimen Liebesleben preisgeben würde?

»Auf sein Gesicht«, entgegnete Frau Svobodová angewidert.

Kranzfelder sah, wie die Stern verdutzt schaute.

»Ich musste pinkeln.«

Dazu riss die Stern jetzt ihre Augen auf. »Sie haben ihm ins Gesicht gepinkelt, Zuzanna?«

»Nein. Er wollte, dass ich ihm in seinen Mund pinkel.«

»Okay«, sagte die Stern langsam. Ihr fehlten die Worte.

Damit hatte sie jetzt nicht gerechnet, dachte sich Kranzfelder nebenan.

»Das hat ihn heißgemacht.«

»Aber warum haben Sie das gemacht, wenn Sie das nicht wollten?«, fragte die Stern.

»Er hat mir Geld geboten, viel Geld. Er meinte auch, dass es bei dem einen Mal bleibt. Ich habe gedacht, was soll schon sein. Ich ziehe das durch und bekomme mein Geld.«

»Und, war es so?«

Frau Svobodová lächelte abfällig und atmete dazu einmal tief ein und aus. Dann redete sie weiter. »Anfangs schon. Aber dann wollte er von mir, dass ich das regelmäßig mache. Er hat mir sogar noch mehr Geld geboten.«

»Klingt verlockend«, behauptete die Kommissarin.

»Ja, oder? Er hat es sich dazu selbst gemacht. Aber dann wollte er noch einen Schritt weitergehen, das wollte ich nicht!«

»Und daraufhin hat er Ihnen gekündigt?«

»Nein, seine Frau hat mich entlassen.«

»Dann wusste sie also davon?«

»Ich bin mir nicht sicher. Wir haben es immer getan, wenn seine Frau nicht zu Hause war. Dafür ist er jedes Mal extra aus dem Büro gekommen.«

»Aber warum hat Frau Winkler Sie dann entlassen, Zuzanna? Das muss ja schon einen Grund gehabt haben?«

»Eines Tages tauchte er wieder zu Hause auf. Einfach so. Frau Winkler war bei ihrem Kosmetiktermin, und ich habe die Böden gewischt. Es war ihm einfach egal gewesen, dass ich das nicht mehr wollte.«

Kranzfelder begriff in diesem Augenblick, in welche Richtung sich dieses Gespräch entwickeln würde. Er war stolz auf die Stern. Sie hatte die Situation von der ersten Minute an richtig eingeschätzt und ihn vermutlich deswegen ausquartiert. Seine Kollegin hatte damit eine sichere Atmosphäre für die junge Frau geschaffen. In der würde sie sich der Stern ohne Scham anvertrauen.

»Er hat sich einfach genommen, was er wollte, oder?«, fragte die Stern behutsam.

Frau Svobodová nickte. Sie sah vom Boden auf, und Kranzfelder konnte direkt in ihr Gesicht sehen. Sie weinte nicht. Ihr Gesichtsausdruck blieb kalt.

»Wie oft, Zuzanna?«

»Einmal. Danach bin ich sofort abgehauen.«

»Haben Sie es seiner Frau erzählt?«

»Nein. Bis auf die Privaträume hängen im ganzen Haus Kameras. Sie hat es sicher gesehen. Sie liebt es, in ihrer freien Zeit Überwachungsvideos zu analysieren.« Die Befragte klang spöttisch. »Direkt am nächsten Tag hat mich die Winkler dann angerufen. Sie hat gesagt, dass ich nicht mehr zu kommen brauche.«

»Haben Sie mit jemandem über den Vorfall gesprochen, sich jemandem anvertraut?«

Die Frau schüttelte kaum merklich den Kopf. »Ich bin davon schwanger geworden. Ich wollte, dass er für sein Kind bezahlt!«

»Entschuldigen Sie bitte die Frage, Zuzanna. Sie sind jetzt aber nicht mehr schwanger, oder?«

»Die wollten sofort, dass ich es wegmache.« Während sie diese Worte aussprach, streichelte sie sich sanft über ihren flachen Bauch.

»Wen genau meinen Sie?«

»Ihn und seine Frau. Sie hat mitbekommen, wie ich ihn zur Rede gestellt habe.«

»Sie haben es abgetrieben?«

»Ich hatte keine Wahl.«

»Eine Frau kann selbst über ihren Körper entscheiden, Frau Svobodová. Sie hätten das nicht tun müssen.«

Die junge Tschechin wurde steif. »Seine Frau hatte mich unter einem Vorwand noch mal zu sich nach Hause gelockt. Sie wollte noch mal mit mir über die ganze Sache reden. Sie hat gesagt, sie will eine Lösung finden, für alle. Herrn Winkler hab ich nirgends entdecken können. Ich erinnere mich nur noch, wie sie mir ein Glas Wasser angeboten hat, dann ist mir komisch geworden. Sie muss mir etwas ins Getränk gemischt haben. Ich bin wieder zu mir gekommen, als mir die grelle Lampe mitten ins Gesicht geblendet hat. Ich lag auf einem OP-Tisch. Ich denke also nicht, dass ich eine Wahl hatte!«

»Verstehe ich das richtig? Frau Winkler hat Sie mit K.-o.-Tropfen außer Gefecht gesetzt? Um dann gegen Ihren Willen eine Abtreibung an Ihnen vornehmen zu lassen?« Die Stern war ganz bleich geworden.

»Ich habe gespürt, wie der fremde Mann mir mein Baby

weggenommen hat. Ich habe alles gespürt, aber ich konnte mich nicht wehren.«

Kranzfelder war inzwischen wieder zurück in den Vernehmungsraum gegangen und schloss leise die Tür.

»Widerlich!«, rutschte es dem Kommissar heraus, als er sich wieder auf seinen Stuhl setzte. Er versuchte, den dicken Kloß, der sich in seinem Hals gebildet hatte, hinunterzuschlucken.

»Wo waren die Winklers zu dieser Zeit, Zuzanna?«

»Ich habe ihre Gesichter neben mir gesehen. Sie haben dem Mann zugeschaut. Mehr weiß ich nicht mehr, ich bin ohnmächtig geworden. Sie müssen mich irgendwie wieder nach Hause gebracht haben. Ich bin in meinem Personalzimmer aufgewacht, neben mir ein weiterer Umschlag mit Geld.«

»Unfassbar!«, sagte Kranzfelder.

»Es hat einfach nicht aufgehört wehzutun. Nach drei Tagen konnte ich nicht mehr, die Schmerzmittel haben nicht geholfen, und in meinem Slip war die ganze Zeit so ein stinkendes Sekret. Ich habe mir ein Taxi gerufen und bin in ein Krankenhaus gefahren. Die haben mich dort untersucht. Sie wollten wissen, wer das gemacht hat – ich habe es nicht gesagt. Es war alles entzündet, und es hatte sich schon Eiter gebildet. Sie haben mich sofort operiert und mir meine Gebärmutter entfernt …« Die junge Frau verstummte kurz, dann sagte sie: »Ich werde nie eine Mama sein, verstehen Sie das?«

»Frau Svobodová, wissen Sie, was das alles hier bedeutet?«, fragte die Stern.

»Ich habe ihn abgrundtief gehasst für das, was er mir angetan hat. Aber ich habe ihn nicht getötet.«

»Eine Frage habe ich noch: Wer hat den Eingriff bezahlt? So was ist doch bestimmt nicht ganz günstig?«, fragte Kranzfelder.

»Die Winklers. Keiner sollte von alldem etwas mitbekommen. Mir hat Herr Winkler seit Beginn unserer *Affäre* jeden Monat eine Zahlung von tausend Euro zukommen lassen. Er meinte, es sei eine kleine Entschädigung.«

»Tausend Euro? Warum haben Sie ihn nicht angezeigt? Er hätte seine gerechte Strafe bekommen«, entfuhr es Kranzfelder. Das erklärte jetzt zumindest die großen Summen, die der Winkler regelmäßig von seinem Konto abgehoben hatte.

»Ich konnte es einfach nicht mehr ertragen. Wer bitte hätte mir diese Geschichte geglaubt? Ich habe mich gefühlt wie der letzte Dreck. Gedemütigt, benutzt, wie ein Gegenstand. Am liebsten hätte ich dieses Gedankenkarussell für immer beendet!«

»Das hat ja dann wohl nicht so gut geklappt«, stellte Kranzfelder fest.

»Der Andres hat mich in meinem Zimmer gefunden und den Rettungswagen gerufen. Er hatte sich Sorgen gemacht, weil ich nicht zu meiner Schicht erschienen war.«

»Der Zeitungsartikel«, erinnerte sich die Stern.

Kranzfelder wunderte sich. Warum um alles in der Welt hatte er sich mit dem Andres nie über diesen Vorfall unterhalten? Der konnte doch auch sonst den neuesten Klatsch höchstens drei Minuten für sich behalten.

»Was passiert jetzt mit Frau Winkler?«

»Um die kümmern wir uns. Ich bin zwar kein Richter, aber dafür geht sie sicher ein paar Jahre ins Gefängnis«, beantwortete Kranzfelder die Frage der jungen Frau.

»Es tut uns wirklich leid, dass Ihnen so etwas widerfahren ist. Aber ich muss Sie das jetzt fragen: Wo waren Sie an Heiligabend zur Mittagszeit? Abends waren Sie auf Ihrem Zimmer, das haben Sie uns bereits gesagt. Aber wo waren Sie in der Zeit ab zwölf Uhr?«, fragte die Stern.

In dem Moment spürte Kranzfelder sein Handy in der Brusttasche vibrieren. Franz Kammermayer rief an. Kranzfelder entschuldigte sich und verließ den Raum.

»Kranzfelder?«, meldete er sich.

»Kranzfelder! Wo stecken Sie die ganze Zeit?« Kammermayer klang nervös.

Dem Kommissar war gar nicht aufgefallen, dass der Sheriff bereits mehrmals versucht hatte, ihn zu erreichen.

»Ist ja jetzt auch egal!«, meinte Kammermayer dann doch. »Sagen Sie mir lieber, ob wir inzwischen eine Spur haben. Und ich will nicht hören, dass wir nichts haben, Kranzfelder!«

»Herr Kammermayer, ist alles in Ordnung bei Ihnen? Sie klingen so aufgeregt?«

»Dumme Frage, Kranzfelder! Die Presse hockt mir im Nacken, und die Bevölkerung will wissen, ob – Moment, ich zitiere – ›der Schlächter von Holzwiesenreuth‹ endlich gefasst wurde!«

Kranzfelder hörte durch die Leitung, wie der Kriminalrat eine Zeitung faltete.

»Die Bevölkerung lebt in Angst, Kranzfelder! Verstehen Sie?«

Der Kriminalhauptkommissar setzte an, aber Kammermayer ließ ihn nicht zu Wort kommen.

»Und der Pfarrer Markus, der hat Angst vor schlechter Publicity. Der hat auch Druck von oben. So ein Gemetzel auf christlichem Boden verträgt sich nicht mit einer Heiligsprechung in der eigenen Kirchengemeinde!«

»Herr Kammermayer, jetzt würde ich vorschlagen, dass Sie erst einmal Luft holen und mir in Ruhe zuhören«, sagte Kranzfelder, während er sich durch seinen Bart fuhr.

Und als dem Kriminalrat vor Empörung die Stimme wegblieb, nutzte Kranzfelder seine Chance.

»Wir haben den Täter! Besser gesagt, die Täterin.«

»Was? Wie? Ich meine natürlich – wer?«

»Die ehemalige Hausangestellte. Die junge Frau, die jetzt beim Vogt in der Wirtschaft arbeitet.«

Er konnte erahnen, wie dem Sheriff der Mund offen stehen blieb.

»Ihr Motiv?«

»Wurde vom Winkler sexuell genötigt und missbraucht. Als sie schwanger von ihm wurde, hat er sie unter Mithilfe seiner Frau unter Drogen gesetzt und eine illegale Abtreibung an ihr vornehmen lassen. Die Klara ist gerade dabei, das Alibi abzuklären. Ich denke, dass die Svobodová grad im Moment alles gesteht. Mich würde nur interessieren, wer ihr dabei geholfen hat.«

»Die war es, Kranzfelder! Schauen Sie zu, dass Sie ein lückenloses Geständnis auf Papier bekommen. Ich würde sagen, sehr gute Arbeit, Kollegen. Ich bin froh, dass wir der Presse einen so schnellen Erfolg präsentieren können.«

»Jawohl!«

»Ich besorg uns beim Oberstaatsanwalt einen Haftbefehl. Die junge Dame kommt erst einmal in Untersuchungshaft! Meines Erachtens besteht hier auf alle Fälle eine Fluchtgefahr!«

Als das Telefonat beendet war, meldete sich Kranzfelders Magen. Inzwischen war es nach Mittag und allerhöchste Zeit für eine Mittagspause.

Inmitten seiner Überlegung öffnete sich die Tür, und die Stern kam mit einer geschafften Frau Svobodová aus dem Vernehmungsraum.

»Also dann, alles Gute, Frau Svobodová. Wenn wir noch Fragen an Sie haben sollten, melden wir uns. Ansonsten halten Sie sich bitte zu unserer Verfügung.«

Was zur Hölle machte sie da? Ihm entgleisten auf der Stelle alle Gesichtszüge. Bevor er seine Frage laut aussprechen konnte, verabschiedeten sich die beiden Frauen, und die Hauptverdächtige verschwand den Flur entlang. Die Ermittler blieben allein vor dem Vernehmungsraum stehen.

Kranzfelder musste sich an der Wand abstützen. Ihm war natürlich sofort klar, was hier gerade passierte.

»Sie hat ein Alibi«, sagte die Stern.

Alibi. Sie hat ein Alibi, hallte es monoton in seinem Kopf nach.

Er glaubte, sich verhört zu haben. »Sie hat was?«

»Ich bin nicht dumm, Chef!« Die Stern verschränkte die Arme vor der Brust. »Während Sie hier draußen ein gemütliches Telefonat geführt haben, habe ich mich bereits darum gekümmert. Ich habe den Herrn Vogt angerufen, und der hat mir alles bestätigt. Sie hat Tassen gespült, den ganzen Tag«, sagte die Stern. »Und passend zu ihrer letzten Aussage war sie dann am Abend so müde, dass sie nur noch auf ihr Zimmer gegangen ist. Sie hat sich noch irgend so einen tschechischen Weihnachtsfilm angeschaut.«

Kranzfelder stieß einen Fluch aus.

»Sie war es nicht, Chef. Sie hat ihn gehasst, ja, aber nicht umgebracht. Außerdem hätte eine zierliche Person wie die Zuzanna das unmöglich fertiggebracht.«

Er sparte sich die Antwort. Die Stern hatte ja recht mit dem, was sie sagte. Trotzdem konnte er seinen Ärger nur schwer verbergen. Sie standen wieder ganz am Anfang!

Kranzfelder zog sein Handy aus der Tasche. Das ließ sich jetzt nicht vermeiden. Er hatte sich zu weit aus dem Fenster gelehnt.

13

Daß mit dem Friedn niat weit her is.

Es war bereits weit nach Mittag, als die Kommissare in der Bäckerei Emmer auf den Zoiglwirt trafen. Sie räumten gerade ihre leeren Tabletts in den Geschirrwagen neben der Eingangstür. Der Vogt nahm eilig die zwei vollen Tragetaschen entgegen, die ihm die Verkäuferin über die Verkaufstheke entgegenhievte, und folgte ihnen durch die Schiebetür nach draußen.

Der Wirt wusste von der Vernehmung seiner Mitarbeiterin und wollte nun wissen, was dabei herausgekommen war.

»Sag mal, Andres, du wusstest doch, was mit der Zuzanna passiert ist, oder?«, empfing ihn Kranzfelder.

Sie blieben vor der Bäckerei beieinanderstehen.

»Armes Ding, ja«, antwortete der Wirt.

»Und warum hast du mir davon nie etwas erzählt?«

»Weil i's ihr versproch'n hob, nix zum sog'n!«

Kranzfelder brummte.

»Jetzt sei niat glei beleidigt!«

»Bin ich nicht«, antwortete Kranzfelder prompt.

»Sind Sie«, bemerkte die Stern.

»Hör zu! Zuzanna hat's doch eh niat leicht. Dai hot doch koin. Keine Freunde, keine Eltern, stell da des mal vor.« Der Vogt fuhr sich mit der freien Hand durch seine langen Haare.

»Na ja. Bis auf den komischen Halbbruder, den s' da hot.«

»Was weißt du über den?«, hakte Kranzfelder nach und schaute dabei die Stern fragend aus dem Augenwinkel an.

»In der Datenbank habe ich zu ihm leider keinerlei Informationen finden können«, antwortete seine Kollegin daraufhin frustriert.

»Is wohl a nur ein Halbbruder. Sie wollt mir a niat mehr über ihn song.«

»Uns gegenüber hat sie auch kein Wort über ihn verloren«, bemerkte die Polizeikommissarin knapp.

»So, Leut, i muss weiter, wird langsam schwer!« Der Wirt hob die beiden Tüten mit den Holzofenbroten in die Höhe.

»Kannst du ihn wenigstens beschreiben?«, rief ihm Kranzfelder hinterher.

»Hob den nur einmal kurz g'sehn, als er d' Zuzanna mit sei'm Auto nach Hause bracht hat.«

»Kennzeichen?«

»Koi Ahnung.« Der Wirt winkte abschließend und bog um die Kurve.

Die Kommissare waren sprachlos. Sie stiegen in Kranzfelders Auto und fuhren das kurze Stück zurück in die Kriminalinspektion. Während der Fahrt fand die Stern ihre Stimme wieder und überhäufte sich mit Selbstvorwürfen. Sie hörte auch nicht damit auf, als sie sich bereits auf den Stufen zu ihrem Büro im ersten Stock befanden.

Kranzfelder bekam den Eindruck, dass sein konsequentes Schweigen seine Kollegin nur noch mehr ansportne.

Als sie ihr Büro betraten, waren Himmelreiter und Mayer gerade dabei, sich mit vollem Körpereinsatz zu besprechen. Es herrschte offensichtlich dicke Luft.

Kranzfelder nutzte den Moment, während er sich seine Jacke auszog, um das Schauspiel der beiden zu begutachten. Die Profiler aus Bayreuth, überlegte er amüsiert. Mit einem Schmunzeln hängte er seine Jacke an die Garderobe.

Unterdessen nestelte die Stern immer noch an ihrem Mantel herum. Mit nervösen Fingern schaffte sie es schließlich, den Reißverschluss zu öffnen.

Kranzfelder war der Meinung, dass sie immer noch total durch den Wind war. Die Befragung mit Zuzanna Svobodová schien gewaltig in ihr nachzuarbeiten.

Die Stern verschwand noch mal auf die Toilette, und Kranzfelder ging zu seinem Schreibtisch hinüber.

»Lasst euch bitte nicht stören«, sagte er beiläufig und zog

ruckartig eine Akte unter dem Hintern vom Himmelreiter hervor.

Der Geier schaute ihn daraufhin entgeistert an. »Geht's noch, Kranzfelder?«, entfuhr es ihm provokant. »Du siehst doch, dass wir hier was Wichtiges zu besprechen haben.« Kranzfelder riss die Augen auf und hob abwehrend die Hände. »Welche Laus ist euch denn bitte über die Leber gelaufen?«

»Ja, ist doch wahr!«, knurrte Himmelreiter.

Kranzfelder ließ sich auf seinem Bürostuhl nieder, setzte sich seine Lesebrille auf die Nase und schlug die Akte auf, als ihn ein wütender Ausruf aufschrecken ließ.

»Einfach zum Kotzen!« Himmelreiter hatte sich von der Schreibtischkante erhoben. Er war die wenigen Schritte gegangen und hatte mit der flachen Hand kraftvoll gegen die Raufasertapete geschlagen.

»Geht's etwa nicht voran in eurem Fall?«, fragte Kranzfelder betont beiläufig. Und dann fügte er noch mutig hinzu: »Ein paar verschwundene Haustiere sind doch sicher ein Klacks für einen erfahrenen Ermittler wie dich.«

Der ironische Seitenhieb, der seinen Worten beiwohnte, war Himmelreiter nicht entgangen. Das konnte Kranzfelder an den Kaumuskeln des fränkischen Kollegen erkennen, die sich bedrohlich abzeichneten.

Der sonst eher zurückhaltende Mayer bekam einen flehenden Gesichtsausdruck und machte eine abwürgende Handbewegung.

Kranzfelder war zufrieden und beschloss, es gut sein zu lassen. Nicht dass hier gleich noch das wenige Mobiliar durch das Fenster auf den Vorplatz flog, dachte er und musste schmunzeln. Für den flüchtigen Moment war es ruhig.

Der Himmelreiter versuchte, seine Atmung in den Griff zu bekommen. Dann zischte er: »Das hättest du wohl gerne so, Kranzfelder. Aber im Gegensatz zu euch stehen wir in unserem Fall so knapp vor einem Durchbruch.« Er hielt Daumen und Zeigefinger dicht zusammen. »Und dann knallt uns der Typ irgendein fadenscheiniges Alibi um die Ohren! Das stinkt doch zum Himmel! Ihr werdet sehen, dieses Alibi wird sich in null Komma nix in Luft auflösen!«

»Wenn du möchtest, dass ich deiner Ausführung folgen kann, musst du schon etwas genauer werden, Himmelreiter«, antwortete Kranzfelder unbeeindruckt. Wann kam die Stern endlich von ihrer Toilette zurück? Sie konnte ihn doch unmöglich so lange mit dem Geier allein in einem Raum lassen!

»Was der Herr Himmelreiter damit sagen will, ist ...«, der Kollege Mayer stockte kurz, »... wir ärgern uns ziemlich. Bei einer Razzia vor wenigen Wochen konnten wir einen ersten Erfolg landen und bereits zwei Männer aus dem Tierschieberring schnappen. Einer von denen hat jetzt sogar gequatscht. Er hat uns mit diversen Hinweisen versorgt, wo wir weitere Mitglieder finden würden. Es passt einfach alles – und dann auch noch die vielen plötzlich verschwundenen Tiere in Holzwiesenreuth.«

Kranzfelder folgte gespannt seiner Erklärung.

»Das ist kein Zufall! Wir sind uns sicher, dass unser Verdächtiger die Aufgabe hat, Haustiere zu stehlen und dann zu einem der Umschlagplätze vor der tschechischen Grenze zu bringen. Wir vermuten, dass die Tiere von dort über die Grenze gebracht werden. Aber als wir unseren Verdächtigen befragt haben, konnte er uns für jedes einzelne Verdachtsmoment ein Alibi liefern!«

»Siehst du, Himmelreiter, das nenne ich eine vernünftige Antwort, der man auch folgen kann.« Kranzfelder zwinkerte Mayer zu, bevor er seinen Kopf wieder in die Akte steckte. In dem Bayreuther Kollegen brodelte es gefährlich, das konnte er spüren.

Anstelle einer Retourkutsche wandte sich Himmelreiter gefasst an seinen Schatten. »Auf geht's, Mayer!«

Sie gingen mit großen Schritten zur Tür. Dort warfen sie sich ihre knielangen Mäntel über.

Aha, Partnerlook, dachte sich Kranzfelder.

In dem Moment kam die Stern von der Toilette zurück und zwängte sich an den beiden vorbei.

»Na, hier ist ja was los«, stellte sie fest, als die Kollegen die Tür hinter sich geschlossen hatten.

Kranzfelder bemerkte die frische Farbe auf ihren Lippen. Die war da vorher noch nicht gewesen.

Die Stern setzte sich hinter den PC und machte sich daran, mehr über den Halbbruder von der Svobodová herauszufinden.

Dem Hauptkommissar war es unterdessen ein Bedürfnis, die Ordnung auf seinem Schreibtisch wiederherzustellen. Er packte alles, was nicht auf seinen Tisch gehörte, auf einen Stapel und legte ihn auf die Fensterbank. Die Maria hatte sogar noch eine neue Packung belgische Pralinen im Vorratsschrank gehabt. Er entfernte die Plastikfolie und legte die geöffnete Schachtel an ihren festen Platz neben die Tastatur.

Nachdem er noch die Magnettafeln an die einzig freie Wand im Raum geschoben hatte, setzte er sich hinter seinen Schreibtisch. Zur Belohnung warf Kranzfelder sich eine braune Schokomuschel in den Mund.

Auf einmal flog die Bürotür auf, und der Kammermayer stand im Türrahmen.

»Also, meine Herrschaften. Nachdem die Sache mit der Täterin, der vermeintlichen Täterin gestorben ist – was haben wir sonst noch?«, platzte er heraus.

»Ich war gerade dabei, etwas über einen möglichen Bruder von Frau Svobodová herauszufinden«, erklärte die Stern.

»Sie sagen mir, wenn Sie beide mehr über ihn wissen«, sagte Kammermayer. Er schüttelte den Kopf. »Dieser vermaledeite Fall! Das klingt alles schon fast nach einer Verschwörung«, murmelte er zu sich.

»Übertreiben Sie nicht direkt«, sagte Kranzfelder, der ihn gehört hatte, mit vollem Mund. »Wir haben sicher nur eine Kleinigkeit übersehen.«

»Es hilft ja alles nichts. Wir fangen noch mal ganz von vorne an! Durchleuchten Sie noch mal unsere Hauptverdächtigen und überprüfen Sie noch mal jede Aussage. Irgendwo ist diese Lücke. Und finden Sie heraus, was der Mord mit der Specht zu tun hat. Warum hat man den Toten so malträtiert, als wäre er von ihr geholt worden?« Der Sheriff wandte sich bereits zum Gehen. »Ich muss jetzt dringend noch ein paar Telefonate führen. Ach ja – enttäuschen Sie mich diesmal nicht«, sagte der Kammermayer, bevor er die Tür zuknallte.

Die Stern versank wie ein Häufchen Elend in ihren Bürostuhl. »Ich glaube, wir finden den Täter nie!«, stellte sie fest.

»Schwachsinn!«, widersprach Kranzfelder. »Rückschläge gehören halt auch dazu.«

»Wollen Sie in Ihrem Job etwa nicht immer hundert Prozent geben?«

»Dein Perfektionismus in allen Ehren, Klara. Ungesund sollte er halt nicht werden«, sagte Kranzfelder.

Seine Kollegin gab sich geschlagen und rollte mit ihrem Stuhl wieder an ihren Computer. Während sie die tschechischen Kollegen telefonisch um Hilfe bat, nahm auch Kranzfelder den Hörer in die Hand.

Er telefonierte mit dem Vereinsvorstand vom Spechten e. V. Den Lenz konnten sie jetzt definitiv ausschließen. Der war nämlich vom Vorstand höchstpersönlich die ganze Zeit über neben der Vereinsbar gesehen worden. Am Ende war der Bauer dann so besoffen gewesen, dass er dort direkt neben dem Alkohol eingepennt war.

Ein weiteres Telefonat mit dem tschechischen Swingerclub gestaltete sich dagegen nicht ganz so einfach. Zum Schluss schaffte es Kranzfelder dann aber doch noch, mit seinen spärlichen Sprachkenntnissen an die benötigten Informationen zu gelangen. Die Witwe und Limmer waren tatsächlich an Heiligabend dort gewesen. Sie hatten sich dort, laut Betreiber, mit vier anderen Paaren amüsiert.

Kranzfelder verdrängte die aufkeimende Szene in seinem

Kopf, legte kopfschüttelnd den Hörer auf und erschrak, als die Stern einen lauten Fluch ausstieß.

Er setzte sich seine Brille auf und ging um ihren Schreibtisch herum. Sie hatte nach nur wenigen Minuten bereits eine Antwort der tschechischen Polizei in ihrem E-Mail-Postfach – die fiel allerdings ernüchternd aus.

Der große Zeiger der Bürouhr war zweimal im Kreis gewandert, als die Tür direkt unter ihr erneut aufgestoßen wurde. So schwungvoll, dass sie an der dahinterliegenden Garderobe anging und eine feine Macke hinterließ.

Herein kamen ein schlecht gelaunter Himmelreiter und ein zerknirscht wirkender Mayer.

»Was macht ihr denn schon wieder hier?«, fragte die Stern ohne Umschweife.

»Ist nicht euer Tag heut, oder?«, begrüßte auch Kranzfelder die Kollegen.

»Jetzt mal ehrlich? Könnt ihr euch vorstellen, dass es heutzutage noch Menschen gibt, die kein Handy besitzen? Unvorstellbar!«, schimpfte Himmelreiter munter vor sich hin.

Kranzfelder hatte dazu eine klare Meinung, behielt sie aber besser für sich.

Es war erneut Mayer, der ihre Wissenslücke mit Informationen füllte.

Fridolin Himmelreiter hatte sich währenddessen kerzengerade vor dem Fenster aufgebaut. Mit beiden Händen in den seitlichen Taschen seiner Anzughose schaute er schweigend hinaus.

»Wir sind mit dem Auto jetzt extra schnell zur Zoiglstube gefahren –«

»Die paar Meter?«, fiel ihm Kranzfelder ins Wort.

Die Stern ermahnte ihn mit einem strengen Blick und gab dem Mayer ein Zeichen.

Der erzählte weiter: »Dort wollten wir uns doch das angegebene Alibi von unserem Verdächtigen bestätigen lassen.

Aber der Wirt hat zu uns nur gemeint, dass die junge Frau heute ihren freien Tag hat. An dem fährt sie wohl auch immer zu irgendeiner Bekannten. Und eine Nummer, unter der wir die Frau erreichen würden, konnte er uns nicht geben. Die hat nämlich kein Handy.« Mayer zuckte mit den Schultern.

»Hat doch echt gemeint, wir sollen zu einem anderen Zeitpunkt wiederkommen!« Himmelreiter schnaubte.

Die Stern fuhr bei diesen Worten zusammen. »Moment. Wir reden hier nicht zufällig von der Zuzanna? Zuzanna Svobodová – der Bedienung aus dem Zoiglwirt?«, erkundigte sie sich.

»Ja – hab ich doch grad gesagt. Das ist die Schwester von unserem Mann«, antwortete Mayer.

»Hat euer Mann denn auch einen Namen?«, wollte Kranzfelder wissen.

»Jakub Novák«, meldete sich Himmelreiter aus seinem Eck.

Kranzfelder und Stern schauten sich nichts wissend an. Den Namen hatten sie zuvor weder irgendwo gehört noch gelesen.

Himmelreiter schob noch hinterher: »Der arbeitet als Knecht auf dem Hof vom Josef Lenz.«

»Kreiz Birnbam!« Es fehlte nicht viel, und Kranzfelder wäre rücklings von seinem Bürostuhl geflogen.

Zeitgleich stach die Stern hinter ihrem Schreibtisch hervor. »Es gibt nur einen Knecht auf dem Hof vom Bauern Lenz!«

Kranzfelder schnappte nach seinem Handy und seinem Autoschlüssel. »Auf geht's, Kollegin!«

Als sie in Kranzfelders Wagen auf den geschotterten Platz einbogen, fiel ihnen direkt ein anderes Auto auf. Eine Limousine mit Münchner Kennzeichen parkte dicht bei den Viehställen.

Die Stern versank kurz in den unendlichen Weiten ihrer Handtasche. Sie zog einen kleinen Handspiegel und ihren Lippenstift heraus. Geschickt zog sie die Farbe auf ihren Lippen nach und warf sich abschließend einen Kussmund zu.

Kranzfelder hob belustigt eine Augenbraue.

»I will doch koin FKK-Strand direkt vor mei'm Hof!«, hörte man den Lenz bereits rufen.

Die Stimme hallte quer über den Hof, als die Kommissare aus Kranzfelders Auto ausstiegen.

»Des verschreckt ja mei Rindviecher, wenn die des sehen! Des gibt a zähes Fleisch!«, rief der Bauer.

Direkt vor ihm stand Herr König. Der Bauer sah aus, als würde er ihm jeden Moment an den Kragen gehen.

Kranzfelder erhöhte sein Schritttempo. Er wollte verhindern, dass die Situation zwischen den Männern eskalierte. Die Stern bemühte sich, mit den langen Schritten ihres Kollegen mitzuhalten.

»Grüß Gott, die Herren!«, machte der Hauptkommissar auf sich aufmerksam, als er schließlich vor ihnen stand.

»Was ist hier los?«, fragte seine Kollegin. Sie stellte sich mutig zwischen die beiden Streithähne und machte sich lang. Kranzfelder war wieder mal überrascht, was für eine taffe Person doch in diesem zierlichen Körper steckte.

»Der da denkt, dass er se alles erlaub'n kann!«, stieß Bauer Lenz aus. »Der moint, jetzt, wo der Winkler nima lebt, kann er mi mit dem depperten Video erpressen!« Er spuckte bei jedem Wort. »I woiß doch, wie des dann lauf'n wird. Die aus dem g'spinnerten Zentrum strecken mir dann den ganzen Tag ihre nackertn Ärsche bei irgendwelch'n Turnübungen ins G'sicht!«

»Yoga, Herr Lenz. Ich denke, Sie meinen Yoga«, fuhr ihn die Stern an. »Das ist im Übrigen ein anerkannter Sport, und nackig ist man dabei auch nicht!«

»Machst du das etwa auch?«, fragte Kranzfelder seine Kollegin leise.

»Würde Ihnen auch nicht schaden!«, zischte sie zurück.

»Die Aufnahmen von deinen kranken Partys müssen sich doch lohnen, oder etwa nicht?«, warf der König dazwischen.

»Herr König, die Arbeit mit der Erpressung können Sie sich locker sparen. Das Video liegt bereits beim Veterinäramt«, antwortete Kranzfelder. »Lange wird es das hier eh nicht mehr geben.«

»Na, dann ist doch alles bestens! Dann mach doch einfach mit beim Yoga, wenn du eh keine Arbeit mehr hast, Lenz«, lachte der König.

Der Lenz drohte hingegen jeden Moment zu explodieren. Er bäumte sich über die Polizeikommissarin hinweg auf und drohte dem König mit geballter Faust. »Pass bloß auf, du Schmierlappen! Du fangst dir glei a boar, dass's scheppert!«, rief er.

Die Stern kostete es große Mühe, die beiden Männer voneinander fernzuhalten.

»Hier fängt sich niemand eine, haben wir uns verstanden!«, sagte Kranzfelder laut. Er fand, dass es nun höchste Zeit sei, seiner Kollegin zu Hilfe zu kommen.

»Herr König, verlassen Sie jetzt bitte den Hof!«, verlangte die Stern.

Der Mann mit dem knielangen Mantel verabschiedete sich übertrieben freundlich. Dann ging er mit provokant erhobenem Oberkörper zu seinem Wagen zurück.

»Anständig fahren, Herr König! Nicht dass die Kollegen Sie wieder anhalten müssen«, rief ihm Kranzfelder hinterher. Er konnte sich diese Spitze partout nicht verkneifen.

Der Münchner öffnete die Tür hinter der des Fahrers und setzte sich dann auf die Rückbank.

So konnte es laufen, dachte sich Kranzfelder zufrieden.

Der Bauer Lenz atmete unterdessen ein wiederholtes Mal tief ein und aus. Er hatte dem Bauunternehmer zum Abschied lautstark auf den Boden gerotzt.

Kranzfelder beobachtete das Auto mit Münchner Kennzeichen dabei, wie es vom Hof brauste. Sein Blick fiel auf die nahe gelegene Garage. Das Tor stand ein gutes Stück offen.

»Dürfen wir?«, fragte er den Bauern, der den interessierten Blick der Kommissare bemerkt hatte.

Der Landwirt schien die Frage nicht zu verstehen, stimmte aber zu.

Die Stern ging die wenigen Meter hinter ihrem Kollegen her. Auch ihr war nicht sofort klar gewesen, was Kranzfelder dort gesehen hatte.

Der Kommissar gab dem halb geöffneten Garagentor einen kräftigen Schwung und öffnete es damit komplett. Zum Vorschein kam nun auch der Rest eines Transporters. Auf die Nähe waren seine Augen zwar ein Totalausfall, aber in die Ferne immer noch allererste Sahne!, dachte sich Kranzfelder stolz.

»Der passt auf die Beschreibung von der Frau Schmied«, sagte die Stern.

Kranzfelder stimmte ihr zu. Unter einer beachtlichen Schicht Patina schimmerte zaghaft die weiße Farbe des Transporters hindurch. Am hinteren Teil des Sprinters befand sich ein verbrauchtes Logo, und die Kennzeichen waren tschechisch.

»Das ist spitze!« Die Stern war vollkommen aus dem Häuschen.

Inzwischen war auch der Bauer Lenz neben ihnen aufgetaucht. »Niat meiner«, brummte er.

»Wie heißt der Kobi eigentlich richtig?«, fragte Kranzfelder.

»Na – der Jakub halt, warum is des wichtig? Und warum seids ihr überhaupts da? Den hom doch vorhin erst so a paar Superg'scheite von eich befragt. I sag's eich glei, an den Anschuldigungen von denen is nix dran!«

»Wir würden uns trotzdem gerne mit ihm unterhalten«, sagte Kranzfelder. »Dem gehört auch der Transporter hier, oder?«

Der Lenz nickte zustimmend und zeigte dann mit dem langen Arm auf den Eingang zur Maschinenhalle.

Kranzfelder ging bereits voran in die angezeigte Richtung, während er seine Kollegin sagen hörte: »Und wir beide unterhalten uns noch kurz. Ich habe noch ein paar Fragen an Sie.«

Aus dem Augenwinkel sah er, wie ihre Hände den massigen Oberarm des Bauern berührten und ihn bestimmt ein Stück in Richtung der Viehställe schoben.

Vor dem Tor der Maschinenhalle blieb Kranzfelder stehen. Er holte sein Handy heraus und hielt es sich dicht vor den Mund. »Hallo, Maria. Bei mir wird's heute später. Ich bin noch beim Stoffel-Hof draußen. Ihr braucht mit der Brotzeit nicht auf mich zu warten«, sprach Kranzfelder und drückte danach auf »Senden«.

Ihm war bewusst, dass der Feierabend heute auf sich warten lassen würde. Sprachnachrichten waren seiner Meinung nach ein absoluter Segen für die Menschheit. Vor allem für diejenigen, für die das Telefonieren ein notwendiges Übel war. Er verstaute sein Handy wieder in der Jackentasche und schob dann das schwere Tor auf. Nur so viel, damit er hindurchpasste.

Er liebte den dichten Geruch nach Benzin, der ihm entgegenschlug, und bewegte sich leise zwischen den Maschinen hindurch. Im hinteren Teil der Halle entdeckten seine Augen schließlich ein paar Beine, die unter einem Traktor hervorlugten.

Kranzfelder ging in die Hocke. »Jakub Novák?«

Es ertönte ein dumpfer Schlag. Die Person unter dem Traktor war aufgeschreckt und hatte sich dabei den Kopf gestoßen. Während der junge Mann stöhnend unter dem Traktor hervorkroch, richtete sich Kranzfelder wieder auf und streckte dabei einmal den Rücken durch.

»Was wollen Sie?«, fragte Jakub Novák. In seiner linken Hand drehte er seelenruhig den schweren Schraubenschlüssel um die eigene Achse.

»Ich habe ein paar Fragen an Sie«, eröffnete Kranzfelder das Katz-und-Maus-Spiel.

14

Dou mecht ma möina: Des is schod!

Kranzfelders Handy vibrierte. Er verdrehte die Augen, kramte es dann aber aus seiner rechten Hosentasche. Ihn interessierte, wer hier so ein miserables Timing an den Tag legte! Es war die Stern. Die Finger des Hauptkommissars haderten bereits mit dem schmalen Knopf an der rechten oberen Seite des Handys. Kreiz Birnbam!, fluchte er innerlich und nahm den Anruf entgegen. »Klara?«

»Chef, wo sind Sie?«

»Immer noch in der Maschinenhalle. Ich brauch dich jetzt hier!«

»Bin gleich da.«

Kranzfelder wollte das Gespräch bereits beenden, um keine Zeit zu verlieren.

»Halt! Ich hab noch was, Chef!«

»Na dann, auf geht's!« Er wurde allmählich ungeduldig.

»Der Novák hat in Tschechien mal eine Metzgerlehre gemacht. Er durfte den Beruf allerdings nie ausüben, und der Lenz wusste sogar, warum! Der Novák ist nämlich schon mehrmals wegen schwerer Tierquälerei auffällig geworden!« Die Stern legte eine bedeutungsschwere Pause ein.

»Und das weißt du alles vom Lenz?«, fragte Kranzfelder ungläubig.

»Wir hatten ein wirklich angenehmes Gespräch zusammen«, sagte die Stern.

Wie zur Hölle hatte seine Kollegin es geschafft, in so kurzer Zeit so viel aus dem Bauern rauszubekommen?

»Und ich habe noch eine Info!«, wollte die Stern noch einen draufpacken. »Der Novák war es auch, der dem Lenz die Kontakte für seine ekelhaften Partys organisiert hat!«

Kranzfelder zögerte, bevor er auflegte. »Gute Arbeit, Klara. Wirklich – gute Arbeit! Und jetzt schau, dass reinkommst!« Er beendete das Gespräch.

»So, jetzt zu Ihnen«, sagte Kranzfelder. Sein Handy ließ er in die Brusttasche seines Hemdes unter der geöffneten Jacke wandern.

Er hatte die Erinnerung an Alexander und Jakub und ihr Auftauchen während des Neujahrsbrunchs hartnäckig aus seinem Kopf verbannt.

Da bemerkte er auch schon seine Kollegin. Sie war geräuschlos in der schmalen Öffnung des Schiebetors aufgetaucht.

»Zuzanna Svobodová ist Ihre Schwester?«, fragte Kranzfelder.

Erst einmal warm werden.

»Halbschwester«, antwortete Novák prompt. Dann fügte er hinzu: »Zuzanna und ich haben dieselbe Mutter, aber unterschiedliche Väter.« Auch in seiner Stimme war ein tschechischer Akzent allgegenwärtig.

Kranzfelder antwortete nicht sofort darauf.

Stattdessen schaute er erst einmal zur Stern hinüber. Sie stand inzwischen hinter ihm und hielt ihr Smartphone offen in der Hand. Auf dem Display lief die Aufnahmefunktion.

»Was ist mit meiner Schwester?«

»Sie haben eine abgeschlossene Metzgerlehre?«, wechselte Kranzfelder das Thema. »Dürfen aber trotzdem nicht als Metzger arbeiten – Tierquälerei! Stimmt's?«, fragte der Kommissar nun ein wenig lauter.

Er bekam darauf keine Antwort.

»Gelernt ist gelernt, oder?« Allmählich verband er die Puzzleteile miteinander und erhöhte somit den Druck auf den Verdächtigen.

Die Stern beobachtete ihn gebannt. Sie wusste, worauf er hinauswollte.

Der Novák sagte weiterhin kein Wort.

Kranzfelder ließ sich davon nicht aus der Ruhe bringen

und redete unbeirrt weiter. »Ich denk mir halt, so einen gekonnten Umgang mit dem Fleischermesser …« Er beendete den Satz nicht. Stattdessen suchte er den Augenkontakt zur Stern. »Oder was meinst du, Frau Kollegin?«

Seine Kollegin setzte zu einer Antwort an. Sie wurde allerdings von einer weiteren Person, die ebenfalls durch das große Tor in die Maschinenhalle schlüpfte, davon abgehalten.

»Was ist hier los?«, fragte Zuzanna Svobodová und stellte sich vorsichtig neben ihren Bruder. »Jakub? Was wollen die Polizisten von dir? Was hast du wieder angestellt?«

»Also, so geht das eigentlich nicht, Frau Svobodová«, unterbrach sie die Stern vernehmlich. »Wir befinden uns hier in einer Befragung. Da können Sie sich nicht einfach danebenstellen. Warten Sie bitte draußen vor der Halle, bis wir hier fertig sind.«

Die Polizeikommissarin machte bereits eine auffordernde Geste, als Kranzfelder dazwischenging.

»Schon okay, Klara. Sie kann bleiben.«

Die Stern schaute ihn bei diesen Worten entgeistert an, hielt sich aber mit einer Reaktion zurück.

Kranzfelder wandte sich wieder an Novák. »Wo waren Sie an Heiligabend in der Zeit ab zwölf Uhr?«

Der hagere Mann hatte sich inzwischen auf die oberste Trittfläche des Traktors gesetzt. Seine neutrale Körperhaltung vermittelte den Eindruck, als würde ihn das alles hier nichts angehen.

»Des kann i beantworten!«, sagte plötzlich eine kräftige Stimme aus dem Hintergrund.

Bauer Lenz war nun ebenfalls in die Maschinenhalle gekommen und bewegte sich auf die Runde zu.

Die Stern schnappte hörbar nach Luft und suchte nach den passenden Worten. Dazu schüttelte sie immer wieder ungläubig den Kopf. Kranzfelder gab ihr mit einem ernsten Blick zu verstehen, dass sie ruhig bleiben sollte. Dann forderte er den Bauern auf, nun endlich mit der Sprache herauszurücken.

»Wir wor'n zamm am Mittag bei da Specht, i hob ihm a alt's

G'wand von mir gegeben. Der Kobi wollt unbedingt mitgeh'n, hat mi in der letzten Zeit a öfters zum Vereinsstammtisch begleitet«, erzählte der Lenz tonlos.

Novák nickte zustimmend.

»Wenn wir schon dabei sind, beantworte mir noch eine Frage, Lenz. Wie kannst du mir bestätigen, dass der Jakub die ganze Zeit dort war?«, wollte Kranzfelder wissen.

Der Bauer überlegte einige Atemzüge lang, was er darauf antworten sollte. »Na ja, also so genau – du woißt doch, wos da jed's Jahr los is. Aber am Anfang wor er mit da, das kann i eich zumindest bestätigen«, sprach er. »Bin ja niat sei Babysitter, der Kobi is alt g'nug!«

»Wir wissen, dass du nur Augen für den Alkohol hattest, Lenz. Du bist dort sogar eingeschlafen!«, sagte Kranzfelder scharf. Zeitgleich schaute er zu Novák und fixierte ihn mit seinem Blick.

Die Zuzanna senkte dazu betreten den Blick.

»Also, ich denke, das reicht uns fürs Erste. Herr Novák, sagen wir, wie es ist. Sie haben kein Alibi!«, sagte die Stern.

»Was hast du nur getan?«, fragte die Zuzanna. Ihre Stimme klang schrill, während sie ihren Halbbruder grob am rechten Oberarm herumriss.

Dem Kriminalhauptkommissar fielen das grobgliedrige Armkettchen und der Siegelring ins Auge. Der Schmuck wies eine verdächtige Ähnlichkeit mit den Würgemalen am Hals des Toten auf.

Jakub Novák stand auf, entzog sich ihrem Griff und ging ein paar Schritte zur Seite. »Ich habe es doch nur für dich getan«, flüsterte er unerwartet. Er suchte dazu erstmals den Augenkontakt zu seiner Schwester und hielt daran fest.

Der Svobodová hingegen liefen die ersten Tränen die Wangen herab. Dazu versuchte die junge Frau, mit einem vehementen Kopfschütteln das Kommende abzuwenden. Die Umstehenden sagten kein Wort. Alle hielten für diesen Moment die Luft an.

»Langsam, ganz langsam. Er sollte einfach nur leiden«, sagte der Knecht.

»Sie haben Karl Winkler ermordet? Ist das richtig, Herr Novák?«, fragte die Stern behutsam. Sie versicherte sich nebenbei, ob ihr Handy weiterhin alles aufzeichnete, was hier gesprochen wurde.

»Ich habe ihn geschlachtet – wie ein Schwein!« Jakub Novák spuckte jedes einzelne Wort in den Boden, während er abwechselnd sein Gewicht von dem einen auf das andere Bein verlagerte.

»Sei doch still!«, unterbrach ihn der Bauer Lenz eilig. Der Knecht war für den Bauern der Sohn, den er nie vorher gehabt hatte.

Zuzanna Svobodová sank in die Hocke.

»Nein, erzählen Sie ruhig weiter!«, verlangte Kranzfelder.

»Ich hab es genau geplant. Hab mir das Kostüm angezogen und bin mit dem Lenz dorthin gegangen. Hat nicht lang gedauert, und ich hab ihn vor dem Rathaus stehen sehen, hat grad mit irgendeinem jungen Mädchen gelabert«, erzählte Novák. »Ich bin zu ihm hin. War ziemlich einfach, ihn von dort wegzulocken. Mein Transporter stand verborgen hinter dem Rathaus, da hab ich ihn reingepackt. Der hat echt nicht kapiert, was grad eigentlich passierte! Ich hab ihn mit meinen Händen so lange gewürgt, bis mir seine Schweineaugen entgegenkamen!« Er machte ihnen vor, wie.

»Das passt zu den punktförmigen Einblutungen im Auge und den Druckstellen am Hals des Opfers«, sagte die Stern zu Kranzfelder.

»Er hat sich gewehrt?«, fragte Kranzfelder.

»Und wie, hat gekratzt wie ein Mädchen.« Novák lachte. »Außerdem hatte er voll einen sitzen; was das angeht, war es ein Kinderspiel! Konnte sich kaum auf den Beinen halten.«

»Was ist dann passiert?«, fragte die Kommissarin.

»Hab ihn in meinen Transporter gepackt und erst mal gefesselt. Das war allerdings gar nicht so einfach, der bewusstlose

Bürgermeister war schwer wie ein nasser Sack. Und dann bin ich zurück zum Hof gefahren«, sagte Novák. Dabei schaute er zu dem Bauern, aber der Lenz stand weiterhin ruhig da.

»Mich würde es an dieser Stelle noch interessieren, wie Sie es geschafft haben, den Herrn Winkler zu Ihrem Fahrzeug hinzulocken?«, fragte die Stern.

Der Tscheche betrachtete die Ermittlerin eingehend, während diese versuchte, seinen bohrenden Blicken standzuhalten. Eine spannungsgeladene Stille entstand, und Novák begann, diese Bühne zu genießen. Mit dem Scharren seiner Turnschuhe auf dem glatten Boden machte er sich bereit für den großen Auftritt. Provokant und ohne Vorwarnung tänzelte seine drahtige Figur auf die Kommissarin zu, ein unheimliches Grinsen breitete sich auf seinem Gesicht aus. Als er dicht bei ihr war, berührten sich leicht ihre Körper. Dabei tat er so, als ob er mit den Händen eine Sichel schleifen würde. Abwechselnd. Rechts, links, rechts, links.

Instinktiv trat die Kommissarin mehrere Schritte zurück, bis ihr eine große Landmaschine den Ausweg versperrte.

Es hatte ihr die Sprache verschlagen. Novák stieß ein abfälliges Schnaufen aus. Er hatte sie dort, wo er sie haben wollte, und hatte somit ihre Frage mit dieser Vorführung beantwortet. Noch bevor sich die Stern wehren konnte, ging er zurück auf seinen Platz.

»Was transportieren Sie normalerweise in dem Sprinter?«, wollte Kranzfelder jetzt wissen.

»Fragen Sie doch Ihre zwei feinen Kollegen – Batman und Robin«, sagte Novák spöttisch.

»Hunde, Katzen – einen Haufen Rassetiere?«, fragte er.

Über diesen Teil der Aufnahme würde sich der Geier freuen, überlegte Kranzfelder kurz.

»Hatten Sie eigentlich keine Angst, jemand könnte Sie dabei beobachtet haben, wie Sie den Winkler gewürgt und in den Transporter geladen haben?«, fragte die Stern. Sie klang reserviert, die Einlage gerade hatte ihr ehrlich zugesetzt.

»Nein. Ein paar Jugendliche sind zwar an der Hofeinfahrt vorbeigegangen, aber die waren mit sich selber beschäftigt. Waren voll besoffen, und ich steckte ja in dem Kostüm«, antwortete Novák.

»Was haben Sie dann gemacht, ich meine, als Sie zum Hof zurück sind?«, fragte Kranzfelder.

»Hab ihn in einen Schubkarren und zum alten Schlachtraum gebracht.«

»Er war noch bewusstlos?«, wollte der Hauptkommissar wissen.

»Ein bisschen. Er ist erst wieder zu sich gekommen, als ich ihn aus der Schubkarre auf den Boden geleert hab!«, sagte Novák. »Hat angefangen zu winseln wie eine Katze, der man das Fell über die Ohren zieht.«

Kranzfelder musste augenblicklich an das Peterle von der Messnerin denken. Ob Novák auch für sein Verschwinden verantwortlich war? Woher wusste er überhaupt, wie sich eine Katze anhörte, der man gerade das Fell über die Ohren zog?

Er beschloss, dass er die Antwort darauf auf gar keinen Fall hören wollte.

»Weiter!«, verlangte er stattdessen.

»Ich hab ihn mit den Fesseln an einen der Fleischhaken gehängt!«

Keiner der Anwesenden sagte etwas oder gab irgendein Geräusch von sich. Kranzfelder versuchte derweil, die Szenen, die sich in seinem Kopf auftaten, zu unterbinden. Die Zunge klebte ihm dabei unangenehm am Gaumen.

Jakub Novák genoss die Wirkung seiner Worte. »Ich war die Specht, und er war unartig. Unartigen Kindern schneidet man den Bauch auf, hast du selber gesagt.« Novák blickte dem Lenz fest ins Gesicht.

Der Bauer riss erschrocken die Augen auf. Er wusste nicht, was er darauf antworten sollte.

»Er hat auch geschrien, aber nur kurz. Niemand war da, um ihm zu helfen.« Der Knecht schrie die letzten Worte, bevor seine Stimme wieder gefasster klang. »Genau wie bei meiner Schwester! Ich hab ihn ein paar Minuten ausbluten lassen, dann hab ich ihm das Stroh in den Bauch gestopft. Genau wie er es erzählt hat!« Er zeigte wiederholt auf den Landwirt. Die Blicke hefteten sich auf den Lenz.

»Aber des wor doch nur so daherg'sagt! Wir ham halt a paar Bier zu viel g'habt! I wusste doch niat, wos der machen wollt«, versuchte er sich zu erklären.

»Ich weiß nicht, ob der Winkler sofort tot war, er ist gleich wieder ohnmächtig geworden. Es war mir auch egal. Ich hab ihn einfach wieder abgehängt und zurück in meinen Transporter geladen«, redete Novák weiter.

»Dann haben Sie ihn zur Kirche gefahren?«, fragte die Stern.

»Nein. Erst hab ich alles sauber gemacht, war ja noch Zeit. Ich wollte nicht zu früh an der Kirche sein«, erklärte er daraufhin.

»Ich bin überzeugt, dass wir trotzdem noch Blutspuren vom Winkler finden werden«, wandte sich Kranzfelder an seine Kollegin. »Red weiter«, verlangte er von Novák.

»Es hat ewig gedauert, bis endlich alle in der Kirche waren, und dann musste ich auch noch warten, bis die Alte in dem Pfarrhaus verschwunden war. Dann hab ich den Winkler aus meinem Auto geholt, hier musste ich mich beeilen. Hab versucht, ihn die Stufen hochzutragen, aber der war echt schwer. Er ist mir sogar einmal runtergefallen, mitten auf die Treppen. Hab mir den Fuß verstaucht wegen dem Scheiß!«

Kranzfelder fiel sofort der nachträglich zugefügte Oberarmbruch des Toten wieder ein. Der Freund hatte sie bei der Obduktion darauf aufmerksam gemacht.

»Das letzte Stück hab ich ihn einfach am Strick hochgezogen.« Novák klang, als ob er sich für besonders intelligent hielte. »Den hab ich ihm ja vorher im Auto schon um den Hals gebunden!« Er zündete sich eine Zigarette an. Nachdem er den Rauch tief inhaliert hatte, redete er weiter. »Dann ist die Alte wiederaufgetaucht! Hab ihre Stimme schon von Weitem gehört, sie hat nach jemandem gesucht. Ich hab das Seil schnell am Baumstamm festgemacht und bin zurück ins Auto und weg!« Tatsächlich war es bei dem schlecht beleuchteten Vorplatz der Kirche ein Leichtes, nicht sofort gesehen zu werden.

»Darf ich mal sehen?«, fragte Kranzfelder.

Er hielt die Hand nach der Zigarettenschachtel auf. Es war die gleiche Marke wie die, die man am Fundort der Leiche gefunden hatte.

»Wie haben Sie den toten Mann überhaupt alleine den Baum hochbekommen?«, wollte er noch wissen.

»Ich hab das längere Ende einfach über den Ast geworfen. Hab das Schwein wie an einem Fahnenmast raufgezogen, Herr Kommissar!« Jakub Novák lachte höhnisch und winkelte dabei demonstrativ den linken Arm an, um mit seinen Oberarmmuskeln zu spielen.

»Und die Fesseln hast du vorher entfernt?«

»Klar. Sollte ja so aussehen, als ob ihn sich die Specht geholt hätte«, sagte Novák. »Er war unartig, verstehen Sie?« Der Knecht tippte sich mit dem Zeigefinger schlau an seinen Kopf und versuchte damit, auf die Genialität seines Planes aufmerksam zu machen.

»Tatwaffe?«, fragte Kranzfelder.

»Ausbeiner. Hab ich in einer Schublade im Zerlegeraum gefunden. War zwar nicht mehr besonders scharf, aber für den Dreckskerl hat's gereicht.«

Kranzfelder wurde übel.

»Jakub Novák, ich nehme Sie hiermit fest. Sie stehen unter dringendem Tatverdacht, Karl Winkler entführt und umgebracht zu haben!«, sagte er monoton.

Die Stern hielt ihm bereits die Handschellen entgegen, dann beendete sie die Aufnahme auf ihrem Handy.

»Ich kontaktiere die Schutzpolizei«, brummte Kranzfelder und kettete Novák mit den Handschellen an den Traktor. »Ruf du gleich mal in der Kriminaltechnik an, die sollen uns jemanden für den Tatort schicken«, trug er der Stern auf.

Danach drehte er sich zum Bauern Lenz.

»Du gehst mit und zeigst meiner Kollegin, wo sich dieser Raum befindet! Und das Kostüm, das der Junge an dem Tag getragen hat, hätten wir auch gerne.« Der Bauer reagierte sofort. Er war erleichtert darüber, der Situation zu entkommen.

Die Stern und der Landwirt verließen gemeinsam die Maschinenhalle, und Kranzfelder wandte sich ein letztes Mal an Jakub Novák.

»Wie konnten Sie glauben, mit diesem irren Konstrukt durchzukommen?«

»Wer sagt, dass ich damit durchkommen wollte? Der Mann, der meine Schwester geschändet hat, ist tot, und ich habe es geschafft, allen hier zu zeigen, was für ein ekelhafter Mensch er in Wirklichkeit gewesen ist. Nur das war mein Ziel, und ich bereue nichts. Jemand wie der Winkler hat es nicht verdient, weiterzuleben.« Der Schuldige stieß ohne Vorwarnung ein gellendes Lachen aus, bevor er seinen Oberkörper in eine betont elegante Verbeugung gleiten ließ. Dort verharrte er. Nachdem er sich wieder aufgerichtet hatte, tat er entsetzt und fragte dann belustigt: »Bekomme ich keinen Applaus von Ihnen, Papa von sexy Alexander?«

Dann zog Novák seine Aufmerksamkeit demonstrativ von dem Kommissar ab und wandte sich mit einem vertrauten Blick an seine Schwester.

Er fühlt sich über allem erhaben, dachte Kranzfelder schockiert. Zugegeben, es kostete ihn Kraft, seine Emotionen nach den vorhergehenden Worten im Griff zu behalten und weiter professionell zu agieren.

»Zuzanna, jetzt wird wieder alles gut«, sagte Novák zu der jungen Frau. Die kauerte mittlerweile aufgelöst auf dem kalten Boden.

»Auch wenn so Scheiß-Bullen wie Sie es sich nicht vorstellen können, für mich gibt es nichts in meinem Leben. Das Einzige, was zählt, ist meine Schwester, schon immer, und für sie würde ich es jederzeit wieder tun. Das perverse Schwein ist selbst schuld. Er hat es nicht anders verdient und kann froh sein, dass ich ihn nicht seinen Schwanz habe aufessen lassen!«

»Ruhe, Novák!«, donnerte Kranzfelder.

»Saubere Arbeit, Kollegen, wirklich ganz große Klasse!« Kammermayer stellte eine Flasche Sekt schwungvoll auf dem Tisch in der Sitzgruppe ab. »Das nenne ich Polizeiarbeit in ganz großem Stil! Zwei Fälle auf einen Streich!« Er hatte sie alle umgehend ins Büro zitiert, um auf den Erfolg anzustoßen.

Die Sitzgruppe stand inzwischen wieder an ihrem Platz. Auch die zusätzlichen Tafeln und Materialien vom Himmelreiter und seinem Kollegen waren, ganz zu Kranzfelders Wohlwollen, wieder verschwunden. Nur die fränkischen Kollegen waren noch nicht abgereist.

Die Stern kam mit fünf Sektgläsern ins Büro. Kammermayer nahm ihr eines nach dem anderen ab und schenkte großzügig ein.

»Dann habt ihr den Jakub Novák tatsächlich auch in eurem Fall als einen der Mittäter überführen können?«, fragte sie neugierig.

Ihre Augen hefteten sich dabei leuchtend auf den Kollegen Mayer.

Nachdem die Stern und Kranzfelder den Jakub Novák am vergangenen Nachmittag des Mordes überführen konnten, war er von Himmelreiter und Mayer abschließend noch einmal in dem Vernehmungsraum der Inspektion in die Mangel genommen worden. Die Schwester hatte die Alibis ihrem Bruder gegenüber nicht bestätigen können.

Somit waren auch die beiden fränkischen Kollegen in ihrem Fall ein gutes Stück weitergekommen, und das Verschwinden von Haustieren würde in nächster Zeit hoffentlich als erledigt gelten. Novák war bereits bei einer früheren Routinekontrolle an der deutsch-tschechischen Grenze abgehauen und anschließend untergetaucht. Die Grenzpolizisten waren gerade dabei gewesen, bei seinem Komplizen die Personalien zu überprüfen, als er die Chance ergriffen hatte.

Auf die Frage, was mit den Tieren passiert sei, gab Novák mehrere Antworten. Zum einen habe er alles das von der Straße und vor den Haustüren weggeklaut, was seine Auftraggeber von ihm hatten haben wollen. Von wegen – Angebot und Nachfrage. Die Tiere wurden entweder an irgendwelche Züchter weiterverkauft oder es wurde ihnen ganz einfach das Fell über die Ohren gezogen.

Während Mayer Bericht erstattete, befüllte Kammermayer weiter ausgelassen die Gläser. Es ging dabei zwar einiges daneben, aber das war heute egal.

Die Kommissare wussten jetzt auch, warum der Lenz auf die Erpressungsversuche vom Winkler gar nicht erst eingegangen war. Der Bauer wusste nämlich, was der Winkler der Frau Svobodová angetan hatte. Der Novák hatte es ihm eines Abends erzählt, nach ein paar Umdrehungen zu viel.

Mit dieser Information konnte der Bauer wiederum den Winkler von seinem Hof fernhalten, ganz ohne Gewalt. Nur von dem Mord wollte der Lenz nichts gewusst haben.

Und die Zuzanna wollte dagegen ihren Halbbruder schützen. Das war sie gewohnt, denn seit seiner Jugend geriet er andauernd mit dem Gesetz in Konflikt. Deswegen hatte sie geschwiegen, was ihn anging.

»So, und jetzt zu euch beiden«, unterbrach Kranzfelder.

Der Kriminalrat streckte ihm eines der Gläser entgegen. Kranzfelder nahm es ihm zügig aus der Hand.

Dabei schaute er abwechselnd erst die Stern, dann den Mayer an. Es dauerte keine Sekunde, und die Gesichtsfarbe der jungen Kommissarin wechselte in ein verräterisches Rot. Kranzfelder brauchte nicht weiterzusprechen. Er begann zu grinsen, und über seinem Bart erschienen zwei Grübchen. Mayer stieg mit ein, und jetzt konnte auch seine Kollegin ein erleichtertes Lächeln nicht mehr zurückhalten.

»Hätt ich nicht gedacht, dass du auf so Nachwuchsprofiler stehst«, sagte Kranzfelder.

Die Stern haute ihm für diese scherzhafte Bemerkung unsanft auf den Oberarm.

»Aber dass du mir deine anstehenden Prüfungen nicht versaust, nur weil du in Gedanken bei dem da bist«, setzte Kranzfelder noch obendrauf. Bereits nächsten Monat würde die Stern ihren Qualifikationslehrgang mit einem umfangreichen Test abschließen. Danach durfte sie sich dann auch ganz hochoffiziell Kriminalkommissarin schimpfen.

»Da muss ich Kranzfelder recht geben!«, schaltete sich Himmelreiter direkt mit ein, denn auch der Mayer nahm an diesem Lehrgang teil und stand, wie die Kollegin Stern, kurz vor seinem Abschluss.

Dort hatten sich die beiden auch kennengelernt.

»Das lassen Sie mal unsere Sorge sein, Chef. Sie machen jetzt erst mal Urlaub!«, konterte sie spitzig.

»Ach? Wo geht es denn hin?«, wollte der Himmelreiter wissen.

»Geht dich einen Scheißdreck an«, grummelte Kranzfelder.

»Ischgl!«, sagte die Stern.

Verräterin, dachte sich Kranzfelder unmittelbar.

Zeitgleich dämmerte es ihm. Ischgl! Das hatte er bis gerade erfolgreich verdrängt!

»Na, dann brich dir bloß nicht die Beine auf den Brettern, Kranzfelder!«, bemerkte Himmelreiter.

»Mich würde es jetzt aber doch brennend interessieren, warum Sie beide sich nicht leiden können«, fragte die Stern. Sie schaute dabei den Kranzfelder und den Himmelreiter neugierig an.

»Wir necken uns doch bloß ein bisschen«, sagte der Bayreuther Kollege prompt.

»Necken?«, platzte es aus Kranzfelder heraus. »Du hast damals die komplette Geschichte im ganzen Studiengang herumerzählt!«

»Welche Geschichte?«, mischte sich Kammermayer mit ein.

Kranzfelder winkte ab.

»Unser Kriminalhauptkommissar hier hat eine schwache Blase«, antwortete Himmelreiter und brach damit in schallendes Gelächter aus.

»Du hast dich vor allen lustig über mich gemacht!«, zischte Kranzfelder. Er räusperte sich kräftig und strich sich harsch über seinen Bart. »Ich hab ihm mal von einer Geschichte erzählt, die schon lange her ist. Wir waren gemütlich auf ein paar Bier, und ich hab gedacht, wir sind echt gut miteinander. Das ganze Thema mit der Specht, hab einfach immer noch Schiss vor der. Die verfolgt mich schon seit meiner Kindheit. Ich werde einfach nie mehr dieses Kratzen auf meinem Rücken vergessen«, erzählte er dann.

»Aber Angst ist doch nichts, wofür man sich schämen muss, Chef?«, sagte die Stern bestimmt.

»Bettnässen aber schon!«, witzelte der Himmelreiter.

Die Umstehenden schauten verstört.

»Hab seit meiner Kindheit immer wieder Alpträume – und früher ging dann halt auch mal was daneben.« Kranzfelder flüsterte die letzten Worte. »Aber inzwischen hab ich es natürlich im Griff«, fügte er schnell in die Runde gewandt hinzu. »Und dem da fällt nichts Besseres ein, als es jedem zu erzählen!«

»Schämen Sie sich!«, schrie die Stern plötzlich. Ihre Augen funkelten den Himmelreiter zornig an.

»Ein paar Kollegen haben mich sogar einmal erschreckt, nachdem wir abends zusammen in einer Wirtschaft was trinken waren. Ich war allein auf dem Weg zurück ins Studentenwohnheim und sternhagelvoll. Steckten alle in so einem Spechten-Gewand und sind aus dem Gebüsch gesprungen. Einer nach dem anderen. Ja, und dann ist es halt passiert, aber gut, ist schon lange her, lassen wir das!«

»Was ist dann passiert?«, fragte die Stern.

Kranzfelder zeigte auf seinen Schritt. Seine Gesichtsfarbe ging nun ein Doppel mit dem Rot der Stern ein.

»Jetzt stell dich halt nicht so an! Das war doch gar nicht so schlimm«, sagte Himmelreiter.

»Und warum nennen Sie den Himmelreiter ›den Geier‹, Chef?«, fragte die Stern munter weiter. Sie vermied es, an diesem Punkt auf seine Andeutung einzugehen.

»Hast du ihn dir schon mal genauer angeschaut?«, fragte Kranzfelder perplex.

»Der hat mir den Namen damals nur als Retourkutsche verpasst«, sagte Himmelreiter. »Aber ich muss schon zugeben, das hattest du gut eingefädelt, Kranzfelder! ›Bettnässer‹ hat sich leider nicht durchgesetzt, aber ›Geier‹ werde ich heute immer noch genannt.« Er klang zerknirscht.

»So, Schluss jetzt mit den alten Geschichten!«, rief Kammermayer. Er hielt sein Glas auffordernd in die Runde. »Zum Wohl!«

Die Gläser klirrten.

Kranzfelders Nase wurde von dem süßlichen Geruch der aufsteigenden Kohlensäure übermannt. Er bevorzugte da schon eher das herbe Aroma eines frisch gezapften Bieres.

»Wo wir gerade dabei sind«, wandte sich Kranzfelder an die Stern. »Ein allerletztes Mal jetzt – ich bin der Johann!« Er streckte ihr die Hand entgegen.

Für einen Moment haderte die Polizeikommissarin mit sich, aber dann schmunzelte sie. »Ist gut, Chef«, erwiderte sie und schlug ein.

Kranzfelder stutzte. Dass die Stern so sang- und klanglos aufgab, damit hätte er jetzt nicht gerechnet.

»Dann ist das auch geklärt«, sagte er.

Kranzfelder leerte sein Sektglas in einem schnellen Zug, verzog angewidert das Gesicht und ging zur Garderobe.

Er konnte es kaum erwarten, dass die Temperaturen draußen wieder in die Plusgrade gingen. Dann brauchte man nicht mehr diese vielen Klamotten. Er nahm sich seine Jacke vom Haken.

Aber jetzt ging es für ihn erst mal nach Ischgl. Die Maria

hatte sicher schon die Koffer so weit vorbereitet. Er verabschiedete sich und ließ die anderen in seinem Büro zurück.

Auf dem Weg das Treppenhaus hinunter überlegte er, wie er dem Alexander die Geschichte mit dem Jakub am schonendsten beibringen würde. Der Maria hatte er bereits gestern Abend vor dem Zubettgehen davon erzählt. Vielleicht war es aber auch besser, wenn er damit einfach bis Ischgl warten würde.

Sein Wagen parkte vor der Kriminalinspektion. Als Kranzfelder ins Freie trat, stachen ihm die Unmengen an nassem Schnee ins Auge, unter denen sein Auto begraben war. Seit dem Morgen gab es nämlich einen richtigen Wintereinbruch. Mittlerweile war aus den dicken Flocken aber eine schlammige Pampe geworden.

Er hörte in Gedanken bereits die Stern, wie sie wieder über das ständig schlechte Wetter hier oben meckerte. Es war für ihn ebenfalls schwer vorstellbar, aber auch in der Oberpfalz gab es Tage, an denen mal die Sonne schien!

Kranzfelder war gerade dabei, den Motor zu starten, da vibrierte sein Handy.

»Bärchen, du musst mi abholen! I steh beim Parkplatz vor da Kirch«, sagte Maria aufgeregt durchs Telefon.

Kranzfelder kam gar nicht erst dazu, die Fragen zu äußern, warum sie nicht einfach selber wieder nach Hause fuhr.

»I war no bei der Bäckerei Emmer, und da hab i d' Schmiede g'sehen. Du glaubst es niat, das Peterle ist wiederaufgetaucht. I hab ihr schnell helfen müssen, das fette Vieh vom Baum runterzubekommen. Und jetzt springt der verdammte Karren nicht mehr an!«

»Kreiz Birnbam!«, fluchte er.

Kranzfelder legte auf und startete den Motor. Vielleicht war Urlaub doch keine so schlechte Idee, dachte er sich, als er mit arbeitenden Scheibenwischern vom Hof fuhr.

SCHOD

Kold pfeift da Wind vum Böimwold üwa.
Sternklar is drass die Wintanacht.
Vum Dorf her leitn leis die Glockn.
Die weißn Flockn falln ganz sacht.

Drin in da woarma Stubm is höimle.
Gern sitzt ma auf da Ofnbank.
Hurcht aaf die Gschichtla vu da Oma.
Vagißt die Welt mit all ihr'n Zank.

Wenn sie erzählt vu alte Zeitn.
Vu Niklas, Drud und wildem Heer.
Dann möint ma grod, as bleibt die Zeit stöih.
Köin Streß, koa Hektik, spirt ma mehr.

Für öin Moment is unsa Zimmer,
wöi's scheint, da Mittelpunkt da Welt.
Vagessn Kröig, Mord, Haß und Folta.
Da Augenblick is der, wou zählt.

Schod, daß des niat für imma sua is.
Daß Leit nu bettln möin ums Brot.
Daß mit dem Friedn niat weit her is.
Dou mecht ma möina: Des is schod!

In Gedenken an den Verfasser, Theo Schaumberger

Hintergrundwissen

Die Specht:
Ein befremdlicher, aber nicht minder spannender Ritus, den
es so nur zur Weihnachtszeit in wenigen Regionen der nördlichen Oberpfalz gibt.

Worum es bei diesem Brauch geht:
Den Kindern wird zu Heiligabend nach der Mittagszeit auf-
getragen, die Reste des Mittagessens zu den nahe gelegenen
Feldern und Obstbaumplantagen zu bringen und dort als
Opfergabe für »die Specht« abzulegen. Damit soll die Sagen-
gestalt gnädig gestimmt werden und den Bauern eine hoffentlich ertragreiche Ernte im nächsten Jahr bescheren. Auf
dem Rückweg der Kinder ist diese Schreckensfigur dann meist
hinter einem Busch oder einer Scheune hervorgesprungen und
hat lauthals geschrien: »Wetz'de, wetz'de – Bach aafschnei'n –
Stroh neifüll'n!«

Das Erscheinungsbild »der Specht« variiert von Region zu
Region, meist ist sie aber in alte Lumpen gehüllt und trägt vor
dem Gesicht eine einfache schwarze Maske mit einem langen,
spitzen Schnabel. In der Hand hält sie eine Sichel und auf
dem Rücken trägt sie eine mit Heu umwickelte Gerte. Den
unartigen Kindern schneidet »die Specht« den Bauch auf und
stopft ihn mit Stroh oder Steinen aus, die Artigen hingegen
bekommen gute Sachen wie Nüsse und Äpfel geschenkt. Den
Kindern kann mit dem Androhen des Auftauchens der Specht
das ganze Jahr über Gehorsam eingetrichtert werden, denn sie
war am meisten gefürchtet.

Inzwischen wird der Brauch so nicht mehr praktiziert.
Während früher jeder Haushalt seine »private Specht« hatte,
meist jemanden aus der Familie, der in diese Rolle geschlüpft
ist, ist es nun ein öffentliches Spektakel, das zur Mittagszeit

auf den Dorfplätzen stattfindet. Mit dem Mittagsläuten geht »die Specht« durch die Reihen und ruft ihren Drohspruch aus. Wenn die Kinder mögen, dürfen sie der Specht ihre Gaben in ein Körbchen legen.

(Aus:»HEIMAT – Landkreis Tirschenreuth« Band 9/1997, »Die Specht, eine Gestalt im Wandel«, Autor: Harald Fähnrich)

Wetz'de, wetz'de, Bach aafschnei'n – Stroh neifüll'n:
Das ist der traditionelle Drohspruch der Specht. Übersetzt bedeutet er so viel wie: Messer wetzen (schärfen), Bäuche aufschneiden und Stroh einfüllen. Das Füllmaterial variiert von Region zu Region. In manchen Teilen sind es nämlich auch Steine.

Die Zoiglstube:
Eine Zoiglstube, wie sie in dieser Geschichte vorkommt, ist eine kleine urige Gaststube, in der neben alkoholfreien Getränken ausschließlich Zoigl ausgeschenkt wird, also keine anderen Bier- oder Weizensorten. Es werden dazu Brotzeiten und kleinere günstige Speisen angeboten. Zoigl ist ein untergäriges Bier, das im Kommunbrauhaus gebraut wird, der fertige Sud wird dann an die verschiedenen Zoiglwirte verteilt. Jeder Wirt setzt dann selber die Hefe dazu, dadurch entsteht ein unterschiedlicher und einzigartiger Geschmack. Zoigl ist in der Oberpfalz ein Lebensgefühl!

Hausnamen:
Die Hausnamen haben einen frühen Ursprung, sie haften fest an Haus und Hof. Selbst wenn es einmal weiterverkauft wird und neue Eigentümer bekommt, bleibt der alte Name bestehen. Wie in unserer Geschichte der Stoffel-Hof vom Josef Lenz. Der Hausname ist also wie ein zweiter Familienname. Er sagte ursprünglich etwas über den Beruf und die Person aus. Hausnamen sind vor allem in der ländlichen Region zu finden.

Danksagung

Der größte Dank gilt dir – meinem lieben Leser – und allen denen, die das Kranzfelder-Universum genauso lieben, wie ich es tue! Ich danke dem Emons Verlag von Herzen für das entgegengebrachte Vertrauen in mich und meine Geschichten. Das ist eine großartige Chance und bedeutet mir sehr viel.

Meinen Alphalesern schenke ich eine Umarmung. Sie waren die Ersten, die diesem Projekt eine Zukunft geschenkt haben: Meine liebe Schwester Felicitas. Danke für deine Kraft, deinen Mut und deinen unerschütterlichen Glauben an mich. Ich liebe es, die Dinge des Lebens mit dir zu teilen.

Anna. Danke für deinen Enthusiasmus, den Hang zum Detail und deine unerschütterliche Liebe zu Kranzi.

Corina. Danke für dein Insiderwissen, den Spaß an der Sache und deine Dolmetscher-Fähigkeiten. Du verkörperst die gute Oberpfälzer Seele.

Dominik. Danke für deine Lust am Lesen, das feine Auge und deine Fähigkeit, den Menschen Stärke zu verleihen.

Felix. Danke für deinen kriminalistischen Spürsinn und dein herausragendes Fachwissen – ohne dich wären meine Kommissare aufgeschmissen!

Danke an alle, die diese Geschichte vorab gelesen haben. Es freut mich, dass ich so viele von euch damit begeistern konnte.

Eine gigantische Umarmung gehört dir – Matthias. Du hast mir mit einer neuen Website ein Gesicht verliehen.

Lara. Ich liebe Menschen, die durch Zufall in mein Leben purzeln und mit voller Absicht bleiben. Wir haben uns noch nie gesehen, hören uns aber trotzdem jeden Tag. Ich verdanke dir so viel, ich kann es nicht in Worte fassen. Danke, dass du für mich zur Mentorin geworden bist.

Meiner Oberpfälzer Familie sende ich Liebe. Danke für

ausreichend Recherchematerial, das ihr mir zur Verfügung gestellt habt.

Ein besonderes Dankeschön gebührt der Ehefrau mit Familie des verstorbenen Autors Theo Schaumberger. Mit ihrer Zustimmung durfte ich mein Lieblingsgedicht für dieses Buch verwenden.

Mein Mann Stefan. Du bist der Motor, der hinter alldem steht. Noch nie zuvor hat jemand so schonungslos an mich geglaubt.

Meine Mäuse Clea-Viktoria und Nicolas-Bela. Danke für eure Geduld.

Danke an meinen unermüdlichen Glauben an mich selbst und danke an jeden Einzelnen, der in irgendeiner Form bei der Entstehung dieses Buches mitgewirkt hat. Ihr habt mich auf meinem Weg ein Stück begleitet. Ihr seid wunderbar!